Très
bon

LE RIDEAU
DE TÉNÈBRES

COLLECTION TERREUR
dirigée par Patrice Duvic

DEAN R. KOONTZ

LE RIDEAU
DE TÉNÈBRES

Titre original :

DARKFALL

TRADUIT DE L'AMÉRICAIN
PAR VÉRONIQUE DAVID-MARESCOT

Si vous souhaitez recevoir régulièrement
notre zine **« Rendez-vous ailleurs »**, écrivez-nous à :

« Rendez-vous ailleurs »
Service promo Pocket
12, avenue d'Italie
75627 PARIS Cedex 13

PRESSECO

PAPIER RECYCLÉ
NATURE PROTÉGÉE

© Dean R. Koontz, 1994
Pour la traduction française : © Éditions J'ai lu, 1986
ISBN 2-266-08019-9

PROLOGUE

1

Mercredi 8 décembre, 1 h 12 du matin

Penny Dawson se réveilla et entendit, dans le noir, un bruit furtif.

Elle crut d'abord qu'elle rêvait encore : elle venait de voir des chevaux, de vivre de longues cavalcades dans la campagne, et c'était le rêve le plus merveilleux, le plus passionnant qu'elle eût jamais fait de toute sa courte vie de fillette-de-onze-ans-et-demi. Elle lutta pour retenir le sommeil et ses délicieuses visions. Mais elle entendit un bruit insolite et cela l'effraya. Elle se dit que c'était seulement un cheval, dans son rêve, ou bien le froissement de la paille dans l'écurie. Il n'y avait pas de quoi s'alarmer. Mais elle ne parvenait pas à se convaincre ; elle ne pouvait décidément rattacher ce son étrange à son rêve et elle s'éveilla tout à fait.

Ça provenait du lit de Davey, à l'autre bout de la chambre. Mais ce n'étaient pas les gargouillis normaux qu'un petit garçon de sept ans, qui-a-mangé-pizza-et-glace-pour-le-dîner, laisse échapper au milieu de la nuit. C'était un bruit sournois. Nettement sournois.

Qu'était-il en train de fabriquer ? Quel nouveau tour était-il encore en train d'inventer ?

Penny s'assit dans son lit. Elle loucha vers les ombres

épaisses, sans rien distinguer, dressa la tête et écouta attentivement.

Un bruissement, un soupir rompit le silence. Puis plus rien. Elle retint son souffle et écouta encore plus intensément.

Un sifflement. Puis un vague grattement. Ou un frottement.

Dans la pièce, il faisait noir comme dans un four. Mais la porte était entrouverte. Ils dormaient toujours avec la porte ouverte pour que leur père puisse les entendre, au cas où ils appelleraient, la nuit. Mais toutes les lumières de l'appartement étaient éteintes.

— Davey ? dit Penny doucement.

Pas de réponse.

— Davey, c'est toi ?

Frou-frou. Frou-frou.

— Davey, arrête !

Pas de réponse.

Les petits garçons de sept ans sont pénibles à supporter, parfois. Vraiment des enquiquineurs maison.

— Si tu es en train de jouer à un jeu stupide, tu vas le regretter.

Un bruit sec. Comme une feuille morte craquant sous les pas. Et ça se rapprochait.

— Davey, ne fais pas ton malin !

Plus près encore. Quelque chose traversait la pièce en direction du lit. Ce n'était pas Davey. Davey était un petit rigolo, il n'aurait pas tenu si longtemps et se serait déjà trahi.

Le cœur de Penny se mit à cogner : peut-être que c'est encore un autre rêve, comme les chevaux, seulement cette fois, ce n'est pas agréable.

Mais elle savait qu'elle était complètement réveillée.

Ses yeux larmoyaient à force de chercher à percer l'obscurité. Elle voulut saisir l'olive de la petite lampe de chevet fixée à la tête du lit. Pendant un long moment, terrible, elle ne put la trouver. Elle tâtonna désespérément dans le noir.

Les sons feutrés se faisaient entendre à côté de son lit. La chose était là, tout près d'elle.

Elle trouva enfin la lampe de chevet métallique et l'olive. Un cône de lumière tomba sur le lit et le plancher. Pas de créature effrayante tapie à proximité. La petite lampe ne dispensait pas assez de lumière pour disperser toutes les ombres mais Penny put se rendre compte qu'il n'y avait rien de dangereux ni de menaçant. Davey était dans son lit, de l'autre côté de la chambre, et dormait, entortillé dans ses couvertures, sous les posters géants de Chewbacca le Wookie, de *La Guerre des Étoiles* et de *E.T.*

Penny n'entendait plus le bruit étrange. Elle savait qu'elle ne l'avait pas imaginé et elle n'était pas du genre à éteindre les lumières et à se cacher sous les couvertures pour tout oublier. Son père disait qu'elle était plus curieuse qu'une centaine de chats réunis. Elle rejeta les couvertures, sortit du lit et demeura parfaitement immobile à écouter, en pyjama et nu-pieds.

Pas un bruit.

Elle s'approcha alors de Davey pour le regarder de plus près. La lumière ne l'éclairait pas entièrement mais il semblait dormir à poings fermés. Elle se pencha pour voir si les paupières frémissaient et finit par conclure qu'il ne faisait pas semblant.

Le bruit recommença. Derrière elle.

Elle fit volte-face.

Maintenant, c'était sous le lit. Un sifflement, un grattement, ou comme un hochet qu'on agite doucement. Ce n'était pas un vrai tapage mais ce n'était plus du tout feutré.

La chose sous le lit savait qu'elle savait. Elle faisait du bruit exprès, pour la narguer, pour l'effrayer.

Mais non ! C'est stupide.

D'ailleurs, ce n'est pas une *chose,* ce n'est pas un croque-mitaine. C'est Davey qui croyait encore au croquemitaine. Elle, elle avait passé l'âge.

C'est seulement une... une souris. Oui ! C'est ça. Seulement une souris qui devait avoir encore bien plus peur qu'elle.

Elle se sentit un peu soulagée. Elle n'aimait pas les souris, surtout sous son lit, sûr, mais, au moins, une petite souris, ce n'est pas trop terrifiant. Une souris, c'est dégoûtant, ça rampe mais ce n'est pas assez gros pour faire du mal.

Elle restait ainsi, les poings sur les hanches, à se demander ce qu'elle allait faire, maintenant.

Elle jeta un coup d'œil à Scott Baio qui lui souriait sur le poster accroché au-dessus de son lit et regretta qu'il ne soit pas là. Lui, au moins, il aurait pris la situation en main. Scott Baio n'aurait jamais eu peur d'une souris, lui. Jamais, au grand jamais. Scott Baio ramperait droit sous le lit, attraperait le misérable rongeur par la queue, l'emporterait sans lui faire de mal et le relâcherait dans l'impasse, derrière l'immeuble, parce que Scott Baio n'était pas seulement courageux, il était bon aussi — et sensible et doux. Mais Scott n'était pas là. Il était là-bas, à Hollywood, en train de préparer son émission de TV.

Restait papa.

Penny ne voulait pas réveiller son père tant qu'elle n'était pas absolument sûre à cent pour cent qu'il s'agissait vraiment d'une souris. Si son père se mettait à chercher la souris, qu'il retournait la chambre sens dessus dessous et qu'il ne la trouvait pas, il allait encore traiter Penny comme une *petite fille,* ce qu'elle ne voulait pour rien au monde. Elle aurait douze ans dans deux mois seulement et il n'y avait rien qu'elle détestât davantage qu'être traitée comme une petite fille.

Elle ne pouvait pas voir sous le lit d'abord parce qu'il faisait très sombre là-dessous, et puis que les couvertures pendaient sur le côté, presque jusqu'au sol, et bouchaient la vue.

La chose sous le lit — la souris sous le lit ! — siffla et émit un gargouillement. Ça ressemblait presque à une voix. Une petite voix rauque, froide, méchante qui lui parlait dans une langue qu'elle ne comprenait pas.

Une souris, est-ce que ça peut faire un bruit comme ça ?

Elle lança un regard vers son frère. Il dormait toujours. Une batte de base-ball en plastique était posée contre le mur, à côté du lit de Davey. Elle s'en empara.

Sous son lit, le bruit curieux et désagréable, sifflement-grattement-frottement continuait.

Elle fit quelques pas en direction du lit et s'agenouilla. Avec la batte en plastique dans sa main droite, elle repoussa les couvertures et les rejeta sur le lit. Elle ne voyait toujours rien là-dessous : c'était noir comme l'entrée d'une grotte.

Les bruits avaient cessé.

Penny avait le sentiment terrifiant que quelque chose la guettait, hypocritement caché dans les ombres noires...

quelque chose d'autre qu'une simple souris... quelque chose qui savait qu'elle n'était qu'une faible petite fille... quelque chose de malin, pas un simple animal, quelque chose d'au moins aussi malin qu'elle, quelque chose qui pouvait se précipiter sur elle et l'avaler toute crue, et qui le savait.

Mince, alors! Non. C'est des trucs de gosse, ça. C'est idiot.

Elle se mordit la lèvre, bien décidée à ne pas se conduire comme une enfant sans défense ; elle fourragea sous le lit avec la batte. Elle voulait faire couiner la souris ou la faire sortir de là-dessous.

Mais, à l'autre bout de la batte, quelque chose s'agrippa. Penny tenta de la dégager. Impossible. Elle la secoua, la tordit dans tous les sens. Rien à faire.

Soudain, elle lui fut arrachée des mains et disparut sous le lit avec un bruit sourd. Penny fit un tel bond en arrière qu'elle se cogna au lit de Davey. Elle ne s'était même pas rendu compte qu'elle avait bougé. Elle était agenouillée à côté de son lit, en appui sur les mains, il n'y avait pas quelques secondes, et voilà qu'elle se cognait la tête au coin du matelas de Davey. Son petit frère grogna, renifla, poussa un soupir et replongea dans son sommeil.

Sous le lit de Penny, plus rien ne bougeait.

Elle était prête maintenant à hurler pour appeler son père, prête à risquer d'être traitée de bébé, plus que prête : elle se mit à hurler mais le mot ne résonna que dans son cerveau. *Papa, papa, papa!* Aucun son ne sortait de sa bouche. Elle était provisoirement frappée de mutisme.

La lumière se mit à clignoter. Le fil électrique était branché à une prise, derrière le lit. La chose essayait de débrancher la lampe.

— *Papa!*

Cette fois, le mot avait pu s'échapper mais ce n'était qu'un murmure étranglé.

La lampe clignota et s'éteignit.

Dans la chambre de nouveau plongée dans le noir, elle entendit un mouvement. La chose sortait de dessous le lit et courait sur le plancher.

— *Papa!*

Ce n'était toujours qu'un murmure. Elle avala avec peine

sa salive, déglutit encore, essayant de retrouver l'usage de sa gorge à demi paralysée.

Un grincement.

Les yeux perdus dans l'obscurité, Penny, épouvantée, se mit à trembler et à pousser de petits cris plaintifs.

Puis elle reconnut le grincement. La porte de la chambre. Les gonds avaient besoin d'être huilés.

Elle devina que la porte oscillait et sentit, plus qu'elle ne vit, une tranche de ténèbres se découper sur des ténèbres plus épaisses encore. La porte était entrebâillée. Maintenant elle devait certainement être grande ouverte. Les gonds ne grinçaient plus. Le mystérieux sifflement-grattement s'éloignait peu à peu. La chose n'allait pas l'attaquer, après tout. Elle s'en allait.

Maintenant, elle était sur le seuil.

Maintenant, elle était dans le hall.

Maintenant, elle était au moins à trois mètres de la porte.

Maintenant... partie.

Les secondes passaient, aussi lentes que des minutes.

Qu'est-ce que c'était ?

Pas une souris. Pas un rêve.

Alors quoi ?

Penny se releva enfin. Elle avait les jambes en coton. Elle avança en tâtonnant, trouva la lampe de chevet de Davey. L'olive cliqueta et la lumière se répandit sur le garçonnet endormi. Elle fit dévier rapidement le petit abat-jour.

Elle alla vers la porte, s'immobilisa sur le seuil et écouta. Le silence. Toujours tremblante, elle ferma la porte. Elle essuya ses paumes moites sur son pyjama. A présent, elle y voyait suffisamment pour retourner vers son lit. Elle se pencha pour regarder en dessous. Rien d'inquiétant. Elle récupéra la batte de base-ball qui était creuse et très légère. L'extrémité renflée, que la chose avait agrippée quand Penny l'avait glissée sous le lit, était cabossée en trois endroits. Deux bosses étaient encerclées de petits trous. Le plastique avait été perforé. Mais... par quoi ? Des griffes ?

Penny se contorsionna pour rebrancher sa lampe sous le lit. Puis elle alla éteindre celle de Davey.

Assise au bord du lit, elle fixa un moment la porte fermée.

— Bon, dit-elle enfin.

Qu'est-ce que c'était ?

Plus elle y réfléchissait, moins l'incident lui paraissait réel. Peut-être que la batte de base-ball s'était simplement prise dans le sommier et que c'étaient des clous ou des vis qui dépassaient, qui avaient percé les petits trous. Peut-être que la porte avait été ouverte par un courant d'air.

Peut-être...

Finalement, dévorée de curiosité, elle se leva, alla dans le couloir, alluma la lumière et referma avec précaution la porte de la chambre.

Silence.

La porte de la chambre de son père était entrouverte, comme d'habitude. Elle passa la tête dans l'entrebâillement et écouta. Il ronflait. Elle n'entendait aucun nouveau bruit bizarre. Elle se demanda à nouveau si elle allait le réveiller. Il était officier de police. Lieutenant Jack Dawson. Il avait un pistolet. Et s'il y avait vraiment quelque chose dans l'appartement, il pouvait le réduire en miettes. D'un autre côté, si elle le réveillait et qu'ils ne trouvaient rien, il se moquerait d'elle et lui parlerait comme à une petite fille. Mon Dieu ! même pire que ça, comme à un bébé ! Elle hésita puis soupira. Non. Ça ne valait quand même pas de risquer l'humiliation. Le cœur battant, elle se glissa le long du couloir jusqu'à la porte d'entrée qu'elle vérifia : elle était bien fermée. Un portemanteau était fixé au mur, à côté de la porte. Elle attrapa un parapluie à bout pointu. En brandissant son arme, elle pénétra dans le living, alluma toutes les lumières, regarda partout. Elle explora le coin salle à manger et la petite cuisine en forme de L.

Rien.

A part la fenêtre.

Au-dessus de l'évier, la fenêtre était ouverte. L'air froid de décembre s'infiltrait par un interstice d'une vingtaine de centimètres.

La fenêtre était fermée quand Penny était allée se coucher, elle en était sûre. Et si son père l'avait ouverte pour respirer une bouffée d'air frais, il l'aurait refermée un peu plus tard.

Elle approcha le tabouret de cuisine de l'évier, grimpa et

poussa le battant pour pouvoir se pencher et jeter un coup d'œil dehors. Elle grimaça, giflée par l'air froid. Il faisait noir et rien ne bougeait. Le long du bâtiment, près de la fenêtre de la chambre à coucher, une échelle de secours en acier descendait jusqu'à l'impasse. Mais ici, dans la cuisine, il n'y avait ni échelle ni rebord. Aucun moyen, pour un éventuel cambrioleur, d'atteindre la fenêtre, pas d'endroit où il aurait pu se tenir ou s'agripper pour pénétrer à l'intérieur. De toute façon, ce n'était pas un cambrioleur. Les cambrioleurs sont trop grands pour se cacher sous le lit d'une jeune demoiselle.

Elle referma la fenêtre et remit le tabouret en place. A contrecœur, elle rangea aussi le parapluie, un peu réticente à se séparer de son arme. Elle éteignit les lumières et, sans oser risquer un regard en arrière, vers l'obscurité qu'elle laissait derrière elle, elle regagna sa chambre, se recoucha et tira les couvertures.

Davey dormait toujours profondément. Le vent nocturne rageait contre la fenêtre. Dans le lointain, une sirène d'ambulance ou de police déchirait la ville de sa funèbre rengaine.

Penny s'assit dans son lit, appuyée aux oreillers, protégée par le cercle de lumière de la lampe de chevet. Elle avait sommeil et elle voulait dormir mais elle avait peur d'éteindre. Sa peur l'irrita. Avait-elle presque douze ans, oui ou non ? Et, à douze ans, a-t-on encore peur du noir, oui ou non ? N'était-elle pas la femme de la maison depuis plus d'un an et demi, depuis la mort de sa mère ? Au bout d'une dizaine de minutes, son amour-propre l'emporta : elle éteignit et se rallongea. Mais elle ne pouvait commander son esprit aussi facilement qu'un interrupteur. Qu'est-ce que c'était ?

Rien. Une bribe de rêve. Ou un courant d'air vagabond. Seulement ça. Rien de plus.

Le noir.

Elle écoute.

Le silence.

Elle attend.

Rien.

Elle s'est endormie.

Mercredi 1 h 34 du matin

Vince Vastagliano descendait l'escalier quand il entendit un hurlement suivi d'un cri rauque. Ni perçant ni strident. C'était un cri d'effroi, guttural, qu'il aurait même pu ne pas entendre s'il avait été en haut ; néanmoins, le cri exprimait une terreur absolue. Vince s'arrêta, la main sur la rampe, et resta parfaitement immobile, la tête dressée, à écouter, paralysé par l'indécision. Son cœur cognait dans sa poitrine.

Un second cri.

Ross Morrant, le garde du corps de Vince, était dans la cuisine en train de leur préparer à tous deux un casse-croûte tardif. C'était Morrant qui avait crié. Il n'y avait aucun doute : c'était sa voix. On entendait aussi des bruits de lutte. Un grand bruit de vaisselle qu'on laisse tomber. Puis un coup sourd. Puis le fracas désagréable du verre brisé.

La voix de Ross Morrant, haletante, étranglée par la peur, résonna jusqu'à l'escalier et on pouvait distinguer ces mots, entrecoupés de grognements et de râles :

— Non... non... s'il vous plaît... Dieu... non... A l'aide... au secours... Oh, mon Dieu, je vous en prie... *non !*

Le visage de Vince se couvrit de sueur. Morrant était un type grand et fort, une vraie peau de vache. Tout gosse, c'était un dur. A l'âge de dix-huit ans, il prenait déjà des contrats, c'était un tueur à gages. Il tuait par plaisir et, en plus, on le payait. Les années passant, il avait fini par acquérir une réputation d'homme à tout faire, indifférent au danger et à la difficulté, qui ne se souciait pas de savoir si la cible était bien protégée. Et il n'avait jamais échoué. Depuis ces quinze derniers mois, il travaillait pour Vince comme garde du corps et encaisseur ; pas une seule fois, Vince ne l'avait vu avoir peur. Il ne pouvait d'ailleurs imaginer Morrant effrayé par qui que ce soit ou quoi que ce soit. Et voilà que Morrant suppliait... C'était tout simplement inconcevable ; même à présent, en entendant le garde du corps implorer et gémir, Vince ne pouvait y croire. Cela semblait irréel. Un cri rauque. Qui ne venait pas de Morrant. C'était un son impossible, inhumain. C'était un accès de rage féroce, mordante, de haine, de frustration, qu'on aurait dit échappé d'un dessin animé de science-fiction, le cri atroce de quelque créature d'un autre monde.

Jusqu'à cette minute, Vince supposait que Morrant était battu et torturé par des gens, des concurrents sur le marché de la drogue, venus le bousiller pour élargir leur part du gâteau. Mais, à présent, en entendant ce gémissement, cette lamentation bizarre qui provenait de la cuisine, il se demanda s'il ne venait pas de faire une incursion dans le Royaume des Ténèbres. Un frisson le glaça jusqu'aux os ; il avait mal au cœur, soudain ; il se sentait désespérément faible et seul.

Il descendit encore deux marches et jeta un coup d'œil dans le hall, vers la porte d'entrée. Rien en vue. Il pouvait probablement dévaler les quelques marches qui restaient, traverser en courant le vestibule, déverrouiller la porte et sortir de la maison avant que les intrus ne sortent de la cuisine et ne l'aperçoivent. Probablement. Mais il eut un léger doute qui le fit hésiter quelques secondes de trop.

Dans la cuisine, Morrant poussa un hurlement plus horrible encore que les autres, un dernier cri de désespoir total et d'agonie qui s'interrompit brusquement.

Vince sut ce que le silence soudain de Morrant signifiait : le garde du corps était mort.

Puis toutes les lumières de la maison s'éteignirent en même temps. Apparemment, quelqu'un avait abaissé le disjoncteur dans la boîte à fusibles, en bas, au sous-sol.

Sans plus hésiter, Vince commença à descendre dans le noir quand il perçut soudain un mouvement dans le hall et s'arrêta à nouveau. Ce qu'il entendait, ce n'était pas un banal bruit de pas ; c'était un sifflement-froissement étrange et surnaturel, comme le murmure d'un hochet, qui le glaça et lui donna la chair de poule. Il sentait que quelque chose de monstrueux, quelque chose avec des yeux blancs de mort, avec des mains froides et gluantes s'approchait de lui. Pareille idée était tout à fait étrangère au caractère de Vince Vastagliano qui avait autant d'imagination qu'une souche, mais il ne pouvait chasser l'épouvante superstitieuse qui le submergeait.

Son cœur se déchaîna.

Il n'arriverait jamais vivant à la porte d'entrée.

Il se retourna et grimpa les marches. Il trébucha dans le noir, faillit tomber, reprit son équilibre. Enfin, il atteignit la chambre. Le bruit, derrière lui, était devenu un furieux tapage. Et se rapprochait. Une vague clarté filtrait par les fenêtres de la chambre, les rayons incertains des réverbères givraient délicatement le lit à baldaquin italien du XVIIIe siècle et les meubles anciens, faisaient miroiter les facettes des presse-papiers en cristal disposés sur le secrétaire, entre les deux fenêtres. Si Vince s'était retourné, s'il avait regardé derrière lui, il aurait pu, enfin, entrevoir la silhouette de son poursuivant. Mais il ne regarda pas. Il avait peur de regarder.

Il fut assailli par une odeur pestilentielle. Soufre ? Pas exactement mais quelque chose comme ça.

Tout au fond de lui, d'instinct, il savait ce qui était à ses trousses. Son esprit conscient pouvait bien refuser de nommer la chose mais son subconscient, lui, savait ce que c'était et c'est pourquoi Vince fuyait, pris d'une panique aveugle, les yeux grands ouverts et terrifiés, comme un animal surpris par une détonation.

Il se précipita vers la salle de bains qui donnait sur la chambre. Dans le noir, il se heurta violemment à la porte entrouverte. Légèrement étourdi par le choc, il trébucha, chercha la porte à tâtons, la claqua et la verrouilla.

Avant de s'enfermer, il avait eu le temps d'apercevoir, flamboyant dans les ténèbres, des yeux argentés, des yeux de cauchemar. Une dizaine, peut-être plus. Maintenant, il entendait des coups frappés derrière la porte. Des coups, encore. Encore des coups.

Ils étaient plusieurs là, derrière cette porte. Elle vibrait, la serrure cliquetait mais tenait bon.

Les créatures, dans la chambre, répétèrent leurs sons rauques et sifflèrent plus furieusement que tout à l'heure. Bien que leurs cris glacés fussent parfaitement inhumains et ne pussent se rattacher à rien de connu, leur signification était claire : c'étaient manifestement des protestations de rage et de déception. Les choses qui le poursuivaient avaient été certaines qu'il ne leur échapperait pas et elles n'acceptaient pas très sportivement leur défaite.

Les *choses*. Cela sonnait d'une manière insolite et, pourtant, c'était le seul mot qui leur convînt : *choses*.

Il avait l'impression de devenir fou ; cependant, il ne pouvait ignorer les perceptions primitives et la compréhension instinctive qui lui faisaient dresser les cheveux sur la tête. *Choses*. Pas des chiens d'assaut. Il n'avait jamais vu une bête pareille. Jamais entendu parler d'une bête pareille. C'était sorti d'un cauchemar ; seule une chose sortie d'un cauchemar avait pu réduire Ross Morrant à l'état de loque pleurnichante et sans défense.

Les créatures grattaient derrière la porte, labouraient, raclaient le bois, le faisaient voler en éclats. A en juger par le bruit qu'elles faisaient, leurs griffes devaient être acérées. Sacrément acérées.

Mais qu'est-ce que ça pouvait bien être, bon Dieu ?

Vince était toujours prêt à affronter la violence ; elle faisait partie intégrante de son univers. On ne peut pas être trafiquant de drogue et jouir de la vie tranquille d'un instituteur. Mais il n'aurait jamais pu imaginer une attaque de ce genre. Un type avec un pistolet — d'accord. Un type avec un couteau — là aussi, il pouvait se débrouiller. Une bombe reliée à l'allumage de sa voiture, c'était assurément dans le domaine du possible. Mais ça, c'était l'aberration. Tandis que les choses mordaient, griffaient, se démenaient furieusement pour défoncer la porte, Vince tâtonnait dans le noir à la recherche des toilettes. Il rabattit le couvercle sur le siège, s'assit et tendit la main vers le téléphone. A l'âge de douze ans, il avait vu, pour la première fois, le téléphone dans la salle de bains de son oncle Gennaro Carramazza et, depuis cette époque, un téléphone dans les chiottes lui avait toujours paru être le symbole suprême de la réussite, la preuve qu'on est un homme riche, indispensable. Dès qu'il avait été en âge d'avoir un appartement à lui, Vince avait fait installer des téléphones dans toutes les pièces, y compris dans les cabinets. Le téléphone dans la salle de bains, ça comptait autant, dans l'estime qu'il avait de lui-même, que sa Mercedes blanche. Maintenant, il se félicitait d'avoir un appareil à portée de la main. Il allait pouvoir demander de l'aide.

Pas de tonalité. Il essaya plusieurs fois de l'obtenir. En vain.

La ligne était coupée.

Dans la chambre, les choses inconnues continuaient à gratter, à marteler la porte, à forcer la serrure.

Vince leva les yeux vers l'unique fenêtre. Beaucoup trop étroite pour offrir un quelconque secours. Le verre opaque ne laissait filtrer presque aucune lumière.

Elles ne vont pas pouvoir enfoncer la porte, se dit-il, désespérément. Elles vont bien finir par se lasser et s'en aller. C'est sûr qu'elles vont se lasser. Sûr et certain.

Un grincement métallique et un cliquetis le firent sursauter. Le bruit provenait de l'intérieur de la salle de bains. De ce côté-ci de la porte.

Il se leva, les poings sur les hanches, tendu, et lança des regards de tous côtés, dans l'obscurité profonde.

Un objet métallique tomba sur le carrelage. Vince fit un bond et laissa échapper un cri de surprise.

La poignée de la porte. Oh, mon Dieu ! Elles avaient fait céder la poignée de la porte et la serrure ! Il se jeta contre la porte, décidé à l'empêcher de s'ouvrir mais il constata que la poignée tenait encore et la serrure aussi. Les mains tremblantes, il tâtonna désespérément dans le noir pour trouver les gonds : ils étaient aussi en place, intacts.

Alors, qu'est-ce qui était tombé par terre ?

Il se retourna, tout pantelant, s'appuya contre la porte et cligna des yeux, cherchant à percer les ténèbres de la pièce sans contours, essayant de s'expliquer le bruit qu'il avait entendu.

Il sentit, tout à coup, qu'il n'était plus seul dans la salle de bains. Un long frisson lui parcourut l'échine. La grille qui fermait la bouche d'aération — voilà ce qui était tombé par terre.

Il se retourna et regarda en direction du mur, à côté de la porte. Deux yeux argentés, rayonnants, le fixaient depuis l'ouverture. C'était tout ce qu'il pouvait distinguer de la bête. Des yeux sans iris ni pupilles ni blanc. Des yeux qui luisaient comme s'ils étaient de feu. Des yeux dénués de la moindre pitié.

Un rat ?

Non. Un rat n'aurait pas pu enlever la grille. D'ailleurs les rats ont les yeux rouges, non ?

La bête se mit à siffler.

— *Non,* dit Vince doucement.

Aucune issue.

La chose s'élança du mur et s'abattit sur son visage. Des griffes lui transpercèrent les joues, s'enfoncèrent profondément jusqu'à sa bouche, lui labourant, lui déchirant les gencives. Une douleur aiguë, fulgurante. Il eut un haut-le-cœur et faillit vomir de terreur et de dégoût mais, comprenant qu'il allait s'étrangler, il ravala sa nausée.

Des crocs lui déchiraient le cuir chevelu. Il chancela et se débattit. Il se cogna violemment au rebord du lavabo mais ce n'était rien à côté de la douleur brûlante qui lui dévorait le visage.

Cela ne pouvait pas arriver. Mais c'était arrivé. Ce n'était pas qu'une brève incursion dans le Royaume des Ténèbres : il avait pénétré au plus profond de l'Enfer.

Son hurlement fut étouffé par la chose innommable qui grimpait sur sa tête et il ne put reprendre son souffle. Il empoigna la bête. Elle était froide et gluante, comme un animal marin surgi des abysses. Il l'arracha de son visage et la tint à bout de bras. La bête poussait des cris rauques, sifflait, s'agitait, se tortillait dans tous les sens, se contorsionnait et se secouait, lui mordait la main mais il tenait bon ; il avait trop peur de la lâcher, trop peur que, cette fois, elle ne lui saute à la gorge ou aux yeux.

Qu'est-ce que c'était ? D'où cela venait-il ?

Une part de lui-même voulait la voir, devait la voir, avait besoin de savoir ce que c'était, cette chose sans nom. Mais l'autre part en devinait la totale monstruosité et bénissait l'obscurité.

Il sentit une morsure à la cheville gauche. Une deuxième chose commença à grimper le long de sa jambe droite en déchirant son pantalon.

Les autres créatures arrivaient par la bouche d'aération. Le sang ruisselait sur son front et l'aveuglait. Il s'aperçut qu'il y avait plusieurs paires d'yeux argentés dans la pièce. Des dizaines.

Ça devait être un rêve. Un cauchemar.

Mais la souffrance était bien réelle.

Les féroces assaillants grouillaient maintenant sur sa poitrine, le long de son dos et sur ses épaules; ils avaient la taille d'un rat mais ce n'étaient pas des rats, ils griffaient et mordaient. Il en était couvert. Ils cherchaient à le faire tomber. Il se retrouva à genoux. Il lâcha la première bête et se mit à cogner sur les autres. Un coup de dents lui arracha le lobe de l'oreille. De petits crocs pointus se plantèrent méchamment dans son menton.

Il s'entendit balbutier, comme Ross Morrant, de pathétiques appels à la pitié.

Puis les ténèbres s'épaissirent et un silence éternel l'engloutit.

PREMIÈRE PARTIE

Mercredi 7 h 53 du matin — 15 h 30

Les saints nous disent que la vie est mystère.
C'est qu'ils songent à un heureux mystère.
Mais il est des mystères qui mordent, qui glapissent,
Qui, dans les ténèbres, vous saisissent.

Le livre des douleurs épelées.

Une pluie d'ombres, un orage, une rafale.
Recule la lumière du jour ; la nuit tout avale.
Si le bien est clarté, si le mal est ténèbres,
Le mal élève autour du monde ses murailles funèbres.
C'est maintenant que tombent la fin, la désolation, le
rideau de ténèbres.

Le livre des douleurs épelées.

CHAPITRE PREMIER

1

Le lendemain matin, Rebecca annonça à Jack Dawson :

— On a deux macchabées.

— Hein ?

— Deux cadavres.

— J'avais compris.

— L'appel vient de tomber.

— Tu avais commandé deux macchabées ?

— Sois sérieux.

— Moi, je n'ai pas commandé deux macchabées.

— Il y a déjà des policiers sur les lieux, dit-elle.

— On ne commence que dans sept minutes.

— Alors, on ne va pas y aller parce qu'ils ont eu le mauvais goût de mourir si tôt ce matin ? C'est ça que tu veux que je leur réponde ?

— On n'a même pas le temps de faire un brin de causette ? demanda-t-il.

— Non.

— Voyons, ça pourrait être... Tu es censée dire : « Bonjour, inspecteur Dawson ! A quoi je réponds : Bonjour, inspecteur Chandler ! A quoi tu ajoutes : Comment allez-vous ce matin ? Alors, je cligne de l'œil et je dis... »

Elle fronça les sourcils.

— C'est comme les deux autres, Jack. Sanglant et étrange. Exactement comme celui de dimanche et celui d'hier. Mais, cette fois, ils sont deux. Ça a tout l'air d'être des types qui avaient des rapports avec le milieu.

Ils étaient dans le bureau crasseux de la brigade de police. Jack Dawson, qui enlevait son épais pardessus gris, la regarda d'un air incrédule, en souriant à demi. Ce n'étaient pas le ou les nouveaux meurtres qui le surprenaient. Il était de la Criminelle ; et il y avait toujours un nouveau meurtre. Ou deux. Ce n'était pas non plus leur étrangeté ; après tout, on était à New York. Ce qui le rendait perplexe, c'était son attitude à elle, la façon dont elle s'adressait à lui ce matin — ce matin surtout.

— Ce n'est pas la peine d'ôter ton manteau, dit-elle.

— Rebecca...

— Ils nous attendent.

— Rebecca, la nuit dernière...

— Un autre du même genre, aussi mystérieux, dit-elle en s'emparant de son sac posé sur le bureau tout bosselé.

— On n'a pas...

— Une chose est sûre, c'est que ça va être écœurant, cette fois, dit-elle en se dirigeant vers la porte. Vraiment écœurant.

— Rebecca...

Elle s'arrêta et hocha la tête.

— Tu sais ce que j'aimerais, quelquefois ?

Il la regarda, les yeux ronds.

— Quelquefois, j'aimerais être mariée à Tiny Taylor. A l'heure qu'il est, je serais là-bas, dans le Connecticut, bien tranquille dans ma cuisine tout confort, avec mon café et mes biscuits, les gosses à l'école pour toute la journée, la bonne qui fait le ménage deux fois par semaine, à attendre avec impatience le déjeuner au club avec les filles...

Pourquoi est-ce qu'elle me fait ça ? se demandait-il. Elle remarqua qu'il ne remettait pas son pardessus.

— Tu n'as pas entendu, Jack ? On a un appel.

— Ouais. Je...

— On a deux macchabées de plus.

Elle quitta le bureau qui eut, soudain, l'air encore plus froid et miteux.

Il soupira. Rajusta son manteau d'un mouvement d'épaules. Et la suivit.

Jack se sentait morose et abattu ; l'attitude étrange de Rebecca et le temps le déprimaient. Jack était toujours sensible au temps qu'il faisait. Le ciel était plat et sévère et gris. Grises aussi, et mornes, les pyramides de pierre, d'acier et de béton de Manhattan. Les arbres nus étaient couleur de cendre ; ils avaient l'air d'avoir été proprement grillés par un feu rageur.

Il sortit de la voiture banalisée, à quelques pas de Park Avenue, et un brusque coup de vent le frappa en pleine figure. L'air de décembre, humide et froid, avait un léger relent de caveau. Il fourra ses mains dans les profondeurs de ses poches. Rebecca Chandler, qui tenait le volant, sortit en claquant la portière. Ses longs cheveux blonds flottaient au vent. Son manteau était ouvert et lui battait les jambes. Elle ne semblait pas se soucier du froid ni de la grisaille qui recouvrait, comme de la suie, la ville tout entière.

Une Viking, pensa Jack. Stoïque. Résolue. Et regardez-moi un peu ce profil ! Elle avait ce visage aux traits nobles, classiques et féminins que les marins sculptaient, autrefois, à la proue de leurs navires, il y a longtemps, quand on croyait encore que la beauté avait assez de pouvoir pour éloigner les démons de la mer et décourager les caprices les plus tordus du destin.

A contrecœur, il détourna les yeux pour les reporter sur les trois voitures de police garées contre le trottoir. Harry Ulbeck, un officier de police que Jack connaissait, se tenait sur le perron de la belle maison de brique, de style géorgien, où les meurtres avaient eu lieu. Il portait la capote bleu sombre réglementaire, une écharpe de laine et des gants, mais il grelottait quand même. A l'expression de Harry, Jack comprit que ce n'était pas de froid qu'il grelottait : Harry Ulbeck était glacé par ce qu'il venait de voir à l'intérieur de la maison.

— C'est moche ? demanda Rebecca.

— Pire que les autres, lieutenant, dit Harry en hochant la tête.

Il n'avait que vingt-trois ou vingt-quatre ans mais, à cette minute, il en paraissait beaucoup plus ; il avait les traits tirés.

— Qui sont les victimes ? demanda Jack.

— Le type s'appelle Vincent Vastagliano et son garde du corps, Ross Morrant.

Jack rentra la tête dans les épaules sous un coup de vent sournois qui balaya la rue.

— Pas mal, le quartier, dit-il.

— Vous n'avez pas vu l'intérieur ! On dirait un magasin d'antiquités de la Cinquième Avenue.

— Qui a trouvé les corps ? demanda Rebecca.

— Une femme, une certaine Shelly Parker. Drôlement jolie. La petite amie de Vastagliano, je pense.

— Elle est là ?

— A l'intérieur. Mais je doute qu'elle puisse beaucoup vous aider. Vous en obtiendrez probablement plus de Nevetski et de Blaine.

— Nevetski et Blaine ? Qui c'est ?

— Les Stupéfiants, dit Harry. Ils filaient Vastagliano.

— Et on leur a tué le type sous le nez ? interrogea Rebecca.

— Vaudrait mieux pas le leur dire comme ça, à eux, prévint Harry. Ils sont sacrément susceptibles là-dessus. Ils n'étaient pas que deux : une équipe de six surveillait toutes les issues de la maison. L'endroit était bouclé. Mais quelqu'un est entré, a tué Vastagliano et son garde du corps et a filé, ni vu ni connu. Tout le monde va penser que les pauvres Nevetski et Blaine dormaient.

Jack se sentit désolé pour eux. Pas Rebecca.

— Et merde, alors ! Je ne vais pas pleurer sur eux, non ? Ils devaient sûrement être en train de baiser.

— Je ne pense pas, dit Harry Ulbeck. Ils ont vraiment reçu un choc. Ils jurent qu'ils n'ont pas quitté la maison des yeux.

— Qu'est-ce que vous voulez qu'ils disent d'autre ? demanda Rebecca d'un ton acerbe.

— Il faut toujours accorder le bénéfice du doute à un collègue officier de police, dit Jack sévèrement.

— Ah ouais ? Tu parles ! Je ne crois pas à la loyauté aveugle. Je ne l'attends pas des autres ; et je ne l'accorde pas. J'ai connu de bons flics, et pas qu'un peu, et si je sais qu'ils sont bons, je ferais n'importe quoi pour les aider.

Mais j'ai connu aussi de vraies nouilles qui n'étaient même pas foutues d'enfiler leur pantalon avec la braguette du bon côté.

Harry battit des paupières.

— Je ne serais pas surprise si Nevetski et Blaine appartenaient à cette catégorie de types qui se baladent la queue à l'air.

Jack soupira.

Harry, stupéfait, fixa Rebecca avec des yeux ronds. Une camionnette banalisée se rangea près du trottoir. Trois hommes en sortirent, l'un avec un appareil photo, les autres avec deux petites valises.

— Les types du labo, dit Harry.

Les nouveaux arrivants se hâtèrent vers l'hôtel particulier. Avec leurs visages secs et leurs yeux obliques, ils faisaient penser à des échassiers se précipitant avidement sur une charogne toute fraîche.

Jack Dawson frissonna.

De nouveau, le vent faisait vibrer le ciel. Les branches mornes des arbres dénudés s'agitaient, se giflaient. On aurait dit une gravure représentant le jour des Morts, avec des squelettes secoués par une danse macabre.

3

Le médecin légiste et deux autres types du labo de pathologie étaient dans la cuisine, où Ross Morrant, le garde du corps, gisait dans un gâchis de sang, de mayonnaise, de moutarde et de saucisson. Il avait été attaqué et tué pendant qu'il se préparait un casse-croûte.

Au premier étage, la salle de bains était enluminée, partout, de motifs sanglants ; des jets, des traînées, des taches, des gouttes de sang, des empreintes sur les murs et sur le rebord de la baignoire.

Jack et Rebecca s'étaient immobilisés sur le seuil et regardaient, sans rien toucher. Tout devait rester en l'état jusqu'à ce que les types du labo en aient terminé.

Vincent Vastagliano, tout habillé, gisait, coincé entre la baignoire et le lavabo, la tête contre le pied des toilettes.

C'était un grand gars au visage un peu mou, aux cheveux bruns et aux sourcils broussailleux. Son pantalon et sa chemise étaient imbibés de sang. Un œil avait été arraché de son orbite. L'autre était grand ouvert, fixe et éteint. Une main crispée, l'autre relâchée. Son visage, son cou et ses mains présentaient de nombreuses petites plaies. Ses vêtements étaient déchirés en plusieurs endroits et, à travers les accrocs, on pouvait apercevoir d'autres blessures sombres et sanglantes.

— Pire que les trois autres, dit Rebecca.

— Bien pire.

C'était le quatrième cadavre atrocement mutilé qu'ils voyaient en l'espace de quatre jours. Rebecca avait sans doute raison : il y avait un psychopathe en vadrouille.

Mais ce n'était pas un simple assassin qui massacrait ainsi les gens dans un accès de folie meurtrière. Ce dément était bien plus redoutable, il semblait poursuivre un but, peut-être même une sainte croisade : les quatre victimes étaient toutes impliquées, d'une façon ou d'une autre, dans des trafics de drogue.

La rumeur circulait qu'il s'agissait d'une guerre de gangs s'affrontant pour des questions de ravitaillement et de territoire mais Jack ne croyait pas beaucoup en cette explication. Sur un point au moins, les rumeurs étaient... étranges. D'ailleurs, ça ne ressemblait pas à des règlements de comptes du milieu. Ce n'était certainement pas le travail d'un tueur professionnel. Ces meurtres sauvages étaient l'œuvre d'une personnalité mauvaise et profondément perverse.

— Le nombre de plaies concorde, dit Jack.

— Oui, mais elles ne ressemblent pas à celles qu'on a déjà vues. Les autres, apparemment, avaient été faites par des coups de poignard. Celles-ci sont trop mâchées. Finalement, ce n'est peut-être pas le même qui a fait le coup.

— Si, c'est le même, dit-il.

— Il est encore trop tôt pour le dire.

— C'est la même affaire, insista-t-il.

— Tu sembles bien sûr de toi.

— Je le *sens*.

— Ah, tu ne vas pas me refaire le coup du mysticisme, comme hier !

— Je n'ai rien fait du tout.

— Oh, que si !

— Hier, on a seulement suivi des pistes possibles.

— Dans une boutique vaudou qui vend du sang de bouc et des amulettes.

— Et alors ? Ça reste quand même une piste possible, dit-il.

Ils se turent et continuèrent leur examen du cadavre.

— On dirait presque qu'il a été mordu des centaines de fois. Comme s'il avait été... mâchonné.

— Oui. Par quelque chose de petit.

— Des rats ?

— On est dans un quartier vraiment trop chic.

— Oui, bien sûr, mais on est aussi dans une bonne grande ville, Jack. Les beaux et les vilains quartiers se partagent les mêmes rues, les mêmes égouts, les mêmes rats. C'est le jeu de la démocratie.

— Si ce sont des morsures de rats, alors il était déjà mort quand ces foutues bestioles sont arrivées et l'ont grignoté. Elles ont du être attirées par l'odeur du sang. Les rats sont avant tout des nécrophages. Ils ne sont pas téméraires. Ils ne sont pas agressifs. Les gens ne se font pas attaquer chez eux par des bandes de rats. Tu as déjà entendu une chose pareille, toi ?

— Non, admit-elle. Alors, il était mort quand les rats sont venus et ils l'ont rongé. Mais c'étaient seulement des rats. N'essaie pas d'en faire encore un truc mystique.

— Ai-je dit quelque chose ?

— Tu m'as vraiment barbée, hier.

— On n'a fait que suivre des pistes possibles.

— En bavardant avec un sorcier, dit-elle avec dédain.

— Ce n'est pas un sorcier. C'est...

— Un cinglé, voilà ce que c'est. Un cinglé. Et tu es resté à l'écouter pendant plus d'une demi-heure.

Jack poussa un soupir.

— Ce sont des morsures de rats, dit-elle, et elles cachent les vraies blessures. On n'a plus qu'à attendre les résultats de l'autopsie pour connaître la cause de la mort.

— Je suis déjà certain que ce sera comme les autres. Plein de petits trous sous les morsures.

— Tu as sans doute raison, dit-elle.

Le cœur au bord des lèvres, Jack se détourna. Rebecca, elle, fixait toujours le cadavre. La porte de la salle de bains était défoncée et la serrure brisée. Tout en examinant les dégâts, Jack s'adressa à un agent de police costaud, au teint vermeil.

— Vous avez trouvé la porte comme ça ?

— Non, non, lieutenant. C'était fermé à clé quand on est arrivés.

Surpris, Jack détourna les yeux de la porte endommagée.

— Quoi ?

Rebecca fit face à l'agent.

— Fermé à clé ?

— Vous comprenez, cette gonzesse, Parker... euh, je veux dire, cette miss Parker... elle a une clé. Elle entre dans la maison, elle appelle Vastagliano, croit qu'il dort encore et elle monte pour le réveiller. Elle trouve la porte de la salle de bains fermée, il ne répond pas et elle a peur qu'il ait eu une crise cardiaque. Elle regarde sous la porte, voit sa main presque tendue et tout ce sang. Elle téléphone directement à police secours. Tony — c'est mon collègue — et moi, on était les premiers arrivés et on a défoncé la porte. Au cas où le gars aurait été encore en vie... mais, au premier coup d'œil, on a vu que c'était pas l'cas. Et puis on a trouvé l'autre, dans la cuisine.

— Et la porte de la salle de bains était fermée de l'intérieur ? demanda Jack.

L'agent se gratta le menton qu'il avait carré et creusé d'une fossette.

— Ben, c'est sûr et certain que c'était fermé de l'intérieur. Autrement, on n'aurait pas eu besoin d'enfoncer la porte, pas vrai ? Et vous voyez ça ? Vous voyez comment c'est fait ? C'est ce que les serruriers appellent un « système secret ». Ça peut pas être fermé de l'extérieur.

Rebecca fronça les sourcils.

— Alors le meurtrier n'a pas pu fermer la porte quand il en a eu fini avec Vastagliano ?

— Non, dit Jack en examinant la serrure de plus près. On dirait que la victime s'est enfermée pour échapper à ce qui la poursuivait.

32

— Mais il a quand même été bousillé, dit Rebecca.
— Ouais.
— Dans une pièce fermée à clé.
— Ouais.
— Où la fenêtre n'est qu'une fente étroite.
— Ouais.
— Trop étroite pour que l'assassin puisse s'enfuir par là.
— Beaucoup trop étroite.
— Alors, comment ça s'est fait, tout ça ?
— J'en sais foutrement rien, dit Jack.
Elle le regarda, l'air menaçant.
— Ne recommence pas avec ta...
— Mais je n'ai rien dit.
— Il y a une explication.
— J'en suis sûr.
— Et on va la trouver.
— Sûr et certain.
— Une explication logique.
— Naturellement.

4

Ce matin-là, à l'école, il arriva un incident fâcheux à Penny Dawson.

L'école Wellton, collège privé, était un grand bâtiment de quatre étages en pierre brune, situé dans une rue propre et bordée d'arbres, dans un quartier tout à fait comme il faut. Penny était en sixième et sa classe se trouvait au troisième étage. C'est là, dans le vestiaire animé et quelque peu surchauffé, que se produisit l'incident fâcheux.

A cette heure-là, quelques minutes avant le début des cours, le vestiaire était bourré d'enfants qui jacassaient en se débarrassant de leurs gros manteaux, de leurs bottes et caoutchoucs. Bien qu'il n'y eût pas encore de neige, on en prévoyait pour le début de l'après-midi et les enfants étaient tous habillés en conséquence. Penny, au centre de l'agitation, était en train de retirer ses gants et sa longue écharpe quand elle remarqua que la porte de son armoire métallique était cabossée et légèrement faussée, comme si on l'avait forcée. En l'examinant de plus près, elle constata qu'on avait aussi forcé la serrure. Elle fronça les sourcils, ouvrit la porte et fit un bond en arrière tandis qu'une avalanche de papiers se répandait à ses pieds. Elle avait laissé en ordre le contenu de son armoire. Maintenant, tout était éparpillé dans un grand fouillis. Et, pire encore, ses livres étaient déchirés, les pages arrachées, lacérées ou froissées en boule. Ses cahiers n'étaient plus que des confettis, ses crayons étaient en petits morceaux et sa calculatrice de poche en miettes. Plusieurs gosses proches de Penny aperçurent ce qui avait dégringolé de l'armoire. A la vue d'un pareil désastre, ils demeurèrent bouche bée. Tout engourdie, Penny s'accroupit pour atteindre l'étagère inférieure, retira quelques lambeaux puis trouva enfin son étui à clarinette. Elle n'avait pas rapporté son instrument à la maison, la veille, parce qu'elle avait des devoirs et n'aurait pas eu le temps de jouer. On avait fait sauter les petits loquets de l'étui noir.

Elle n'osait pas regarder à l'intérieur.

Sally Wrather, la meilleure amie de Penny, s'accroupit à côté d'elle.

— Qu'est-ce qui s'est passé ?

— Je ne sais pas.

— Ce n'est pas toi qui as fait ça ?

— Bien sûr que non. J'ai... j'ai peur que ma clarinette soit cassée.

— Qui est-ce qui a pu faire une chose pareille ? C'est absolument dégueulasse.

Chris Howe, un garçon de sixième, toujours en train de faire l'imbécile, quelquefois odieux et parfaitement insupportable — mais qui pouvait *aussi* être mignon parce qu'il ressemblait un peu à Scott Baio —, s'accroupit à son tour. Il ne semblait pas s'être aperçu que quelque chose clochait.

— Mon Dieu, Dawson, je ne savais pas que t'étais si *cradingue !*

— Elle n'est pas... dit Sally.

— J'parie que t'as toute une famille de gros cafards bien dégoûtants là-dedans, Dawson.

— Oh, fous-nous la paix, Chris ! dit Sally.

Il la regarda bouche bée car Sally était une fragile petite

rousse qui, d'habitude, parlait très poliment. Mais quand il s'agissait de défendre ses amis, Sally pouvait se transformer en tigresse. Chris battit des paupières.

— Hein ? Qu'est-ce que tu as dit ?

— Va te coller la tête dans les cabinets et tire deux fois la chasse. On n'a pas besoin de tes plaisanteries idiotes. Quelqu'un a saccagé l'armoire de Penny. Ça n'a rien de drôle.

Chris regarda le gâchis de plus près.

— Oh ! Hé ! J'avais pas compris. Désolé, Penny.

A contrecœur, Penny ouvrit l'étui à clarinette. Les clés d'argent avaient été enlevées. L'instrument était cassé en deux, lui aussi. Sally posa une main sur l'épaule de Penny.

— Qui est-ce qui a fait ça ? demanda Chris.

— On sait pas, dit Sally.

Penny fixait sa clarinette et elle avait envie de pleurer, pas parce que l'instrument était cassé (quoique ce fût déjà une raison suffisante), mais parce qu'elle se demandait si on n'avait pas fait tout ça pour lui faire comprendre qu'on ne voulait pas d'elle ici. A Wellton, Davey et elle étaient les seuls gosses qui avaient un père policier. Les autres étaient des rejetons d'avoués, de médecins, d'hommes d'affaires, de dentistes, d'agents de change et de publicité.

Quelques enfants, adoptant les réactions de snobisme de leurs parents, pensaient que des gosses de flic ne pouvaient pas, décemment, fréquenter une coûteuse école privée comme Wellton. Heureusement, ils étaient rares. La plupart ne se souciaient nullement de ce que Jack Dawson faisait dans la vie et il y en avait même quelques-uns pour penser que ça devait être plus passionnant d'avoir un père flic que banquier ou comptable.

A présent, dans le vestiaire, tout le monde se taisait, comprenant qu'il s'était passé quelque chose de grave.

Penny se releva, se retourna et les regarda un à un.

Était-ce un de ces snobs qui avait saccagé son armoire ? Elle repéra deux de ses pires ennemies, des filles de sixième, Sissy Johansen et Cara Wallace, et elle eut soudain envie de se précipiter sur elles, de les secouer, de tout leur crier en pleine figure, pour qu'elles comprennent.

Je n'ai pas demandé à venir dans votre fichue école.

C'est seulement grâce à l'assurance de ma mère et aux dommages et intérêts versés par l'hôpital qui l'a tuée que mon papa peut payer. Vous croyez que je voulais que ma mère meure juste pour pouvoir aller à Wellton ? Mince, alors ! Alors, mince ! J'm'en ficherais bien de votre Wellton si ma mère pouvait revenir. Sales morveuses ! Espèces de crétines ! Vous croyez peut-être que j'suis contente que ma mère soit morte ? Espèces de crétines ! Ça va pas, non ?

Mais elle ne cria pas.

Elle ne pleura pas non plus.

Elle ravala la grosse boule qu'elle avait dans la gorge. Elle se mordit les lèvres et se maîtrisa, résolue à ne pas réagir comme une enfant. Très vite, d'ailleurs, elle se félicita de ne pas s'être précipitée sur Sissy et Cara, car elle commençait à se rendre compte que, toutes morveuses qu'elles soient, elles n'étaient pas assez méchantes, elles n'avaient pas assez de culot pour avoir pu saccager son armoire et détruire sa clarinette. Non. Ce n'était pas Sissy, ni Cara, ni aucun autre de ces gosses de riches.

Mais... qui alors ?

Chris Howe était resté accroupi devant l'armoire de Penny à tripoter tous les débris. Il se redressa et brandit une poignée de feuilles lacérées.

— Hé ! Regardez ça ! Le truc a pas été seulement déchiré. On dirait que ça a été *mâchonné.*

— Mâchonné ? dit Sally Wrather.

— Tu vois les petites marques de dents ? demanda Chris. Penny les voyait, elle.

— Qui pourrait bien mâchonner un tas de livres ? demanda Sally.

Des marques de dents, pensait Penny.

— Des rats, dit Chris.

Comme les petits trous dans la batte de base-ball de Davey.

— Des rats, grimaça Sally. Pouah !

La nuit dernière. La chose sous le lit.

— Des rats...

« ... rats »

« ... rats. »

Le mot se propagea parmi les enfants. Deux filles se mirent à piailler.

Quelques gosses filèrent raconter aux professeurs ce qui venait de se passer.

Des rats.

Mais Penny savait que ce n'était pas un rat qui lui avait arraché des mains la batte de base-ball. C'était... quelque chose d'autre. Et ce n'était pas un rat qui avait pu casser en deux sa clarinette.

Quelque chose d'autre.

Mais quoi ?

5

Jack et Rebecca trouvèrent Nevetski et Blaine en bas, dans le bureau de Vincent Vastagliano. Ils étaient en train de fouiller les tiroirs d'un bureau Sheraton et d'un beau cabinet en chêne ouvragé.

Roy Nevetski ressemblait à un prof anglais, « promo » 1955. Chemise blanche. Nœud papillon. Pull gris en V.

Son collègue, à côté, avait l'air d'une brute. Si Nevetski était plutôt du genre mince, Blaine, lui, était trapu, mastoc comme une barrique, avec un cou de taureau. Autant l'intelligence et la finesse semblaient rayonner sur le visage de Roy Nevetski, autant Blaine paraissait être à peu près aussi sensible qu'un gorille.

A en juger d'après le physique de Nevetski, Jack s'attendait à qu'il fouille proprement, discrètement, et il croyait que ce gros rustaud de Blaine ferait du dégât et laisserait partout des marques de doigts sales. En réalité, c'était tout le contraire. Tandis que Roy Nevetski vidait par terre le contenu des tiroirs, Carl Blaine examinait tout en détail et avec soin puis remettait chaque chose à sa place.

— Venez pas fourrer votre nez là-dedans, aboya Nevetski hors de lui. On va fouiller jusqu'au moindre recoin de cette foutue baraque. On partira pas avant d'avoir trouvé ce qu'on cherche ! (Il avait une voix surprenante, dure, tout en notes basses et rauques, avec des intonations métalliques, comme un mécanisme grippé.) Alors, dégagez !

— C'est que, maintenant, Vastagliano est mort, dit Rebecca, et ce n'est plus du tout de votre ressort.

Jack grimaça, gêné par les manières plutôt carrées et le toupet de Rebecca.

— C'est l'affaire de la Criminelle, désormais, ajouta-t-elle. Ça ne concerne plus les Stupéfiants.

— Bon Dieu ! Vous n'avez jamais entendu parler de la coopération entre les services ? demanda Nevetski.

— Et vous, vous avez déjà entendu parler de la politesse ? répliqua Rebecca.

— Attendez, attendez un peu, fit rapidement Jack, conciliant. Il y a de la place pour tout le monde, ici. Largement.

Rebecca lui décocha un regard malveillant qu'il feignit de ne pas remarquer. Il avait acquis une grande expérience dans ce genre de sport.

Rebecca reprit à l'adresse de Nevetski :

— Et ce n'est pas la peine de transformer la maison en porcherie.

— Vastagliano est trop raide pour s'en faire, dit Nevetski.

— Vous ne faites que nous rendre les choses plus difficiles, à Jack et à moi ; on doit fouiller nous-mêmes dans tout ce fatras.

— Écoutez, dit Nevetski, moi, je suis pressé. D'ailleurs, quand je m'occupe d'une fouille comme ça, y a aucune raison de merde pour qu'on vienne revérifier derrière moi. Je ne laisse jamais rien passer.

— Il faut excuser Roy, dit Carl Blaine, empruntant à Jack son ton et ses gestes apaisants.

— Tu parles ! dit Nevetski.

— Il ne voulait pas dire ça, dit Blaine.

— Tu parles ! répéta Nevetski.

— Il est extrêmement tendu, ce matin. (En dépit de son faciès de brute, sa voix était douce, distinguée, mélodieuse.) Extrêmement tendu.

— A le voir, dit Rebecca, on croirait qu'il a ses règles.

Nevetski la foudroya du regard.

Il n'y a rien qui remonte autant le moral que la camaraderie dans la police, pensa Jack.

— C'est qu'on surveillait de près Vastagliano quand il a été tué, c'est pour ça.

— On peut pas surveiller de plus près, dit Rebecca.

— Ce sont des choses qui arrivent, même aux meilleurs, dit Jack en espérant qu'elle allait la boucler.

— L'assassin est entré et sorti à notre insu. On n'a absolument rien vu.

— Bon Dieu ! Ça ne rime à rien ! dit Nevetski en refermant sauvagement un tiroir du bureau.

— On a vu la femme Parker arriver vers sept heures vingt, dit Blaine. Un quart d'heure plus tard, la première voiture de police débarquait. C'est comme ça qu'on a su que Vastagliano avait été liquidé. C'était plutôt embarrassant. On ne peut pas dire que le capitaine ait été très aimable avec nous.

— Merde, le vieux va accrocher nos couilles à son arbre de Noël !

Blaine approuva du chef.

— Ça arrangerait les choses si on pouvait trouver des preuves écrites des affaires de Vastagliano, découvrir les noms de ses associés, de ses clients, peut-être même rassembler assez de preuves pour arrêter quelqu'un d'important.

— On pourrait même finir en héros, dit Nevetski. Bien que, pour le moment, je me contenterais volontiers de ne pas couler dans ce merdier.

Le visage de Rebecca se crispait de plus en plus, montrant à l'évidence qu'elle était excédée par la grossièreté de Nevetski. Jack faisait des prières pour qu'elle n'inflige pas une bonne correction au policier.

Elle s'adossa contre le mur, à côté d'une toile qui semblait être un Andrew Wyeth — du moins au regard béotien de Jack.

— Alors, comme ça, ce Vincent Vastagliano faisait dans le trafic de drogue ? demanda Rebecca, apparemment inconsciente de l'exceptionnelle beauté du tableau.

— C'est McDonald's qui vend des hamburgers ?

— C'était un membre de la famille Carramazza, dit Blaine. C'est la plus puissante des cinq familles de la maffia qui contrôlent le jeu, la prostitution et autres spécialités à New York. Vastagliano était le neveu de Gennaro Carramazza en personne qui lui avait donné le filon Gucci.

— Le quoi ? demanda Jack.

— Dans le marché de la drogue, c'est comme ça qu'on appelle la clientèle huppée, le gratin, expliqua Blaine. Ceux qui ont vingt paires de chaussures Gucci dans leur placard.

— Vastagliano ne vendait pas de la merde à des écoliers. Son oncle ne lui aurait pas permis de faire de vilaines choses comme ça. Il avait uniquement affaire au showbiz et aux gens du monde. Aux fumiers d'intellos.

— Non que Vince Vastagliano ait appartenu à leur monde, se hâta d'ajouter Blaine. Ce n'était qu'un petit gangster médiocre qui fréquentait les bons milieux seulement parce qu'il pouvait procurer de la cocaïne à ces types bourrés.

— C'était une ordure, oui, dit Nevetski. Cette maison, tous ces beaux meubles, ça lui ressemble pas. C'est seulement l'image qu'il pensait devoir donner de lui s'il devenait le fourgueur du beau monde.

— Il ne voyait pas la différence entre un meuble ancien et une table de Prisunic, dit Blaine. Tous ces livres, si vous y regardez de plus près, vous verrez que ce sont des vieux manuels, des tomes dépareillés d'encyclopédies périmées, des invendus achetés au mètre à un bouquiniste, pas pour être lus mais pour remplir les rayonnages.

Jack crut Blaine sur parole mais Rebecca, fidèle à elle-même, s'approcha de la bibliothèque pour vérifier.

— Ça fait longtemps qu'on est après Vastagliano, dit Nevetski. On avait un pressentiment. Il avait pas l'air d'être un maillon très solide. Le reste de la famille Carramazza est aussi discipliné qu'un putain de régiment d'infanterie de marine ! Mais Vince buvait trop, aimait trop les bordels, fumait trop de hachisch ; il prenait même de la came, de temps à autre.

— Si on avait pu le surprendre avec de la marchandise sur lui et trouver assez de preuves pour lui garantir une peine de prison, il aurait peut-être craqué, il aurait peut-être accepté de coopérer plutôt que d'en baver. Par lui, on pensait pouvoir mettre le doigt sur quelques gros malins de l'Organisation.

— On a eu le tuyau que Vastagliano allait être contacté par un grossiste de cocaïne sud-africain, René Oblido.

— Notre informateur affirmait qu'ils devaient se ren-

contrer pour discuter des nouvelles sources d'approvision-
nement. La rencontre devait, disait-on, avoir lieu hier ou
aujourd'hui. Ce n'était pas hier...

— Ça n'aura pas lieu aujourd'hui, toujours, pas maintenant que Vastagliano n'est plus qu'un tas de tripes sanglantes.

On aurait dit que Nevetski allait cracher de dégoût sur le
tapis.

— Vous avez raison, c'est foutu, dit Rebecca en se
détournant de la bibliothèque. C'est fini. Alors, pourquoi ne
pas mettre les voiles et ne pas nous laisser prendre tout ça
en main ?

Nevetski la foudroya de ce regard furieux qui n'apparte-
nait qu'à lui. Même Blaine avait l'air d'avoir envie de la
mordre.

— Prenez votre temps, dit Jack. Cherchez autant que
vous voulez. On ne va pas se mettre dans vos pattes. On a
beaucoup d'autres trucs à faire ici. Viens, Rebecca. Allons
voir les légistes.

Il ne la regarda même pas car il savait qu'elle lui faisait
des yeux comme ceux de Nevetski et de Blaine réunis.

A contrecœur, Rebecca sortit dans le vestibule. Avant de
la suivre, Jack s'arrêta sur le pas de la porte et se retourna
vers Nevetski et Blaine.

— Vous n'avez pas remarqué quelque chose d'insolite ?

— Comme quoi ? demanda Nevetski.

— N'importe quoi. Quelque chose qui sort de l'ordinaire, étrange, mystérieux, inexplicable.

— Je ne peux pas expliquer comment ce foutu assassin
est entré ici, dit Nevetski avec irritation. Ça, c'est sacrément
étrange.

— Rien d'autre ? demanda Jack. Quelque chose qui vous
aurait fait penser qu'il y a plus là-dedans que votre banal
règlement de comptes ?

Ils le regardèrent d'un air ahuri.

— Bon ; d'accord ! Et cette femme, la petite amie de
Vastagliano ?

— Shelly Parker, dit Blaine. Elle attend dans le salon au
cas où vous voudriez lui parler.

— Vous l'avez déjà interrogée ? demanda Jack.

— Un peu, dit Blaine. Elle n'est pas du genre bavard.

— Une vraie salope, oui, voilà ce qu'elle est, dit Nevetski.

— Pas coopérative, dit Blaine.

— Une salope pas coopérative.

— Réservée et très calme, dit Blaine.

— Une poule de trois sous. Une pute. Une salope. Mais superbe.

— A-t-elle fait allusion à un Haïtien ?

— A un quoi ?

— Vous voulez dire... quelqu'un qui vient d'Haïti ? L'île ?

— L'île, confirma Jack.

— Non, dit Blaine. Elle n'a pas parlé d'un Haïtien.

— Qui c'est, ce foutu Haïtien ? demanda Nevetski.

— Un type appelé Lavelle. Baba Lavelle.

— Baba ? dit Blaine.

— On dirait un nom de clown, dit Nevetski.

— Shelly Parker a-t-elle parlé de lui ?

— Non.

— Qu'est-ce que ce Lavelle a à voir là-dedans ?

Jack ne répondit pas à la question.

— Écoutez, miss Parker ne vous a rien dit sur... eh bien... a-t-elle dit que quelque chose lui paraissait étrange ?

Nevetski et Blaine froncèrent les sourcils.

— Qu'est-ce que vous voulez dire ? demanda Blaine.

La veille, ils avaient trouvé la seconde victime : un Noir du nom de Freeman Coleson, un trafiquant au petit pied. On l'avait découvert mort, lardé d'une centaine de petits trous comme la première victime du dimanche soir. Son frère, Carl Coleson, était dans un tel état de panique qu'il ruisselait, littéralement. Il avait raconté à Jack et à Rebecca une histoire à propos d'un Haïtien qui essayait d'absorber tout le marché de l'héroïne et de la cocaïne. C'était l'histoire la plus fantastique que Jack eût jamais entendue mais il était évident que Carl Coleson y croyait dur comme fer. Si Shelly Parker avait raconté la même histoire à Nevetski et Blaine, ils ne l'auraient pas oubliée. Ils n'auraient pas eu besoin de demander à Jack de quelle « étrangeté » il voulait parler.

Jack hésita puis secoua la tête.

— Ça ne fait rien. Ce n'est pas vraiment important.

Si ce n'est pas important, pourquoi avoir mis la question sur le tapis ? Telle serait la prochaine question de Nevetski. Jack se détourna avant que l'autre ait pu ouvrir la bouche et rejoignit Rebecca qui l'attendait dans le hall.

Elle avait l'air furieuse.

6

La semaine précédente, le jeudi soir, pendant la partie de poker à laquelle il participait deux fois par mois depuis plus de huit ans, Jack s'était surpris en train de défendre Rebecca. Pendant la pause, les joueurs — trois officiers de police : Al Dufresne, Witt Yardman et Phil Abrahams — s'étaient mis à dire du mal d'elle.

— Je ne sais pas comment tu peux la supporter, Jack, dit Witt.

— C'est un glaçon, dit Al.

— Une vraie banquise, dit Phil.

Tandis que les cartes crissaient doucement dans les mains actives d'Al, les trois hommes distribuaient les quolibets.

— Elle est plus froide qu'un néné de sorcière.

— A peu près aussi amicale qu'un doberman avec une rage de dents et une constipation chronique.

— A croire qu'elle respire pas, qu'elle pisse pas comme tout le monde.

— Elle est vraiment casse-couilles ! dit Al Dufresne.

— Hé ! Elle est pas si mal quand on la connaît, finit par dire Jack.

— Une casse-couilles, répéta Al.

— Écoutez, dit Jack, si c'était un gars, vous diriez que c'est un dur à cuire et vous l'admireriez même pour ça. Mais, du moment que c'est *une* dure à cuire, alors là, vous dites que c'est une peau de vache.

— Je sais reconnaître une casse-couilles quand j'en vois une, dit Al.

— Une emmerdeuse, oui, dit Witt.

— Elle a ses qualités, dit Jack.

— Ah ouais ? dit Phil Abrahams. Dis-en une.

— Elle est observatrice.

— Comme un vautour.

— Elle est maligne. Elle est efficace, dit Jack.

— Mussolini aussi était comme ça. Il a fait arriver les trains à l'heure.

— Et elle ne manque jamais de donner un coup de main à son collègue quand les choses tournent mal.

— Sacré nom de nom, quel est le flic qui viendrait pas donner un coup de main à son collègue ? demanda Al.

— Y en a, dit Jack.

— Pas beaucoup. Ou alors, ils restent pas flics très long-temps.

— Elle abat un sacré boulot. Et elle a de l'autorité, pour-suivit Jack.

— Ça va, ça va ! dit Witt. Admettons qu'elle fasse un assez bon boulot. Mais pourquoi est-ce qu'elle ne peut pas être *aussi* humaine ?

— Je ne crois pas l'avoir jamais entendue rire, dit Phil.

— Où est son cœur ? dit Al. Est-ce qu'elle en a un, d'ail-leurs ?

— Bien sûr qu'elle en a un, dit Witt. Un petit cœur de pierre.

— Eh bien, j'ai l'impression que j'ai plus de chance d'avoir Rebecca comme collègue que n'importe lequel d'entre vous, espèces de singes à plaques de cuivre.

— De quoi ?

— Ouais. Elle est plus sensible que vous ne croyez.

— Oh, oh ! *Sensible !*

— Nous y voilà !

— Ah ! C'est pas seulement de la galanterie, il a le béguin pour elle !

— Elle va s'accrocher tes couilles en sautoir, mon pote !

— A voir son air, j'dirais que c'est déjà fait.

— Maintenant, elle va porter une broche faite avec...

— Écoutez, les gars : il n'y a rien entre Rebecca et moi, à part...

— Est-ce qu'elle fait ça avec des fouets et des chaînes, Jack ?

— Hé, je parie que c'est ça ! Des bottes et des colliers de chien.

— Enlève ta chemise et montre-nous tes bleus, Jack.

— Mais ils sont débiles !

— Est-ce qu'elle porte un soutien-gorge en cuir ?

— En cuir ? Mais, mon pauvre vieux, cette gonzesse ne doit porter que de l'*acier*.

— Connards ! dit Jack.

— Je pensais bien, aussi, que t'avais pas l'air dans ton assiette, ces deux derniers mois, dit Al. Maintenant, je vois ce que c'est. T'es devenu le toutou à sa mémère, Jack.

— Y a pas de doute, le toutou à sa mémère, dit Phil.

Jack savait que cela ne servait à rien de répliquer. Ses protestations les réjouissaient et ne feraient que les encourager. Il sourit et laissa passer la salve d'artillerie lourde jusqu'à ce que le jeu finisse par les lasser.

— D'accord, les gars, vous avez bien rigolé, dit-il enfin. Mais je ne veux pas que des bruits stupides se mettent à circuler. Je veux que vous compreniez bien qu'il n'y a rien entre Rebecca et moi. Je pense que, sous ses airs durs, c'est quelqu'un de sensible. Derrière cette froideur de crocodile qu'elle s'échine à cultiver, il y a de la chaleur, de la tendresse. C'est ce que je pense, mais je ne le sais pas par expérience personnelle. C'est pigé ?

— Peut-être bien qu'il n'y a rien entre vous deux, dit Phil, mais, à en juger par la façon dont tu tires la langue quand tu parles d'elle, ça paraît évident que tu aimerais bien qu'il y ait quelque chose.

— Ouais, dit Al, quand tu parles d'elle, tu baves !

Et les sarcasmes repartirent de plus belle. Mais, cette fois, ils étaient bien plus proches de la vérité. Jack ne savait pas par expérience personnelle que Rebecca était sensible et hors série. Mais il le sentait et il avait envie de se rapprocher d'elle.

Il aurait donné n'importe quoi pour être avec elle, pas simplement *à côté* d'elle — il était à côté d'elle cinq à six jours par semaine depuis presque dix mois — mais vraiment *avec* elle, à partager ses pensées les plus secrètes, qu'elle gardait si jalousement.

L'attirance physique était forte ; elle l'excitait, pas moyen de le nier. Après tout, elle était assez belle. Mais ce n'était pas tellement sa beauté qui intéressait Jack.

Sa froideur, la distance qu'elle mettait entre elle et autrui faisaient d'elle un défi qu'aucun mâle n'aurait pu résister à relever. Mais ce n'était pas non plus ce qui intéressait tellement Jack.

De temps en temps, rarement, pendant quelques secondes d'inattention, jamais plus d'une minute, sa carapace de dureté glissait un peu, laissant entrevoir, derrière son habituelle apparence glaciale, une autre Rebecca, très différente, un être vulnérable et exceptionnel, quelqu'un qui gagnait à être connu et qui valait le coup qu'on s'accroche. C'était cela qui fascinait Jack Dawson : cette vision fugitive de chaleur et de tendresse, cet éclat éblouissant qu'elle s'empressait de mettre sous le boisseau.

Ce jeudi-là, pendant la partie de poker, il avait senti que forcer les défenses psychologiques compliquées de Rebecca serait à jamais un rêve irréalisable. Après dix mois passés, côte à côte, à travailler dans une confiance mutuelle, le mystère de Rebecca était toujours aussi impénétrable, si ce n'est davantage.

Une semaine ne s'était pas écoulée que Jack avait vu tomber le masque, grâce à une expérience personnelle. *Très* personnelle. Et ce qu'il découvrit était encore plus émouvant, plus extraordinaire qu'il ne s'y attendait. Elle était merveilleuse.

Mais, ce matin-là, la nouvelle Rebecca avait disparu sans laisser de trace, pas le moindre indice. Restait la froide et rébarbative amazone qu'elle s'appliquait tant à incarner. Comme si, la nuit dernière, il ne s'était rien passé.

— J'ai entendu que tu les interrogeais sur le Haïtien, dit-elle quand il l'eut rejointe dans le hall.

— Et alors ?

— Oh, Jack, je t'en prie !

— Eh bien, jusqu'à maintenant, Baba Lavelle *est* notre seul suspect.

— Ce qui me gêne, ce n'est pas que tu poses des questions sur lui, c'est la façon dont tu les poses.

— J'ai parlé anglais, non ?

— Jack...

— Je n'ai pas été assez poli ?

— Jack...

— C'est que je ne comprends pas ce que tu veux dire.

— Si, tu comprends très bien. (Elle se mit à l'imiter quand il parlait à Nevetski et Blaine.) Est-ce que l'un de vous n'a pas remarqué quelque chose d'insolite, là-dedans ? Quelque chose qui sort de l'ordinaire ? Quelque chose d'*étrange* ? De *mystérieux* ?

— Je ne fais que suivre une piste, dit-il sur la défensive.

— Comme hier, tu suivais ta piste en perdant la moitié de l'après-midi dans la bibliothèque, à te documenter sur le vaudou.

— On est restés même pas une heure à la bibliothèque.

— Et ensuite, en te précipitant à Harlem pour aller bavarder avec ce sorcier.

— Ce n'est pas un sorcier.

— Ce *cinglé*.

— Carver Hampton n'est pas un cinglé, dit Jack.

— Un vrai cinglé, répéta-t-elle.

— Il y avait un article sur lui dans ce bouquin.

— Ce n'est pas parce qu'on parle de lui dans un livre que ça le rend automatiquement respectable.

— Il est prêtre.

— Ce n'est pas un prêtre. C'est un imposteur.

— C'est un prêtre vaudou qui pratique seulement la magie blanche, la bonne. Un *hougan*. C'est comme ça qu'il s'appelle lui-même.

— Je peux m'appeler moi-même « arbre fruitier » mais ne t'attends pas à voir des pommes me pousser aux oreilles, dit-elle. Hampton est un charlatan. Qui extorque de l'argent aux gens crédules.

— Sa religion peut sembler un peu exotique.

— Quelles sornettes ! Et cette boutique qu'il tient ! Bon Dieu ! Il vend des herbes et du sang de bouc, des charmes et des maléfices, tout ce fatras d'absurdités...

— Pour lui, ce n'est pas absurde.

— Sûr que si.

— Il y croit.

— Parce qu'il est cinglé.

— Il faut te décider, Rebecca. Carver Hampton est-il un cinglé ou un imposteur ? Je ne vois pas bien comment il peut être les deux à la fois !

— Ça va, ça va ! Peut-être que c'est vraiment ce Baba Lavelle qui a tué les quatre victimes.

— Jusqu'à maintenant, c'est notre seul suspect.

— Mais il ne s'est pas servi du vaudou. Ça ne ressemble pas à de la magie noire. Il les a poignardés, Jack. Il s'est mis du sang sur les mains, comme n'importe quel assassin.

Ses yeux étaient d'un vert intense, féroces, toujours un peu plus verts, un peu plus clairs quand elle était irritée ou impatiente.

— Je n'ai jamais dit qu'il les avait tués par magie, rétorqua Jack. Et je n'ai pas dit que je croyais au vaudou. Mais tu as vu les corps. Tu as vu comme ils sont étrangement...

— Poignardés, dit-elle avec fermeté. Mutilés, oui. Sauvagement et atrocement défigurés, oui. Une centaine de coups de poignard ou plus, oui. Avec un couteau. Un vrai couteau. Un couteau banal.

— Le médecin légiste dit que l'arme utilisée dans les deux premiers meurtres ne devait pas être plus grande qu'un canif.

— D'accord, alors c'était un canif.

— Rebecca, cela n'a pas de sens.

— Un meurtre n'a jamais de sens.

— Mais, bon Dieu ! quel est le tueur qui s'attaquerait à ses victimes avec un canif ?

— Un maniaque.

— Les fous préfèrent en général des armes plus spectaculaires, genre couteau de boucher, hache, fusil de chasse...

— Au cinéma, peut-être...

— Dans la réalité aussi.

— C'est encore un nouveau détraqué, dans le genre de ceux qui grouillent en liberté de nos jours, insista-t-elle. Il n'y a rien de particulier ni d'étrange là-dedans.

— Mais comment les a-t-il maîtrisées ? S'il avait seulement un canif à la main, pourquoi ses victimes ne se sont-elles pas défendues ? Ou échappées ?

— Il y a une explication, dit-elle, têtue. On la découvrira.

Il faisait chaud, décidément, dans cette maison ; Jack ôta son pardessus. Rebecca, elle, garda son manteau. Elle semblait aussi indifférente à la chaleur qu'au froid.

— Et, à chaque fois, reprit Jack, la victime a lutté contre son agresseur. Il y a toujours des signes d'une lutte acharnée. Pourtant, aucune ne semble avoir réussi à blesser l'attaquant. Il n'y a pas d'autre sang que celui de la victime. C'est drôlement étrange, non ? Et que dis-tu de Vastagliano assassiné dans une salle de bains fermée à clé ?

Elle le regarda soudain, désarçonnée, mais ne répondit pas.

— Écoute, Rebecca, je ne suis pas en train de te dire que c'est le vaudou ou qu'il y a là-dedans le moindre truc surnaturel. Je ne suis pas particulièrement superstitieux. Mon idée est que ces meurtres doivent être l'œuvre de quelqu'un qui croit au vaudou, qu'il peut s'agir de meurtres rituels. L'état des corps indique qu'il faut chercher dans cette direction. Je ne dis pas que c'est le vaudou qui a agi. Je suppose seulement que l'assassin peut avoir cru en son action et un adepte du vaudou peut nous conduire jusqu'à lui et nous fournir les preuves dont nous avons besoin pour l'inculper.

— Jack, je sais que tu es plutôt...

— Plutôt quoi ?

— Disons excessivement large d'esprit...

— Comment peut-on être excessivement large d'esprit ? C'est comme si tu disais qu'on peut être *trop* honnête.

— Quand Carl Coleson a dit que ce Baba Lavelle allait rafler tout le trafic de drogue en tuant ses rivaux par des envoûtements vaudou, tu l'écoutais... eh bien... tu l'écoutais comme un enfant, extasié.

— Pas du tout.

— Si. Et la première chose qu'on a faite, ça a été de nous précipiter droit à Harlem, dans une boutique vaudou.

— Si ce Baba Lavelle s'intéresse vraiment au vaudou, on peut raisonnablement supposer que quelqu'un comme Carver Hampton le connaît ou peut découvrir quelque chose sur lui.

— Un cinglé comme Hampton ne nous est d'aucune aide. Tu te rappelles l'affaire Holderbeck ?

— Qu'est-ce que cela a à voir avec ?

— La vieille dame assassinée pendant la séance ?

— Emily Holderbeck. Je me souviens.

— Tu étais *fasciné,* dit-elle.

— Je n'ai jamais prétendu qu'il y avait du surnaturel là-dedans.

— Absolument fasciné.

— Bon, mais c'était un meurtre incroyable ! L'assassin était vraiment culotté. La pièce était sombre, d'accord, mais il y avait huit personnes présentes quand le coup de feu est parti.

— Ce qui te fascinait, ce n'étaient pas les faits, dit Rebecca. C'était le médium qui t'intéressait. Cette Mrs Donatella avec sa boule de cristal. Tu ne te lassais pas d'entendre ses histoires de revenants, ses prétendues expériences psychiques.

— Et alors ?

— Tu crois aux fantômes, Jack ?

— Tu veux dire, si je crois en l'au-delà ?

— Aux fantômes.

— Je ne sais pas. Peut-être. Peut-être pas. Qui peut le dire ?

— *Moi*, je peux le dire. Je ne crois pas aux fantômes. Mais tes faux-fuyants me confortent dans mon opinion.

— Rebecca, il y a des millions de gens parfaitement sains, respectables, intelligents, pondérés qui croient en une vie après la mort.

— Un policier ressemble beaucoup à un scientifique, dit-elle. Il se doit d'être logique.

— Il ne doit pas forcément être athée, nom de Dieu !

— La logique est le meilleur instrument que nous possédions, dit-elle en ignorant l'argument.

— Tout ce que je veux dire, c'est qu'on est en face de quelque chose d'étrange. Et puisque le frère d'une des victimes pense que le vaudou y est mêlé...

— Un bon policier doit être raisonnable, méthodique...

— On devrait suivre la piste, même si ça paraît ridicule.

— ... un bon policier doit être solide, réaliste.

— Un bon policier doit aussi avoir de l'imagination, de la souplesse, riposta-t-il. (Puis, changeant brusquement de sujet, il demanda :) Rebecca, et la nuit dernière ?

Elle rougit.

— Allons interroger la dame Parker, dit-elle en se détournant de lui.

Il la retint par le bras.

— Je pense que quelque chose de très particulier s'est passé la nuit dernière.

Elle ne répondit pas.

— Est-ce que je me suis fait des idées ?

— Ce n'est pas le moment de parler de ça.

— Tu as trouvé ça vraiment si abominable ?

— Plus tard.

— Pourquoi me traites-tu de cette façon ?

Elle détournait le regard, chose inhabituelle chez elle.

— C'est compliqué, Jack.

— Je pense que nous devrions en parler.

— Plus tard, dit-elle. Je t'en prie.

— Quand ?

— Quand nous aurons le temps.

— Quand aurons-nous le temps ? insista-t-il.

— Si on a du temps pour déjeuner, on pourra en parler.

— On prendra le temps.

— On verra.

— Oui, on verra.

— Maintenant, on a du travail, dit-elle en se dégageant.

Il la lâcha. Elle pénétra la première dans le salon où attendait Shelly Parker. Il lui emboîta le pas, tout en se demandant dans quoi il s'était fourré en nouant des relations intimes avec cette femme exaspérante. C'était plutôt elle qui était cinglée, oui. Peut-être ne valait-elle pas qu'il se tourmente comme ça. Peut-être n'allait-elle lui apporter que du chagrin. N'allait-il pas regretter le jour où il l'avait rencontrée ? Parfois, elle paraissait vraiment névrosée. Valait mieux s'écarter. S'il était malin, il déclarerait forfait immédiatement. Il pourrait demander à changer de collègue, peut-être même se faire muter ailleurs. De toute façon, il était las d'avoir tout le temps affaire à la mort. Rebecca et lui se sépareraient, iraient chacun leur chemin personnel et professionnel, avant qu'ils ne soient trop inextricablement liés l'un à l'autre. Oui, c'était ce qu'il y avait de mieux. Voilà ce qu'il devrait faire mais, comme dirait Nevetski : Tu parles ! Il n'allait pas déposer une demande pour changer de collègue. Il n'était pas un lâcheur.

D'ailleurs, il était peut-être amoureux.

A cinquante-huit ans, Nayva Rooney ressemblait à la fois à une grand-mère et à un travailleur de force. Des cheveux gris qu'elle se faisait toujours friser. Un visage rond, rose et amical aux traits accusés. Le regard de ses yeux bleus pleins de gaieté était toujours chaud et ne se dérobait jamais. Sans être grosse, elle était rondouillette. Ses mains n'étaient ni lisses ni douces comme celles des grands-mères mais fortes, rapides, efficaces, calleuses par endroits. Elle marchait comme si rien ne pouvait lui résister, gens ou mur de brique. Sa démarche n'était pas particulièrement légère, gracieuse ni féminine : elle faisait de grandes enjambées avec le sérieux d'un sergent-chef.

Nayva s'occupait de l'appartement de Jack Dawson depuis la mort de Linda. Elle venait une fois par semaine, le mercredi. Elle gardait aussi les enfants, de temps en temps ; et, la veille au soir, elle était restée pour veiller sur Penny et Davey, pendant que Jack était à son rendez-vous.

Ce matin-là, elle commença par la cuisine. Soudain, alors qu'elle était en train de boire une tasse de café, elle entendit un bruit curieux qui venait du living. Un cri aigu, perçant, bref. Un cri d'animal. Elle reposa la cafetière.

Un chat ? Un chien ?

Apparemment, ni l'un ni l'autre. D'ailleurs, les Dawson n'avaient pas d'animaux chez eux.

Elle allait avancer en direction du living quand le couinement recommença. Elle s'arrêta, paralysée, et se sentit soudain mal à l'aise. C'était un vilain cri, bref, cette fois encore mais perçant, aigre, chargé de colère et de menaces. Cela ne semblait plus guère être un bruit d'animal. Ni d'humain non plus, d'ailleurs. Mais elle demanda :

— Il y a quelqu'un ?

L'appartement était silencieux. Presque trop, maintenant. Comme si on écoutait, comme si on guettait ses mouvements. Nayva n'était certes pas femme à piquer des crises de nerfs ou d'hystérie. Elle avait toujours su se débrouiller toute seule ; besoin de personne, merci bien. Mais, tout à coup, elle était frappée par une terreur douloureuse, qui lui était inconnue.

Silence.

— Qui est là? demanda-t-elle à nouveau.

Encore ce cri strident, furieux. Chargé de haine. Nayva frissonna.

Un rat? Les rats couinent. Mais pas comme ça.

Bien qu'elle se sentît un peu ridicule, elle saisit un balai et le brandit comme une arme.

Le couinement reprit, du living, comme pour l'encourager méchamment à venir voir.

Le balai à la main, elle traversa la cuisine puis hésita sur le seuil. Quelque chose bougeait dans le living. Elle ne pouvait voir ce que c'était mais elle entendait comme un curieux froissement de papier ou de feuille sèche et un grattement-sifflement qui ressemblait parfois à un chuchotement dans une langue étrangère.

Avec une témérité qu'elle avait héritée de feu son père, agent de police, Nayva franchit le seuil.

Du coin de l'œil, elle surprit un mouvement. Les rideaux jaune pâle frémirent mais il n'y avait pas de courant d'air.

Nayva se déplaça rapidement de façon à apercevoir le bas des rideaux. Mais ils ne bougeaient plus. Puis elle entendit, derrière elle, un cri perçant, furieux. Elle fit volte-face, le balai en avant, prête à frapper.

Rien.

Elle contourna l'autre canapé. Rien. Regarda derrière le fauteuil. Rien. Sous les tables. Rien. Rien. Rien.

Puis le couinement reprit dans l'entrée.

Le temps qu'elle ait atteint l'entrée, il n'y avait déjà plus rien. En pénétrant dans l'appartement, elle n'avait pas allumé l'électricité et le vestibule, sans fenêtre, était seulement éclairé par la lumière de la cuisine et du living. Elle attendit, l'oreille dressée.

Le cri, encore. Cette fois, il venait de la chambre des gosses. Nayva traversa le couloir. La pièce était plongée dans l'obscurité. Elle s'immobilisa un instant sur le seuil, scrutant les ombres. Pas un bruit. Nayva retenait sa respiration et écoutait. S'il y avait quelque chose ici, quelque chose de vivant, ça devait être immobile et en alerte, comme elle. Enfin, d'un pas prudent, elle pénétra dans la pièce, alla vers le lit de Penny et alluma la lampe de chevet.

Puis elle se retourna pour aller allumer la lampe de Davey. Quelque chose se mit à siffler, à bouger.

Elle eut un hoquet de surprise. La chose fila comme une flèche par la porte ouverte du placard sous le lit de Davey. Nayva n'eut pas le temps de la distinguer clairement. C'était quelque chose de petit, à peu près de la taille d'un gros rat, effilé, luisant et glissant comme un rat. Mais il n'existait aucun rongeur qui fît un bruit semblable. L'animal ne criait plus. Il sifflait et... marmottait, comme conscient de l'urgence de la situation.

Nayva recula. Elle jeta un coup d'œil à son balai : allait-elle le promener sous le lit pour faire sortir l'intrus et voir exactement à quoi il ressemblait ?

Mais, tandis qu'elle hésitait, la chose détala de sous le lit vers la partie sombre de la chambre ; elle bougeait vite. Et, cette fois encore, Nayva ne put la distinguer nettement.

— Zut ! dit-elle.

Elle avait l'inquiétante impression que l'animal — nom d'une pipe, qu'est-ce que ça pouvait être ? — était en train de jouer avec elle, de la narguer. Mais c'était absurde. Une bête, de quelque espèce qu'elle soit, ne peut pas avoir l'intelligence ou le désir de se faire pourchasser juste pour le plaisir.

Quelque part, dans l'appartement, la chose poussa un cri aigu, comme un appel.

D'accord, pensa Nayva. D'accord, tu es une sale petite bête, qui que tu sois, regarde bien car je viens. Tu peux être rapide, tu peux être maligne, mais je te coincerai et je verrai à quoi tu ressembles, même si ce doit être la dernière chose que je fais de ma vie.

CHAPITRE DEUX

1

Ils interrogèrent la petite amie de Vince Vastagliano pendant un quart d'heure. Nevetski avait raison : c'était une garce peu coopérative. Juché sur une chaise d'époque Reine Anne, Jack Dawson se pencha en avant et lâcha enfin le nom donné la veille par Carl Coleson.

— Vous connaissez un certain Baba Lavelle ?

Shelly Parker lui jeta un rapide coup d'œil puis baissa aussitôt les yeux sur ses mains qui enserraient un verre de scotch. Mais ces brèves secondes de désarroi avaient permis à Jack de lire la réponse dans ses yeux.

— Je ne connais personne de ce nom-là, mentit-elle.

Rebecca était assise, elle aussi, sur une chaise, les jambes croisées, les bras sur les accoudoirs, l'air calme, confiante et infiniment plus sûre d'elle que Shelly Parker.

— Peut-être ne *connaissez-vous* pas Lavelle, dit-elle, mais vous avez peut-être entendu parler de lui. C'est possible, n'est-ce pas ?

— Non, dit Shelly.

— Écoutez, miss Parker, nous savons que Vince Vastagliano était un trafiquant de drogue et nous pourrions vous inculper aussi.

— Je n'ai rien à voir avec tout ça !

— ... Mais nous ne retiendrons aucune charge contre vous...

— Vous ne pouvez pas !

— ... si vous coopérez.

— Vous ne pouvez rien contre moi.

— On peut vous rendre la vie très difficile.

— Les Carramazza aussi. Je ne parlerai pas d'eux.

— On ne vous demande pas de parler d'eux, dit Rebecca. Parlez-nous juste de ce Lavelle.

Shelly ne répondit pas. Elle se mordillait la lèvre d'un air distrait.

— C'est un Haïtien, dit Jack pour l'encourager.

Shelly cessa de se mordre la lèvre et se cala dans le canapé blanc, feignant une indifférence peu convaincante.

— Quel genre de Jaune c'est?

Jack battit des paupières.

— Hein?

— Quel genre de Jaune c'est, ce Lavelle? répéta-t-elle. Japonais, Chinois, Vietnamien? Vous avez dit qu'il était asiatique.

— *Haïtien.* Il vient d'Haïti.

— Ah! Alors, il n'est pas jaune du tout.

— Pas jaune du tout, renchérit Rebecca.

Shelly perçut apparemment le mépris dans la voix de Rebecca car elle s'agita avec nervosité, bien qu'elle ne parût pas très bien comprendre ce qui avait provoqué ce mépris.

— C'est un Nègre?

— Oui, dit Jack. Vous le savez très bien.

— Je ne traîne pas avec les Nègres, dit Shelly en redressant la tête et les épaules d'un air offensé.

— On a entendu dire que Lavelle veut s'approprier le marché de la drogue.

— Je ne sais rien.

— Vous croyez au vaudou, miss Parker?

Rebecca soupira d'un air las. Jack la regarda.

— Sois un peu indulgente avec moi.

— Cela n'a rien à voir avec la question.

— Je promets de ne pas me montrer trop large d'esprit, dit Jack en souriant. (Puis s'adressant à Shelly Parker :) Vous croyez au pouvoir du vaudou?

— Bien sûr que non.

— Je pensais que c'était peut-être à cause de ça que vous

refusiez de parler de Lavelle. Parce que vous aviez peur qu'il vous jette le mauvais œil.

— Tout ça, c'est des conneries.

— Vraiment?

— Tous ces trucs vaudou, c'est des conneries.

— Mais vous *avez entendu parler* de Baba Lavelle? dit Jack.

— Non, je viens de vous dire...

— Pour quelqu'un qui ne sait rien sur Lavelle, dit Jack, vous n'avez pas eu l'air surprise quand j'ai parlé de quelque chose d'aussi bizarre que le vaudou. Vous auriez dû me demander ce que le vaudou avait à voir avec tout ça. Mais vous n'avez pas été surprise, ce qui veut dire que vous savez quelque chose sur ce Lavelle.

Shelly porta une main à sa bouche; elle allait commencer à se ronger un ongle mais se ravisa, décidant que le réconfort qu'elle y trouverait ne valait pas qu'elle détruise ses soins de manucure à quatre dollars.

— Très bien, très bien, je sais quelque chose sur Lavelle.

Jack fit une grimace à l'intention de Rebecca.

— Tu vois?

— Pas mal, admit Rebecca.

— Technique habile d'interrogatoire. L'*imagination*.

— Puis-je reprendre du scotch?

— Vous attendrez qu'on ait fini de vous interroger, dit Rebecca.

— Je ne suis pas saoule, dit Shelly.

— Je n'ai pas dit ça, précisa Rebecca.

— Je ne suis jamais ivre, dit Shelly. Je ne suis pas une poivrote.

Elle se leva du canapé, se dirigea vers le bar et remplit son verre. Rebecca, les sourcils levés, regardait Jack.

Shelly vint se rasseoir. Elle posa son verre sur une petite table, voulant démontrer par là qu'elle était tout à fait maîtresse d'elle-même. Jack surprit le regard que Shelly lança à Rebecca et en frémit presque. Elle faisait penser à un chat, le dos hérissé, prêt à l'attaque. L'atmosphère chargée d'animosité n'était pas, cette fois, entièrement du fait de Rebecca. Elle n'avait pas été aussi froide et cassante avec Shelly qu'elle l'aurait pu. En fait, elle s'était montrée plutôt aimable jusqu'au truc des « Jaunes ». Mais Shelly s'était comparée à Rebecca et elle avait senti qu'elle ne faisait pas le poids. Ce qui avait déclenché son animosité. Comme Rebecca, Shelly Parker était une jolie blonde. Mais la ressemblance s'arrêtait là. Les traits harmonieux et délicats de Rebecca indiquaient la sensibilité, le raffinement, l'éducation. Alors que Shelly était une parodie de séduction. Sa coiffure était faussement libre et négligée, elle avait des pommettes larges et plates, des lèvres proéminentes. Elle était trop fardée. Ses yeux bleus, légèrement troubles et vagues, étaient dépourvus de la franchise qu'on pouvait lire dans le regard de Rebecca. Sa silhouette était un peu trop enveloppée; elle ressemblait plutôt à une merveilleuse pâtisserie française, avec trop de beurre, trop d'œufs, de crème fouettée et de sucre; trop riche, trop douce. Mais, dans son pantalon collant noir et son pull violet, elle était décidément attrayante. Elle portait beaucoup de bijoux. Elle n'avait que vingt-deux ans et, sans être déjà fanés, ses charmes, d'ici quelques années, n'inciteraient plus guère les hommes à lui offrir des bijoux. Shelly était le genre de femme qu'on désire, sur laquelle on fantasme. Rebecca, elle, était aussi le genre de femme qu'on désire, sur laquelle on fantasme *et qu'on épouse*.

Il s'imaginait facilement passer une semaine brûlante aux Bahamas avec Shelly Parker; ça, oui. Mais une semaine seulement. A la fin de la semaine, il se barberait sûrement, malgré son énergie et sa compétence sexuelles qui ne faisaient aucun doute. La conversation avec Shelly devait être probablement aussi édifiante qu'avec un mur. Rebecca, elle, ne devait jamais être ennuyeuse; c'était une femme à multiples facettes. Après vingt ans de mariage, il serait sûrement encore intrigué par Rebecca.

Mariage? Vingt ans?

Mon Dieu, écoute ça! pensa-t-il, stupéfait. Je suis mordu ou je me suis fait avoir?

Il s'adressa à Shelly.

— Alors, que savez-vous sur Baba Lavelle?

Elle soupira.

— Je ne vous dirai rien sur les Carramazza.

— On ne vous demande rien sur eux. Seulement sur Lavelle.

— Alors, oubliez-moi. Je suis en dehors de tout ça. Vous ne pouvez pas me retenir comme témoin.

— Vous n'avez pas été témoin des meurtres. Dites-nous seulement ce que vous savez sur Lavelle et vous pourrez partir.

— Très bien. Il est arrivé il y a deux mois environ, et a commencé à faire du trafic de coke et d'héro. Et il fallait casquer pour la marchandise, c'est moi qui vous le dis. En un mois, il disposait d'une vingtaine de revendeurs qu'il approvisionnait et il faisait savoir clairement qu'il avait l'intention de s'étendre. Du moins, c'est ce que Vince m'a dit. Je ne le sais pas de première main parce que je ne suis pas mêlée à la drogue.

— Bien sûr que non.

— Maintenant, personne, absolument personne ne fait de trafic dans cette ville sans s'être arrangé avec l'oncle de Vince. Du moins, c'est ce que j'ai entendu dire.

— C'est ce que j'ai entendu dire aussi, dit Jack sèchement.

— Alors, des gens à Carramazza ont fait passer le mot à Lavelle d'arrêter ses affaires jusqu'à ce qu'il se soit arrangé avec la famille. Un conseil amical.

— Comme le cher Abby ? dit Jack.

— Ouais, répondit Shelly sans même sourire. Mais il ne s'est pas arrêté. Au lieu de ça, ce cinglé de nègre a envoyé un mot à Carramazza, lui offrant de partager le marché de New York, la moitié chacun, alors que Carramazza possédait déjà *tout*.

— Plutôt gonflé de la part de Lavelle, dit Rebecca.

— Non, il voulait faire son petit malin, voilà tout. Lavelle est un minus. Qui avait entendu parler de lui, avant ça ? D'après Vince, le vieux Carramazza a cru que Lavelle n'avait pas compris son premier message ; alors, il a envoyé deux autres gars pour lui mettre les points sur les i.

— Ils devaient casser les pattes de Lavelle ? demanda Jack.

— Au pire, dit Shelly.

— Il y a toujours pire.

— Mais il est arrivé quelque chose aux messagers, dit Shelly.

— Morts ?

— Je ne suis pas sûre. Vince semblait penser qu'ils ne reviendraient jamais.

— Donc, ils sont morts, dit Jack.

— Probablement. De toute façon, Lavelle à prévenu Carramazza qu'il était une sorte de docteur-sorcier vaudou et que la famille elle-même ne pourrait lutter contre lui. Bien sûr, tout le monde a ri. Et Carramazza a envoyé cinq de ses meilleurs types, cinq gros vrais salauds, qui savaient surveiller, attendre et saisir le bon moment.

— Et il leur est arrivé quelque chose, à eux aussi ? demanda Rebecca.

— Ouais. Quatre ne sont jamais revenus.

— Et le cinquième ? demanda Jack.

— On l'a balancé sur le trottoir, devant la maison de Carramazza, à Brooklyn. Vivant. Salement amoché, écorché, en petits morceaux mais vivant. L'ennui, c'est qu'il aurait pu tout aussi bien être mort.

— Pourquoi ça ?

— Il avait complètement perdu la boule.

— Quoi ?

— Dingue. Fou furieux, dit Shelly en faisant tourner son verre de scotch dans ses longs doigts. D'après ce que Vince avait entendu dire, ce gars-là avait dû voir ce qui était arrivé aux quatre autres et ça lui a complètement tapé sur le ciboulot, il a perdu totalement la boule.

— Comment s'appelait-il ?

— Vince ne l'a pas dit.

— Où est-il maintenant ?

— Je suppose que don Carramazza l'a planqué quelque part.

— Et il est toujours... dingue ?

— Je pense que oui.

— Carramazza a envoyé une troisième équipe ?

— Pas que je sache. Je crois qu'après ça, ce Lavelle a envoyé un message au vieux Carramazza : « Si vous voulez la guerre, alors, c'est la guerre. » Et il a averti la famille de ne pas sous-estimer le pouvoir du vaudou.

— Personne n'a ri, cette fois, dit Jack.

— Personne, confirma Shelly.

Il y eut un silence. Jack observait Shelly Parker qui avait les yeux baissés. Ils n'étaient pas rouges ni gonflés. Aucune trace des larmes qu'elle aurait dû verser sur Vince Vastagliano, son amant. Il entendait le vent, dehors. Il regarda vers les fenêtres : des flocons de neige effleuraient les vitres.

— Miss Parker, croyez-vous que tout cela soit le résultat de maléfices vaudou ou quelque chose de ce genre ?

— Non. Peut-être. Qu'est-ce que j'en sais, moi ? Après ce qui s'est passé tous ces derniers jours, qui peut le dire ? Mais je suis sûre d'une chose, c'est que Baba Lavelle est un fortiche et un beau salaud.

— On a entendu un peu la même histoire, hier, du frère d'une autre victime. Pas avec autant de détails. Il ne paraît pas savoir où on peut trouver Lavelle. Et vous ?

— Il avait une planque dans le Village [1]. Mais il n'y est plus. Depuis que tout a commencé, personne ne peut lui mettre la main dessus. Ses revendeurs travaillent toujours pour lui, ils continuent à être approvisionnés, du moins c'est ce que Vince disait, mais personne ne sait où est Lavelle.

— La planque qu'il avait dans le Village, dit Jack, vous n'auriez pas l'adresse, par hasard ?

— Non. Je vous l'ai dit, je ne suis pas vraiment dans le bain. Honnêtement, je ne sais pas. Je sais seulement ce que Vince m'a dit.

Jack lança un coup d'œil à Rebecca.

— Autre chose ?

— Non.

— Vous pouvez partir, dit-il à Shelly.

Elle avala enfin quelques gorgées de scotch, posa son verre, se leva et tira sur son pull.

— Je vous jure, les Macaronis, j'en ai ma claque. Plus de Macaronis. Ça tourne toujours mal avec eux.

Rebecca la regarda, bouche bée, et Jack aperçut un éclair de colère dans ses yeux.

— J'ai entendu dire qu'il y avait des Jaunes qui n'étaient pas mal.

Le visage de Shelly se crispa et elle secoua la tête.

---

1. Greenwich Village, quartier bohème de Manhattan *(N.d.T.)*.

— Des Jaunes ? Très peu pour moi ! Ils sont tous petits, d'abord, pas vrai ?

— Eh bien, dit Rebecca d'un ton sarcastique, jusqu'à maintenant, vous avez rayé les Noirs, les Macaronis et les Jaunes. Vous êtes bien difficile.

Le sarcasme passa au-dessus de la tête de Shelly. Celle-ci adressa à Rebecca un sourire hésitant, se méprenant sur le sens de ses paroles.

— Oh, ouais ! Hein, vous voyez, même si c'est moi qui le dis, je ne suis pas tout à fait n'importe qui. J'ai pas mal d'avantages. Je peux me permettre d'être difficile.

— Vaut mieux faire attention aux Espinguoins, aussi, dit Rebecca.

— Ah ouais ? dit Shelly. J'ai jamais eu de petit ami espingouin. Ils sont pas bien ?

— Les Sherpas, c'est pire, dit Rebecca.

Jack mit sa main devant la bouche et toussa pour étouffer son rire. Shelly prit son manteau et fronça les sourcils.

— Sherpas ? Qu'est-ce que c'est ?

— Du Népal, répondit Rebecca.

— Où c'est, ça ?

— L'Himalaya.

Shelly avait enfilé à demi son manteau.

— Ces montagnes...

— Ces montagnes, confirma Rebecca.

— C'est à l'autre bout du monde, non ?

— A l'autre bout du monde.

Shelly ouvrait des yeux tout ronds. Elle passa enfin l'autre manche du manteau.

— Vous avez beaucoup voyagé ?

Jack se mordait la langue presque jusqu'au sang.

— J'ai un peu circulé, dit Rebecca.

Shelly soupira, boutonna son manteau.

— Moi, je n'ai pas beaucoup voyagé. A part Miami et Las Vegas, une fois. J'ai même jamais vu qui que ce soit coucher avec un Sherpa.

— Eh bien, si par hasard vous en rencontrez un, vaut mieux vous écarter. Personne ne peut vous briser le cœur comme un Sherpa. A propos, je pense que vous savez que vous ne devez pas quitter la ville sans nous en avertir ?

— Je ne vais nulle part, affirma Shelly.

Sur le seuil de la pièce, elle se retourna.

— Euh... Lieutenant Chandler, je m'excuse, j'ai peut-être été un peu désagréable avec vous.

— Ne vous en faites pas pour ça.

— Et merci pour le conseil.

— Entre filles, on doit se soutenir, dit Rebecca.

— Ça, c'est bien vrai ! dit Shelly.

Et elle quitta la pièce. Ils entendirent le bruit de ses pas décroître dans le hall.

— Dieu, quelle gourde ! Quelle garce de raciste !

Jack éclata de rire et se laissa tomber sur la chaise Reine Anne.

— Tu parles comme Nevetski.

— « Même si c'est moi qui le dis, je ne suis pas tout à fait n'importe qui. J'ai pas mal d'avantages. » Mon Dieu, Jack !

Jack se renversa sur sa chaise et rit de plus belle.

Rebecca lui fit une large grimace.

— J'ai bien vu comme tu étais pâmé devant elle.

— Moi ? réussit-il à articuler entre deux accès d'hilarité.

— Oui, toi. Littéralement pâmé. Mais il faut que tu l'oublies, Jack. Elle n'est pas pour toi.

— Ah ?

— Eh bien, mais n'as-tu pas un peu de sang irlandais ? Ta grand-mère était irlandaise, pas vrai ? (De nouveau imitant la voix de Shelly Parker :) Oh, y a pas pire que ces fichus lécheurs de curés et bouffeurs de patates d'Irlandais !

Jack rugit. Rebecca s'assit sur le canapé. Elle riait, elle aussi.

— Et, si je me souviens bien, tu as aussi du sang anglais.

— Oh oui ! dit-il en hoquetant. J'suis une éponge à thé d'Engliche, aussi.

— Ça ne vaut pas un Sherpa, dit-elle.

Ils se tordaient toujours de rire quand un des flics en uniforme vint jeter un coup d'œil depuis l'entrée.

— Que se passe-t-il ? demanda-t-il.

Mais ni l'un ni l'autre n'étaient en mesure de lui répondre.

— Vous devriez montrer un peu plus de respect : il y a deux morts ici.

Mais la remontrance ne fit que redoubler leur fou rire. Le policier leur décocha un regard noir, hocha la tête et s'en alla.

Jack savait que c'était précisément *à cause* de la présence de la mort que le dialogue entre Rebecca et Shelly Parker avait semblé si désopilant. Après avoir subi le spectacle éprouvant de quatre corps atrocement mutilés en quatre jours, ils éprouvaient le besoin désespéré d'avoir un bon fou rire.

Peu à peu, ils reprirent leur sérieux et s'essuyèrent les yeux. Rebecca se leva, se dirigea vers les fenêtres et se mit à observer les bourrasques de neige. Et ils partagèrent quelques minutes d'un silence très agréable, savourant le relâchement qui, si temporaire qu'il soit, était le bienvenu après la tension du fou rire. C'était le genre de choses qu'il n'avait pu expliquer à ses partenaires de poker, la semaine précédente, quand ils avaient démoli Rebecca. A des moments comme celui-ci, quand se révélait l'autre Rebecca — la Rebecca qui possédait un solide sens de l'humour et de l'absurde —, Jack sentait qu'ils appartenaient à la même famille d'esprit. Si rares qu'elles soient, ces minutes rendaient leur association vivable et intéressante, et il caressait l'espoir que cette Rebecca secrète en viendrait à se révéler plus souvent.

Mais, comme toujours, le changement fut de courte durée. Elle se détourna de la fenêtre.

— On devrait aller voir ce que fait le légiste, dit-elle.

— Ouais, dit Jack. Et essayons de nous faire une tête de circonstance à partir de maintenant, Chandler. Montrons-leur qu'on a le respect qu'il se doit envers la mort.

Elle lui sourit mais d'un pâle sourire.

Elle quitta la pièce.

Il la suivit.

2

En revenant dans l'entrée, Nayva Rooney ferma derrière elle la porte de la chambre des enfants, de façon que le rat — ou autre chose — ne puisse s'y réfugier. Elle chercha dans la chambre de Jack Dawson sans résultat et elle ferma aussi la porte. Elle passa la cuisine au peigne fin. Pas de rat. Elle ferma les deux portes de la cuisine, celle qui donnait sur l'entrée et celle du living, bouclant ainsi la bête dans cette pièce. Maintenant, elle ne pouvait être cachée que dans le living. Seulement elle n'y était pas. Nayva regarda partout. Sans rien trouver. Elle s'immobilisa plusieurs fois pour écouter... Pas un bruit.

En fouillant toutes les pièces, elle n'avait pas seulement cherché l'invisible bête mais aussi un trou dans une plinthe, une ouverture assez large pour laisser passer un énorme rat. Elle ne découvrit rien.

Elle se tenait à présent entre le vestibule et le living illuminés par toutes les lampes et le plafonnier qu'elle avait allumés. Elle regardait partout, les sourcils froncés, déconcertée.

Où était-il passé ? Il aurait dû être encore là, pas vrai ?

Oui. Elle en était sûre. La chose était encore là.

Elle avait le sentiment étrange qu'on l'observait.

3

Le médecin légiste, Ira Goldbloom, ressemblait davantage à un Suédois qu'à un juif. Grand, le teint clair et des cheveux blonds, presque blancs, des yeux bleus mouchetés de gris. Jack et Rebecca le trouvèrent au premier étage, dans la chambre du maître de maison. Il avait achevé son examen du cadavre de la cuisine, jeté un coup d'œil sur Vince Vastagliano et était en train de choisir divers instruments dans sa mallette de cuir noir.

— Pour quelqu'un à l'estomac fragile, je n'ai pas choisi le bon métier, dit-il.

Jack constata que Goldbloom semblait plus pâle qu'à l'ordinaire.

— Nous avons l'impression que ces meurtres sont liés à ceux de Charlie Novello, dimanche, et de Coleson, hier. Vous pouvez le confirmer ?

— Peut-être.

— Seulement peut-être ?

— Eh bien, oui, il y a des chances pour qu'on puisse les relier, dit Goldbloom. Le nombre des blessures... la mutilation... il y a quelques similitudes. Mais attendons le rapport d'autopsie.

— Mais les blessures ? demanda Jack, étonné. Ça ne suffit pas à établir le lien ?

— Le nombre, oui. Pas le type des blessures. Vous avez regardé celles-là ?

— A première vue, ça ressemble à des morsures, dit Jack. On a pensé à des morsures de rat.

— Mais on croit qu'elles cachent les vraies blessures, les coups de couteau, dit Rebecca.

— Il est évident que les rats se sont attaqués à l'homme déjà mort. Vous êtes d'accord ?

— Vous vous trompez, dit Goldbloom. Autant que je puisse l'affirmer d'après mes premières constatations, il n'y a pas eu un seul coup de couteau. Peut-être l'autopsie révélera-t-elle des plaies de cette nature sous quelques-unes des morsures, mais j'en doute. Vastagliano et son garde du corps ont été mordus sauvagement. A mort. Le garde du corps a eu trois artères sectionnées : la carotide externe, l'artère humérale gauche et l'artère fémorale. Pour Vastagliano, c'est encore pire ; comme si on l'avait grignoté.

— Mais les rats ne sont pas si agressifs, nom d'un chien ! On ne se fait pas attaquer chez soi par des bandes de rats !

— Je ne pense pas que ce soient des rats, dit Goldbloom. Je veux dire, j'ai déjà vu des morsures de rat. Je sais à quoi ça ressemble et ça, ça diffère sur beaucoup de points.

— Est-ce que ça pourrait être des chiens ? demanda Rebecca.

— Non. Les morsures sont trop petites. On peut rayer les chats aussi, je pense.

— Vous avez une idée ? demanda Jack.

— Non. C'est étrange. Peut-être sera-t-on fixés après l'autopsie.

— Saviez-vous que la porte de la salle de bains était fermée de l'intérieur quand les policiers sont arrivés ? Ils ont dû l'enfoncer.

— J'ai entendu ça. Le mystère de la chambre close, dit Goldbloom.

— Peut-être n'y a-t-il pas de mystère là-dedans ? dit Rebecca pensivement. Si Vastagliano a été tué par une bête quelconque, peut-être était-elle assez petite pour passer sous la porte.

Goldbloom hocha la tête.

— Il aurait fallu qu'elle soit *vraiment* petite. Non. C'était plus gros. Bien plus gros que l'espace sous la porte.

— A peu près de quelle taille, à votre avis ?

— De la taille d'un gros rat.

Rebecca réfléchit un moment.

— Il y a une bouche d'aération, là. Peut-être la chose est-elle passée par le conduit ?

— Mais il y a une grille, dit Jack. Et les trous de la grille sont encore plus étroits que le dessous de la porte.

Rebecca fit deux pas en direction de la salle de bains, se pencha en travers du seuil et tendit le cou.

— Vous avez raison. Et la grille est bien en place.

— Et la petite fenêtre est fermée, dit Jack.

— Et verrouillée, dit Goldbloom.

Rebecca repoussa une mèche de cheveux brillants qui lui tombait sur le front.

— Et les tuyaux ? Un rat peut-il monter le long du tuyau de la baignoire ?

— Non, dit Goldbloom. Pas avec une plomberie moderne.

— Les toilettes ?

— C'est peu probable.

— Mais possible ?

— Ça peut se concevoir, je pense. Mais, voyez-vous, je suis sûr qu'il n'y en avait pas qu'un seul.

— Combien ? demanda Rebecca.

— Pas possible de vous donner un chiffre exact. Mais... je dirais... qu'ils devaient être au moins... une dizaine.

— Fichtre ! dit Jack.

— Peut-être une vingtaine. Peut-être plus.

— Pourquoi croyez-vous ça ?

— Eh bien, dit Goldbloom, Vastagliano était grand et fort. Il aurait été capable d'attraper un, deux, trois bêtes de la taille d'un rat. En fait, il aurait très probablement été capable d'en affronter une demi-douzaine. Bien sûr, il aurait été mordu à plusieurs reprises, mais il aurait été capable de se protéger. Il n'aurait pas pu les tuer tous mais il en aurait eu quelques-uns et aurait tenu les autres en respect. Il me semble à moi que ces choses étaient si nombreuses, une vraie horde, qu'elles l'ont tout simplement terrassé.

Un frisson courut le long de l'échine de Jack. Il imaginait une marée de rats fondant sur Vastagliano avec des cris aigus — ou quelque chose de peut-être pire que des rats. Il imaginait l'homme harcelé de tous côtés, mordu, déchiré, écorché, attaqué de toutes parts sans avoir la présence d'esprit de frapper avec efficacité, les bras paralysés par le poids de ses agresseurs, les réflexes engourdis par une horreur sans nom. Une mort atroce, sanglante, solitaire.

Jack frissonna.

— Et Ross, le garde du corps ? dit Rebecca. Vous croyez qu'il a aussi été attaqué par eux ?

— Oui, dit Goldbloom. On applique le même raisonnement.

Rebecca soupira, les dents serrées.

— Ça ne fait que rendre plus incompréhensible cette porte fermée à clé. D'après ce que j'ai vu, Vastagliano et son garde du corps devaient être en train de se préparer un casse-croûte. L'attaque a commencé là, c'est évident. Ross a été rapidement dépassé. Vastagliano a couru. Il était pourchassé et il n'a pas pu atteindre la porte d'entrée car ils lui barraient le chemin. Alors, il s'est précipité au premier et s'est enfermé dans la salle de bains. Les rats — ou autre chose — ne pouvaient pas entrer. Alors, comment ont-ils pénétré là-dedans ?

— Et ils sont ressortis, lui rappela Goldbloom.

— Et par les toilettes ?

— J'ai écarté cette hypothèse à cause du nombre, dit Goldbloom. Même s'il n'y avait pas de pièges à rats, même si le rat pouvait retenir sa respiration et franchir toutes les barrières en nageant, je ne donnerais quand même pas cher de votre explication. Parce qu'il s'agit d'un bataillon entier de bêtes qui rampent l'une derrière l'autre, comme un commando, nom d'une pipe ! Les rats ne sont quand même pas aussi malins. Aucun animal ne l'est. C'est absurde.

Jack avait la bouche sèche et amère.

— Autre chose. Même si Vastagliano et son garde du corps ont été écrasés par le nombre de ces... ces choses, ils auraient dû en tuer au moins une ou deux, non ? Mais on n'a pas trouvé le moindre rat mort ou la moindre chose morte, à part eux, bien sûr.

— Et pas de crottes, dit Goldbloom.

— Pas de quoi ?

— Des crottes. Des fientes. S'ils étaient des dizaines, on aurait trouvé des crottes, au moins quelques-unes, probablement des tas.

— Si vous trouvez des poils d'animaux...

— On va en chercher, précisément, dit Goldbloom. On va aspirer le sol autour de chaque corps et analyser la poussière. Si on trouvait ne serait-ce que quelques poils, ça éclaircirait un peu le mystère.

Le médecin légiste se passa la main sur le visage, comme pour chasser sa tension, son dégoût.

— Il y a autre chose qui me gêne. Les victimes ne sont pas... dévorées. Mordues, écorchées, massacrées... tout ça... mais, pour autant que je puisse en juger, ils n'ont pas mangé un pouce de chair. Des rats auraient rongé les parties tendres. Mais ici, rien de semblable. Ces choses ont tué sciemment, efficacement, méthodiquement... et sont parties sans avoir dévoré la moindre parcelle de leur proie. Ce n'est pas naturel. Inquiétant. Quelle force les dirigeait ? Et *pourquoi ?*

4

Après leur conversation avec Ira Goldbloom, Jack et Rebecca décidèrent d'aller interroger les voisins.

Une fois dehors, ils s'arrêtèrent un moment sur le trottoir, les mains dans les poches de leur manteau.

— J'ai bien peur qu'on nous retire l'affaire, dit Rebecca.

— Tu veux dire... ces deux meurtres-là ou tout le reste ?

— Ces deux-là. Ils vont dire qu'il n'y a pas de rapport.

— Mais il y a un rapport, dit Jack.

— Je sais. Mais ils vont dire que Vastagliano et Ross ne sont pas liés aux affaires Novello et Coleson.

— Je pense que Goldbloom va nous établir le lien.

— Je déteste qu'on me retire une affaire, merde ! dit-elle amère. J'aime finir ce que j'ai commencé.

— Ils ne vont pas nous la retirer.

— Mais tu ne comprends pas ? Si une espèce de bête a...

— Oui ?

— Alors, comment peuvent-ils qualifier ça de meurtre ?

— C'est un meurtre, dit Jack d'un ton emphatique.

— Mais on ne peut pas inculper un animal d'homicide.

— Je vois où tu veux en venir, dit Jack en hochant la tête.

— Merde !

— Écoute, si ces animaux ont été dressés pour tuer, alors c'est quand même un meurtre ; c'est le dresseur qui est le meurtrier.

— Peut-être pourrais-tu avancer cette théorie si Vastagliano et Ross étaient morts de morsures de chien, dit Rebecca. Mais quelles bêtes — aussi petites que celles-ci semblent l'être — peuvent être dressées pour tuer, pour obéir aux ordres ? Des rats ? Non. Des chats ? Non. Des gerboises, ma parole ?

— On dresse bien des furets. On les utilise pour la chasse parfois.

— Des furets, hein ? Je te vois d'ici en train de convaincre le capitaine Gresham que quelqu'un rôde dans la ville avec une troupe de furets-tueurs qui font le sale boulot pour lui.

— Ça paraît un peu tiré par les cheveux, admit Jack.

— C'est le moins qu'on puisse dire. Alors, qu'est-ce qu'il nous reste ?

Elle haussa les épaules.

Jack pensa à Baba Lavelle. *Vaudou ?*

Non. Sûrement pas. Avancer que Lavelle entourait ses meurtres de mystère pour effrayer ses adversaires, c'était une chose, mais c'en était une autre d'admettre que les maléfices agissaient vraiment. Et à nouveau... Que penser de la salle de bains fermée ? Comment se faisait-il que ni Vastagliano ni Ross n'aient pu tuer ne fût-ce qu'un seul de leurs agresseurs ? Et l'absence de crottes d'animal ?

Rebecca devinait sans doute à quoi il pensait car elle fronça les sourcils.

70

— Viens, on va bavarder avec les voisins.

Le vent se réveilla brusquement et se mit à souffler avec rage. Il crachait des flocons de neige et balayait la rue comme une bête féroce, un vent glacial et furieux.

5

Mrs Quillen, le professeur de Penny à Wellton, était incapable de comprendre pourquoi un vandale avait saccagé seulement une armoire.

Mais Penny savait que ce n'était pas un vandale. Elle savait que c'était quelque chose de beaucoup plus étrange. Elle savait que le sac de son armoire était lié, d'une façon ou d'une autre, à sa mystérieuse expérience de la nuit précédente. Mais elle ne savait comment exprimer cette certitude sans avoir l'air d'une petite fille qui a peur du croquemitaine. Aussi n'essaya-t-elle pas d'expliquer à Mrs Quillen ce qu'elle ne pouvait, à vrai dire, même pas s'expliquer à elle-même.

Après quelques échanges de paroles et force marques de sympathie, Mrs Quillen envoya Penny au sous-sol où étaient rangés les fournitures scolaires et les manuels.

Le sous-sol s'étendait sur toute la longueur du bâtiment et était divisé en deux. D'un côté, la chaufferie fermée par une porte coupe-feu. De l'autre, une vaste pièce, meublée d'une grande table et d'étagères métalliques alignées le long des murs, bourrées de livres et de fournitures scolaires.

Penny prit un sac fourre-tout sur une étagère, l'ouvrit et y glissa tout ce dont elle avait besoin. Elle venait de repérer le dernier manuel quand elle entendit un bruit étrange, derrière elle. Ce bruit-là. Le sifflement-grattement-grommellement qu'elle avait entendu la nuit précédente dans sa chambre.

Elle fit volte-face.

Apparemment, elle était seule.

Mais, en réalité, elle ne pouvait voir partout. Des ombres épaisses se lovaient sous les escaliers. Dans un coin, près de la porte coupe-feu, une ampoule au plafond était grillée. Les ombres revendiquaient leur territoire. Plus loin encore, les étagères métalliques reposaient sur des pieds d'une quinzaine de centimètres et la lumière n'atteignait pas l'intervalle entre le dernier rayonnage et le sol. Il y avait un tas d'endroits où un animal petit et agile pouvait se cacher.

Elle attendit, paralysée, aux aguets, dix longues secondes puis quinze, puis vingt, mais le bruit ne se répéta pas et elle se demandait déjà si elle ne l'avait pas imaginé. Les secondes s'écoulaient, aussi longues que des minutes. Puis quelque chose claqua, en haut de l'escalier : la porte de la cave, qu'elle avait laissée ouverte.

On venait de la fermer.

Penny, son sac chargé de livres à la main, se dirigea vers les escaliers mais elle s'arrêta tout net en entendant d'autres bruits, là-haut, sur le palier. Sifflements. Grognements. Murmures. Ça bougeait, ça grattait. La nuit dernière, elle avait essayé de se persuader que la chose, dans sa chambre, n'était pas réelle, que c'était seulement une bribe de rêve. Maintenant, elle savait que c'était bien autre chose. Mais qu'est-ce que c'était ? Un fantôme ? Mais le fantôme de qui ? Pas de sa mère. Ça lui aurait été égal si sa mère était comme ça, au-dessus d'elle pour la protéger. Oui, là, d'accord. Mais ça, c'était, au mieux, un esprit méchant ; au pire, un esprit dangereux. Le fantôme de sa mère n'aurait jamais été méchant comme ça ; jamais, au grand jamais. D'ailleurs, un fantôme, ça ne vous suit pas partout. Non, ce n'est pas comme ça que ça marche. Les gens eux-mêmes ne sont pas hantés et les fantômes qui hantent un endroit y sont attachés jusqu'à ce que leur âme trouve le repos ; ils ne peuvent pas se balader dans les rues et suivre une jeune fille.

Pourtant, la porte de la cave s'était refermée.

Peut-être un courant d'air ?

Peut-être. Mais quelque chose bougeait là-haut, sur le palier, où elle ne pouvait rien distinguer. Pas un courant d'air. Quelque chose d'étrange.

C'était son imagination.

Vraiment ?

Elle se tenait là, près de l'escalier, les yeux levés, à essayer de comprendre, de se rassurer, déroulant un dialogue pressant avec elle-même.

— *Eh bien, si ce n'est pas un fantôme, qu'est-ce que c'est ?*

72

— *Quelque chose de mauvais.*

— *Pas forcément.*

— *Quelque chose de très, très mauvais.*

— *Arrête! Arrête de te faire peur. Ça n'a pas essayé de te faire du mal, la nuit dernière, n'est-ce pas?*

— *Non.*

— *Ici non plus. Tu es saine et sauve.*

— *Mais, maintenant, ça revient.*

Un nouveau bruit interrompit son dialogue intérieur. Un autre claquement. Mais différent du claquement qu'avait fait la porte en se fermant. Et encore : clac! Encore. Comme si on se jetait contre le mur, en haut de l'escalier, comme un papillon de nuit qui se cogne à une vitre.

Clac!

Les lumières s'éteignirent. Penny sursauta. Le claquement s'arrêta. Dans l'obscurité soudaine, les bruits mystérieux et l'acharnement désagréable de l'animal lui parvinrent de tous les côtés à la fois et elle perçut des mouvements. Il n'était pas tout seul avec elle, dans la cave; il y en avait d'autres, beaucoup d'autres.

Quelque chose lui effleura le pied puis détala dans le noir. Elle poussa un hurlement. Mais qui ne porta pas au delà du sous-sol. Au même moment, Mrs March, le professeur de musique, commença à taper sur son piano dans la salle située juste au-dessus. Les gosses se mirent à chanter.

Maintenant, à cause de la musique et du chant, elle ne pouvait plus entendre les choses qui bougeaient autour d'elle, dans le noir. Mais elles étaient toujours là. Elle en était sûre.

Elle prit une profonde inspiration, décidée à ne pas perdre la tête. Elle n'était plus un *bébé*.

Ils ne vont pas me faire de mal, pensa-t-elle.

Mais elle ne parvenait pas à s'en persuader. Elle avança en traînant les pieds jusqu'au bas des marches, le fourre-tout dans une main, l'autre main tendue devant elle comme une aveugle. Arrivée à la première marche, elle leva les yeux. Le noir. Le noir complet.

Mrs March s'acharnait toujours sur son piano et les enfants continuaient à chanter.

Penny leva un pied. Là-haut, une paire d'yeux apparut, à

quelques centimètres du sol, comme flottant dans l'air, désincarnés, bien qu'ils dussent appartenir à un animal de la taille d'un chat. Ce n'était pas un chat, bien sûr. Elle aurait tant voulu que ce soit un chat. Les yeux étaient aussi grands que ceux d'un chat et très brillants, rayonnant d'une lumière surnaturelle comme deux minuscules lanternes. Leur couleur aussi était insolite : d'un blanc pâle comme la lune, avec une touche bleu argenté. Ces yeux froids la fixaient, férocement.

Elle retira son pied. La bête se faufila sur la dernière marche, là-haut.

Penny recula.

La chose descendit encore deux marches. Les yeux ne cillaient pas.

Respirant avec peine, son cœur tambourinant encore plus fort que la musique, Penny recula jusqu'à se cogner dans une étagère métallique. Nulle part où se cacher.

La chose en était maintenant au tiers des marches et continuait à descendre. Penny ressentit le besoin pressant de faire pipi. Elle s'appuya contre les rayonnages et serra les cuisses. La chose était à mi-chemin.

Du coin de l'œil, Penny aperçut quelque chose sur la droite : un rayon de lumière douce, un éclair, une lueur incandescente, un mouvement. Elle se risqua à quitter des yeux la bête qui descendait l'escalier, jeta un bref regard à la pièce sans lumière... et le regretta immédiatement.

Des yeux.

Des yeux blanc argenté.

L'obscurité en était pleine. Des yeux brillaient devant elle, sur le sol, à moins d'un mètre, et la regardaient, froids et avides. Deux autres à une trentaine de centimètres des premiers. Les autres étincelaient d'une lumière glacée, à moins d'un mètre au-dessus du sol, au centre de la salle ; et Penny, un moment, crut s'être méprise sur la taille de ces bêtes. Puis elle se rendit compte qu'elles avaient grimpé sur la table. Deux, quatre, six paires d'yeux la scrutaient méchamment depuis les étagères, le long du mur. Trois autres paires, à côté de la porte coupe-feu, près de la chaufferie. Les uns restaient parfaitement immobiles. D'autres allaient et venaient sans répit, d'autres encore glissaient lentement dans sa direction. Les yeux ne cillaient pas.

Il y avait environ une vingtaine de ces choses : quarante yeux rayonnants, haineux, surnaturels. Penny se mit à trembler et à geindre doucement. Elle s'arracha au spectacle de cette horde démoniaque et regarda à nouveau vers l'escalier. La bête apparue furtivement sur le palier, il y avait moins d'une minute, avait maintenant atteint la dernière marche.

6

Jack et Rebecca expédièrent en moins d'une heure l'interrogatoire des voisins. Ils se retrouvèrent sur le trottoir, fouettés en plein visage par des bourrasques de neige. Le macadam, encore noir, allait bientôt se couvrir d'une pellicule blanche et fraîche.

Jack et Rebecca étaient presque arrivés à hauteur de la maison de Vastagliano quand quelqu'un les héla. Jack se retourna et aperçut Harry Ulbeck, la tête à la portière d'une des trois voitures de police. Il disait quelque chose mais le vent emporta ses paroles. Jack s'approcha de la voiture et se pencha par la vitre.

— Désolé, Harry, je n'ai pas entendu ce que vous avez dit.

— C'est la radio, dit Harry. Ils veulent que vous y alliez directement. Vous et le lieutenant Chandler.

— Pour quoi faire ?

— On dirait que ça a rapport avec votre affaire. Il y a un nouveau meurtre. Comme ceux d'ici. Peut-être même pire... plus sanglant.

7

L'animal franchit la dernière marche et atteignit le sol. Il s'avança légèrement vers Penny puis s'arrêta et la dévisagea.

Elle ne pouvait reculer davantage. Déjà, une étagère lui sciait les omoplates. Brusquement, elle se rendit compte que la musique s'était tue. Quelques secondes de silence.

Réagissant à retardement, elle ouvrit la bouche pour appeler au secours, quand le piano repartit de plus belle.

Bien qu'accoutumée à l'obscurité, à présent, Penny ne pouvait toujours pas voir à quoi ressemblaient les bêtes; elle n'aurait su dire si elles avaient des griffes et des dents. Il n'y avait que les yeux menaçants, immobiles, dans lesquels dansait une flamme blanche.

Sur sa droite, les autres bêtes commencèrent à bouger, presque d'un seul mouvement, mues par un but unique.

Elle se tourna vers elles, le cœur affolé, la gorge serrée. A la lueur des yeux argentés, elle put les voir qui bondissaient des étagères où elles étaient perchées.

Elles viennent vers moi.

Les deux qui étaient sur la table sautèrent sur le sol. Penny hurla de toutes ses forces. La musique ne s'interrompit pas. Pas même d'une mesure. Personne n'avait entendu.

Toutes les bêtes s'étaient rassemblées, sauf celle au bas de l'escalier. Leurs yeux étincelaient comme des diamants sur un velours noir.

Immobiles. Elles attendaient.

Penny se tourna vers l'escalier. La bête isolée se mit à bouger, elle aussi. Pas dans la direction de Penny. Elle détala et rejoignit ses semblables.

La voie était libre, maintenant, malgré l'obscurité.

C'est une ruse.

Apparemment, rien ne l'empêchait plus d'escalader les marches aussi vite que possible.

C'est un piège.

Mais les bêtes n'avaient nul besoin de lui tendre un piège. Elle était déjà piégée. A tout moment, elles pouvaient se jeter sur elle. Elles auraient pu la tuer si elles l'avaient voulu. Les yeux blanc-argent scintillants, glacés, l'observaient.

Mrs March tapait sur son piano. Les gosses chantaient.

Elle se rua vers les escaliers et grimpa en courant. A chaque marche, elle s'attendait à ce que les bêtes lui mordent les talons, s'accrochent à elle et la fassent tomber. Elle trébucha une fois, s'agrippa à la rampe et continua à grimper. La dernière marche. Le palier. A tâtons, le bouton de la porte. Le hall. La lumière, le salut. Elle claqua la porte derrière elle. Et s'y appuya en hoquetant.

Le couloir était désert.

Etourdie, les jambes flageolantes, Penny se laissa glisser et s'assit par terre, dos à la porte. Elle lâcha le fourre-tout. Elle l'avait serré si fort que la poignée s'était imprimée douloureusement dans sa paume. Petit à petit, Penny retrouvait ses forces, son calme et ses pensées se clarifiaient. Qu'est-ce que c'était que ces hideuses petites choses ? D'où venaient-elles ? Que lui voulaient-elles ?

Un tas de réponses bébêtes lui vinrent à l'esprit : des gobelins, des lutins, des ogres... Mince, alors ! Ça ne pouvait pas être ça. C'était réel, vivant : ce n'était pas un conte de fées.

Comment pourrait-elle jamais raconter ce qu'il lui était arrivé dans la cave sans passer pour un bébé ou, pire, pour une folle ? Bien sûr, les grandes personnes n'aiment guère employer le mot « fou » pour des enfants. Si elle racontait à Mrs Quillen ou à son père ou à n'importe quel adulte les choses qu'elle avait vues dans le sous-sol de l'école, tout le monde penserait qu'elle voulait attirer l'attention ou la pitié ; ils croiraient qu'elle n'avait pas encore surmonté le choc causé par la mort de sa mère. Pendant les quelques mois qui avaient suivi la disparition de sa mère, Penny avait traversé une mauvaise période, se montrant tour à tour bouleversée, irritée, effrayée. Elle avait eu besoin qu'on l'aidât. Maintenant, si elle parlait des choses dans le sous-sol, ils penseraient qu'elle avait encore besoin qu'on l'aide. Ils l'enverraient à un « conseiller », qui serait sûrement un psychologue, et feraient tout ce qu'ils pourraient pour elle ; ils lui donneraient attention, sympathie, ils la soigneraient mais ils ne la *croiraient* pas tant qu'ils ne verraient pas, de leurs propres yeux, les choses qu'elle avait vues, elle.

Ou jusqu'à ce qu'il soit trop tard pour elle.

Oui, ils la croiraient tous, alors, mais elle serait morte.

Elle ne doutait pas une minute que ces choses aux yeux ardents allaient essayer de la tuer, tôt ou tard. Elle ne savait pas pourquoi elles en voulaient à sa vie mais elle sentait leur haine, leur malfaisance. Elles ne lui avaient pas encore fait de mal, c'est vrai, mais elles allaient s'enhardir. La nuit dernière, la bête qui était dans sa chambre n'avait abîmé que la batte de base-ball mais, ce matin, elles avaient bien osé détruire le contenu de son armoire. Et, maintenant, encore plus assurées, elles s'étaient révélées à elle et l'avaient menacée.

Et après ?

Ça serait encore pire.

Elles jouissaient de sa terreur, elles s'en repaissaient. Mais comme le chat avec la souris, le jeu finirait bien par les lasser. Et alors...

Elle frissonna.

Que vais-je faire ? se demanda-t-elle, éperdue. *Que vais-je faire ?*

8

L'hôtel, un des meilleurs de la ville, donnait sur Central Park. C'était dans cet hôtel que Jack et Linda avaient passé leur lune de miel, treize ans auparavant. Ils n'avaient pu s'offrir ni les Bahamas ni la Floride, ils étaient restés à New York et avaient passé trois jours dans ce merveilleux vieil hôtel, et même cela avait été une folie.

Cela faisait un peu plus d'un an, maintenant, que Linda était morte. Et depuis l'enterrement, Jack avait souvent pensé aux Bahamas, gâchées pour lui à jamais, et à cet hôtel.

Les meurtres avaient été commis au quinzième étage où deux agents de police montaient la garde, à présent. Yeager et Tufton. Ils ne laissaient passer personne sauf les policiers et les clients de l'étage.

— Qui étaient les victimes ? demanda Rebecca à Yeager. Des pékins ?

— Non, dit Yeager. Deux d'entre eux étaient des gorilles de profession.

— Vous voyez le genre, dit Tufton. Grands, des grosses mains, des gros bras ; on peut leur casser un manche de pioche sur le cou et eux, ils croient que c'est une petite brise.

— Le troisième est un Carramazza, dit Yeager. De la famille proche. En fait, c'est Dominick Carramazza.

78

— Oh, merde ! dit Jack. Le frère de Gennaro ?

— Ouais, le p'tit frère du parrain, son préféré : ils étaient comme les deux doigts de la main, dit Tufton rapidement.

Et ils n'ont pas fait que le tuer, pensa Jack. Il n'y a pas un croque-mort qui pourrait rassembler convenablement les morceaux de Dominick pour un enterrement à cercueil ouvert ; et on sait l'importance des funérailles pour ces Siciliens.

— Ça va saigner dans les rues, maintenant, dit-il d'un air las.

— Une guerre de gangs comme on n'en a pas vu depuis des années, approuva Tufton.

— Dominick... ? dit Rebecca. Ce n'est pas celui qui était dans tous les journaux, cet été ?

— Ouais, dit Yeager. Le procureur pensait qu'il le tenait pour...

— Pour trafic de drogue, l'interrompit Tufton. Il était accusé d'être le chef de l'Organisation. Ils ont essayé de lui coller vingt ans de taule, si ce n'est plus, mais c'était un veinard. Il sortait toujours libre des salles d'audience.

— Qu'est-ce qu'il faisait dans cet hôtel ? demanda Jack.

— Je pense qu'il se cachait, dit Tufton.

— Inscrit sous un faux nom, dit Yeager.

— Zigouillé avec les deux brutes qui devaient le protéger. Ils devaient savoir qu'il était dans le collimateur. Il a été buté quand même.

— Buté ? dit Yeager d'un air méprisant. Ben, merde, c'est plus que buté. C'est un vrai massacre, oui. C'est fou, c'est complètement dingue ; voilà ce que c'est. Bon Dieu ! Si je ne m'y connaissais pas, je dirais que ces trois-là ont été grignotés, mis en pièces.

Le crime s'était déroulé dans une suite composée de deux chambres. Les premiers policiers arrivés sur les lieux avaient enfoncé la porte. Un médecin légiste, un photographe de la police et deux techniciens du laboratoire étaient déjà au travail. Le salon, tout de beige et de bleu roi, était élégamment meublé d'un mélange de style provincial français et de contemporain. La pièce aurait été chaude et accueillante si elle n'avait été entièrement éclaboussée de sang.

Le premier corps gisait sur le dos, à côté d'une petite table ovale. Un homme d'une trentaine d'années. Grand, costaud. Son pantalon sombre était déchiré. Sa chemise blanche aussi, et ensanglantée. Il était dans le même état que Vastagliano et Ross : sauvagement mordu, mutilé. Le tapis était imbibé de sang mais la lutte ne s'était pas limitée à cette partie de la pièce. Une traînée sanglante zigzaguait d'un bout à l'autre du salon ; la victime, dans sa panique, avait fait une dérisoire tentative pour s'échapper et se débarrasser de ses agresseurs.

Jack sentit la nausée lui monter aux lèvres.

— Une sacrée boucherie, dit Rebecca.

Le mort portait un revolver. Son étui, à l'épaule, était vide. Un pistolet .38, muni d'un silencieux, était à côté de lui.

Jack arrêta un des techniciens qui prélevaient des échantillons de sang dans tout le salon.

— Vous n'avez pas touché au revolver ?

— Bien sûr que non, dit le technicien. On va l'apporter au labo dans un sac en plastique pour voir si on peut relever des empreintes.

— J'étais en train de me demander s'il avait tiré, dit Jack.

— Ben, c'est presque sûr. On a trouvé quatre douilles grillées.

— Du même calibre que l'arme ?

— Ouais.

— Vous avez trouvé les balles ? demanda Rebecca.

— Toutes les quatre, répondit le technicien. Deux dans ce mur, une dans la porte là-bas, et la dernière en plein dans le clou de tapissier, au dos du fauteuil.

— On dirait qu'il n'a pas réussi à toucher sa cible, dit Rebecca.

— Probablement pas. Quatre douilles. Quatre balles. Le compte est juste.

— Comment peut-il avoir manqué quatre fois son but à si courte distance ?

— Est-ce que je sais, moi ? dit le technicien en haussant les épaules, et il retourna à son travail.

La chambre à coucher était encore plus sanglante que le salon. Deux cadavres.

Un photographe les mitraillait sous tous les angles. Un médecin légiste, un certain Brendan Mulgrew, un grand type maigre avec une pomme d'Adam proéminente, était en train d'examiner la position des corps.

Une des victimes était sur le lit géant, la tête au pied du lit, une main à sa gorge déchirée, l'autre à son côté, la paume ouverte et regardant le ciel. Il portait un peignoir de bain.

— Dominick Carramazza, dit Jack.

— Comment peux-tu l'affirmer ? dit Rebecca en regardant le visage ravagé.

— On peut tout juste le deviner.

L'autre était par terre, à plat ventre, la tête tournée sur un côté, le visage lacéré. Il était habillé comme le premier, dans le salon, chemise blanche ouverte, pantalon sombre, étui à revolver à l'épaule.

Jack se détourna.

Les deux victimes de la chambre étaient armées, elles aussi. Mais leurs pistolets ne leur avaient pas été plus utiles qu'à l'homme du salon. Le type, sur le sol, avait la même arme que son collègue du salon ; l'autre, sur le lit, avait lâché la sienne qui gisait sur les draps froissés.

— Un Smith & Wesson 357 Magnum, dit Jack. Assez puissant pour faire un trou comme mon poing.

L'arme n'était pas munie d'un silencieux.

— Si on tire à l'intérieur, ça fait le bruit d'un canon. Tout l'étage a dû l'entendre.

— Les deux ont tiré ? demanda Jack à Mulgrew.

Le légiste hocha la tête.

— Oui. A en juger d'après les douilles, le magasin a été vidé. Dix coups. Le type avec le Magnum a réussi à tirer cinq fois.

— Et il n'a pas touché son agresseur ? dit Rebecca.

— Apparemment non, répondit Mulgrew. On est en train de faire des prélèvements dans les deux pièces pour voir si on n'a pas un groupe différent de celui des trois victimes.

Ils durent changer de place car ils gênaient le photographe. Jack remarqua deux trous impressionnants dans le mur, à gauche du lit.

— Ça vient du 357 ?

— Oui, dit Mulgrew. (Il avala avec peine sa salive et sa pomme d'Adam monta et descendit.) Les deux balles ont traversé le mur de la chambre voisine.

— Bon Dieu ! Quelqu'un a été blessé ?

— Non. Mais c'était moins une. Le gars d'à côté est drôlement en pétard.

— Je le comprends, dit Jack.

— Il a déjà raconté son histoire à quelqu'un ? demanda Rebecca.

— Il a peut-être parlé aux agents, dit Mulgrew, mais je ne pense pas que les inspecteurs l'aient interrogé.

— Allons-y pendant qu'il est encore frais, dit-elle en s'adressant à Jack.

— D'accord. Juste une petite seconde. (Et s'adressant à Mulgrew :) Les trois victimes... elles ont été mordues à mort ?

— On dirait.

— Des morsures de rat ?

— Avant de me prononcer, j'attendrai plutôt les résultats du labo, l'autopsie...

— Je vous demande seulement une opinion *non officielle,* dit Jack.

— Eh bien... officieusement... ce ne sont pas des rats.

— Des chiens ? Des chats ?

— Hautement improbable.

— Vous avez trouvé des crottes ?

— J'y ai pensé, répondit Mulgrew, surpris. Mais c'est drôle que vous y ayez pensé aussi. J'ai regardé partout. Pas la moindre crotte.

— Autre chose qui vous semble anormal ?

— Vous avez remarqué la porte, n'est-ce pas ?

— A part ça ?

— Ça ne vous suffit pas ? dit Mulgrew, stupéfait. Ecoutez, les premiers flics arrivés sur les lieux ont dû défoncer la porte pour entrer. La suite était fermée à clé de l'intérieur. Les fenêtres étaient fermées aussi et, par-dessus le marché, je pense qu'elles sont collées par la peinture. Alors... quels qu'ils soient — hommes ou bêtes —, comment les meurtriers sont-ils sortis ? Je trouve ça drôlement bizarre, pas vous ?

— Par les temps qui courent, ça devient tout à fait banal, soupira Jack.

9

La chambre voisine de la suite de Dominick Carramazza était vaste et agréable, meublée d'un grand lit, d'un bureau, d'une commode et de deux chaises. Les murs étaient rose corail, les huisseries et les plinthes turquoise.

Burt Wicke, l'occupant de la chambre, avait la quarantaine bien sonnée. Il était grand et il avait dû être fort et solide mais, maintenant, son corps était envahi par la graisse. Jack imaginait mal qu'il ait jamais pu avoir un physique agréable. Une nourriture trop riche, trop d'alcool, trop de tabac, trop de tout avait comme dissous son visage. Ses yeux, légèrement saillants, étaient injectés de sang. Dans cette chambre rose corail et turquoise, il ressemblait à un crapaud sur un gâteau d'anniversaire.

Sa voix surprit Jack qui ne s'attendait pas qu'elle fût si haut perchée. Il aurait cru Burt Wicke lent de gestes et de paroles mais le bonhomme s'exprimait avec une remarquable énergie. Il ne pouvait pas rester en place. Il se levait du lit, arpentait la pièce, s'asseyait sur une chaise, en jaillissait au bout de quelques secondes, se remettait à faire les cent pas, tout cela sans cesser de parler, de répondre aux questions et de se plaindre. Il n'arrêtait pas de se plaindre.

— Ça ne va pas être trop long, dites ? J'ai déjà dû décommander un rendez-vous d'affaires. Si ça doit prendre du temps, j'aurai plus qu'à en annuler un autre.

— Ça ne sera pas long, dit Jack.

— Je prenais mon petit déjeuner, là, dans cette chambre. Pas très bon, d'ailleurs, le petit déjeuner. Le jus d'orange était chaud, le café froid. Les œufs, pas cuits. On serait en droit d'attendre d'un hôtel de cette catégorie, de cette réputation, d'un hôtel aussi cher, un petit déjeuner décent. Toujours est-il que je me rase et je m'habille. J'étais dans la salle de bains, en train de me peigner, quand j'entends quelqu'un crier. Puis hurler. Je sors de la salle de bains, je tends l'oreille. C'était sûr que ça venait de la chambre d'à côté. Et il n'y avait pas qu'une voix.

— Qu'est-ce qu'ils criaient ? demanda Rebecca.

— Comme s'ils étaient surpris, effrayés. Epouvantés. Réellement épouvantés.

— Non, je voulais dire... vous rappelez-vous les mots qu'ils criaient ?

— C'étaient pas des mots.

— Ou peut-être des noms ?

— Ils ne criaient ni mots ni noms ; rien de tout ça.

— Alors qu'est-ce qu'ils criaient ?

— Eh bien... c'étaient peut-être des mots ou des noms ou les deux mais on ne distinguait pas, à travers le mur. C'était juste du bruit. J'ai pensé en moi-même : Bon Dieu ! il ne manquait plus que ça. Ça a été un voyage pourri, depuis le début.

Wicke n'était pas seulement un râleur, c'était aussi un pleurnichard. Sa voix avait le don d'exaspérer Jack.

— Et alors ? demanda Rebecca.

— Eh ben, la partie de hurlements n'a pas été très longue. Presque tout de suite après, on a commencé à tirer.

— Ces deux balles ont traversé le mur ? demanda Jack en montrant les trous.

— Pas immédiatement. Peut-être une minute plus tard. C'est fait en quoi, leur foutue baraque, si une balle peut traverser un mur ?

— C'était un 357 Magnum, dit Jack. Rien ne peut résister à ça.

— Des murs comme du papier de soie, dit Wicke, ne voulant rien entendre de ce qui eût pu être à la décharge de l'hôtel.

Il se dirigea vers le téléphone, sur la tablette de chevet, à côté du lit, et posa sa main sur le combiné.

— Dès que les coups de feu ont commencé, je me suis précipité pour appeler la standardiste ; je lui ai dit d'appeler les flics. Ils ont mis beaucoup de temps à venir. Vous mettez toujours autant de temps quand on vous appelle au secours ?

— On fait de notre mieux, dit Jack.

— Alors, j'ai raccroché. J'hésitais, je ne savais pas quoi faire, je les écoutais hurler et tirer, là-bas, et je me suis rendu compte que je pouvais être dans la ligne de tir ; alors, j'ai voulu aller me planquer dans la salle de bains en attendant que ce soit fini, et alors, bon Dieu! me voilà dans la ligne de tir! La première balle traverse le mur et passe à peu près à quinze centimètres de ma figure. La deuxième passe encore plus près. Je me plaque au sol et je bouffe le tapis, mais c'étaient les derniers coups de feu. Quelques secondes après, il n'y avait plus de hurlements, non plus.

— Et alors? demanda Jack.

— Alors, j'ai attendu les flics.

— Vous n'êtes pas sorti dans le couloir?

— Pourquoi je serais sorti?

— Pour voir ce qui s'était passé.

— Vous êtes pas fou? Comment je pouvais savoir ce qu'il y avait, dans le couloir?

— Alors, vous n'avez vu personne? Ni entendu quelque chose d'important, comme un nom, par exemple?

— Je vous l'ai déjà dit. Non.

Jack n'avait plus de questions. Il regarda Rebecca qui semblait aussi à court. Encore une impasse.

Ils se levèrent et Burt Wicke, toujours aussi nerveux et geignard, ajouta :

— Ça a été un voyage pourri, depuis le début, complètement pourri. D'abord, j'ai fait tout le trajet depuis Chicago à côté d'une petite vieille de Peoria qui voulait pas la fermer. Une sacrée emmerdeuse. Et on a été secoués dans l'avion, vous pouvez pas savoir. Et puis, hier, deux affaires qui tombent à l'eau et je trouve des rats dans mon hôtel, un hôtel *de ce prix...*

— Des rats? demanda Jack.

— Hein?

— Vous avez dit qu'il y avait des rats dans l'hôtel.

— Ouais, y en a.

— Vous les avez vus? demanda Rebecca.

— Si c'est pas honteux! Un endroit comme celui-là, avec une réputation pareille, grouillant de rats!

— Vous les avez vus? répéta Rebecca.

Wicke redressa la tête, fronça les sourcils.

— Pourquoi ils vous intéressent tant, les rats? Ça n'a rien à voir avec les meurtres!

— Vous les avez vus? répéta Rebecca en durcissant le ton.

— Pas vraiment. Mais je les ai entendus. Dans les murs.

— Vous avez entendu des rats dans les murs ?

— Ben, plus exactement dans les tuyaux du chauffage. On aurait dit qu'ils étaient tout près, mais vous savez à quel point, dans ces tuyaux creux, le moindre bruit porte. Les rats étaient peut-être à l'étage en dessous ou même dans une autre aile mais je les entendais tout près. Je suis monté sur le bureau là-bas et j'ai collé l'oreille à la bouche d'aération ; je jurerais bien qu'ils n'étaient pas loin. Ça couinait. Un drôle de couinement. Des pépiements, des gazouillis. Peut-être une demi-douzaine de rats, d'après le bruit. Je pouvais entendre leurs griffes crisser sur le métal... ça me donnait la chair de poule. Je me suis plaint mais la direction, ici, ne se tracasse pas pour les plaintes. A la façon dont ils traitent leurs clients, on dirait jamais que c'est un des plus grands hôtels de la ville.

En passant, dans son va-et-vient incessant, près de la fenêtre, il jeta un coup d'œil au ciel d'hiver.

— Et, maintenant, voilà qu'il se met à neiger. C'est le bouquet, le temps aussi est pourri. Ce n'est pas juste.

Il ne ressemblait plus à un crapaud. Maintenant, il avait l'air d'un grand et gros bébé poilu, à jambes courtes.

— Quand avez-vous entendu les rats ?

— Ce matin. Juste après mon petit déjeuner, j'ai appelé le standard pour leur dire que leur petit déjeuner était infect. Après une conversation tout à fait déplaisante avec l'employé de service, j'ai raccroché... et c'est à ce moment précis que j'ai entendu les rats. J'ai écouté un moment et quand j'ai été sûr que c'étaient bien des rats, j'ai appelé le directeur en personne pour me plaindre de *ça*, sans obtenir, là encore, aucune satisfaction. C'est à ce moment que je me suis décidé à prendre ma douche, à m'habiller, à faire mes valises et à chercher un autre hôtel avant l'heure de mon premier rendez-vous.

— Vous vous souvenez de l'heure exacte à laquelle vous avez entendu les rats ?

— Pas à la seconde près. Mais il devait être aux alentours de huit heures trente.

Jack jeta un rapide coup d'œil à Rebecca.

— A peu près une heure avant que commence la tuerie, dans la chambre à côté.

Elle parut troublée.

— Bizarre de bizarre.

10

Dans la suite funèbre, les trois cadavres ravagés gisaient là où ils étaient tombés. Les techniciens avaient achevé leur travail. Dans le salon, l'un d'eux aspirait le tapis autour des corps. Les poussières seraient analysées plus tard.

Jack et Rebecca s'approchèrent d'une bouche de chaleur, une plaque rectangulaire de trente centimètres sur vingt, tout près du plafond. Jack tira une chaise et examina la grille.

— Il y a un bourrelet au bout du conduit. Les vis traversent les bords de la grille et le bourrelet.

— D'ici, je vois deux vis, dit Rebecca.

— Il n'y en a pas d'autres. Mais si on veut sortir du tuyau, il faut d'abord en dévisser au moins une pour détacher la grille.

— Et un rat ne peut pas être assez intelligent pour faire ça, dit-elle.

— Même si c'était un rat intelligent, le rat le plus intelligent que Dieu ait mis sur la terre, un vrai Albert Einstein du règne des rats, il ne pourrait quand même pas faire ce boulot. De l'intérieur du conduit, il faudrait qu'il tourne le bout pointu et en vrille de la vis. Il ne pourrait pas saisir et tourner cette foutue vis avec ses pattes.

— Pas avec ses dents non plus.

— Non. Il faut des doigts, pour ça.

Le tuyau était bien sûr trop étroit pour qu'un homme ou même un enfant pût s'y glisser.

— Supposons un tas de rats, quelques dizaines, pressés les uns contre les autres dans le tuyau, en train de se battre pour sortir par la grille d'aération. S'ils poussaient assez contre la grille, ils ne pourraient pas faire sauter les vis et faire tomber la grille ?

— Peut-être, dit Jack très dubitatif. Même si ça paraît trop fort pour des rats. Mais, si les trous dans le bourrelet étaient plus larges que les vis, il y aurait du jeu et on pourrait forcer la grille.

Il essaya de faire bouger la plaque de ventilation mais sans succès.

— Celle-là est bien fixée.

— Peut-être les autres...

Ils vérifièrent toutes les bouches de chaleur : deux dans le salon, une dans la chambre, une dans la salle de bains. Mais les grilles tenaient bien.

— Rien ni personne n'a pu pénétrer dans la pièce par les tuyaux du chauffage, dit Jack. Je veux bien, à la rigueur, me persuader que des rats peuvent se presser contre une grille et la faire céder, mais je ne croirai jamais, au grand jamais, qu'ils sont repartis par le même chemin en replaçant la grille derrière eux. Pas un rat, pas un animal d'aucune espèce connue ne pourrait être aussi astucieux.

— Non, bien sûr. C'est ridicule.

— Alors... dit-il.

— Alors... soupira-t-elle. Alors, tu penses que c'est seulement une étrange coïncidence si les hommes ici ont été mordus à mort peu de temps après que Wicke a entendu les rats dans les murs ?

— Je n'aime pas beaucoup les coïncidences, dit-il.

— Moi non plus.

— Ça finit généralement par ne pas être des coïncidences.

— Exactement.

— Mais c'est encore l'hypothèse la plus probable. Une coïncidence, je veux dire. A moins que...

— A moins que quoi ? demanda-t-elle.

— A moins que tu n'acceptes d'envisager le vaudou, la magie noire...

— Non, merci.

— ... des démons qui se faufilent à travers les murs...

— Jack, je t'en prie !

— ... qui sortent pour tuer, qui rentrent à nouveau dans les murs et disparaissent.

— Je ne t'écoute pas.

— Je plaisante, Rebecca, dit-il en souriant.

— Mon œil ! Peut-être que tu penses ne pas croire à toutes ces foutaises mais, au fond de toi, il y a une part qui est...

— Trop large d'esprit, acheva-t-il.

— Si tu tiens à tout prix à plaisanter là-dessus...

— J'y tiens.

— Il n'empêche que c'est vrai.

— Je peux me montrer d'une excessive largeur d'esprit, possible...

— Sûrement.

— Au moins, je ne suis pas inflexible.

— Moi non plus.

— Ni rigide.

— Moi non plus.

— Ni effrayé.

— Qu'est-ce que tu veux insinuer?

— Tu as très bien compris.

— Tu veux dire que j'ai peur.

— Ce n'est pas vrai, Rebecca?

— Peur de quoi?

— La nuit dernière, d'une chose.

— Ne sois pas stupide.

— Alors, parlons-en.

— Pas maintenant.

Il consulta sa montre.

— Onze heures vingt. On s'arrête à midi pour déjeuner. Tu as promis que nous en parlerions pendant le déjeuner.

— J'ai dit *si* on a le temps de déjeuner.

— Nous aurons le temps.

— Je ne pense pas.

— Nous aurons le temps.

— Il y a un tas de choses à faire ici.

— On peut les faire après le déjeuner.

— Des gens à interroger.

— On peut les cuisiner après le déjeuner.

— Jack, tu es impossible!

— Infatigable.

— Têtu.

— Décidé.

— Oh zut!

— Charmant, aussi, dit-il.

Elle n'était visiblement pas de cet avis. Elle s'écarta de lui. Elle semblait préférer le spectacle des cadavres mutilés.

Derrière la fenêtre, la neige tombait dru, à présent. Le ciel était morne. Pas encore midi et, pourtant, dehors, on aurait dit le crépuscule.

11

Lavelle sortit par la porte de derrière, franchit le porche, descendit les trois marches. Il se tint là, à la limite de l'herbe brune et desséchée, à regarder tourbillonner les flocons de neige. Il n'avait jamais vu la neige. En image, si, bien sûr. Mais jamais — en vrai. Jusqu'au printemps précédent, il avait toujours vécu — trente ans — en Haïti, à Saint-Domingue, à la Jamaïque et sur quelques autres îles des Caraïbes.

Il s'était attendu à ce que l'hiver à New York fût désagréable, rude même, pour quelqu'un qui comme lui n'y était pas habitué. Cependant, à sa grande surprise, l'expérience s'était jusque-là révélée positive et passionnante.

Il avait découvert dans cette ville d'énormes réserves de la puissance sur laquelle il comptait pour accomplir son œuvre : la puissance infiniment utile du mal. Le mal fleurissait partout, aussi bien à la campagne et dans les banlieues qu'au cœur de New York. Il n'y avait pas pénurie de mal dans les Caraïbes où il exerçait ses talents de *boko* — prêtre vaudou versé dans la magie noire — depuis l'âge de vingt-deux ans. Mais c'est dans une ville où tant de gens sont entassés dans un espace si restreint, où on dénombre une vingtaine de meurtres au moins par semaine, où les agressions, les viols, les vols et les cambriolages se comptent par dizaines, par centaines de milliers chaque année, où une armée d'escrocs cherchent le profit, où des légions d'arnaqueurs traquent les pigeons, où l'on ne compte plus les détraqués de tout poil, les pervers, les loubards, les brutes, les étrangleurs, *c'est là*, dans cette ville, que l'air est sillonné de courants de mal brut qu'on peut voir et flairer et ressentir si, comme Lavelle, on y est sensibilisé. Chaque acte mauvais libère des effluves maléfiques qui viennent gonfler ces courants crépitants et renforcent leur pouvoir destructeur. Dans les limbes de la cité, bouillonnent et débordent de vastes et ténébreuses rivières d'énergie malfaisante. Des rivières invisibles, oui. Immatérielles. Pourtant l'énergie qui les draine est bien réelle, mortelle.

Pour ses envoûtements les plus difficiles, les plus ambitieux, pour ses maléfices et ses sortilèges, Lavelle savait draguer ces flux nocturnes ; il savait puiser à ces fontaines crépusculaires et malignes.

Mais des courants d'une autre nature s'entrecroisent aussi dans la ville ; des courants bénéfiques alimentés par les effluves des bonnes actions. Ce sont des fleuves d'espoir, d'amour, de courage, de charité, d'innocence, de bonté, d'amitié, d'honnêteté et de dignité.

Un *hougan*, prêtre voué à la magie blanche, serait capable d'utiliser cette énergie positive pour opérer guérisons et miracles. Mais Lavelle n'était pas un *hougan* ; c'était un *boko*. Il s'était voué à l'art noir, aux rituels de *Congo* et de *Pétro*. Et se vouer à la sorcellerie signifie aussi s'y enfermer.

Malgré sa longue association avec le mal, Lavelle n'avait pas l'air morne, lugubre ni même aigri : c'était un homme heureux. Il souriait largement tandis qu'il se tenait là, derrière la maison, à la limite de l'herbe brune et desséchée, à regarder tourbillonner la neige. Il se sentait fort, détendu, satisfait, content de lui-même.

Il était grand, un mètre quatre-vingt-dix. Il paraissait même encore plus grand dans son étroit pantalon noir et son long pardessus de cachemire gris, bien coupé. D'une extrême minceur, il dégageait cependant une impression de puissance. Même l'observateur le moins averti n'aurait pu le prendre pour un faible, tant il rayonnait, littéralement, d'assurance. Ses yeux ne donnaient guère l'envie de s'attarder sur son chemin. Il avait de grandes mains osseuses. Son visage était empreint de noblesse, et il ressemblait assez à l'acteur Sydney Poitier. Sa peau était extraordinairement sombre, d'un noir tirant sur le violet, un peu comme la peau d'une aubergine. Les flocons de neige fondaient sur son visage, s'accrochaient à ses sourcils et givraient ses cheveux crépus.

La maison qu'il venait de quitter était une bâtisse de brique à toit d'ardoise, à deux étages, de style néo-victorien, flanquée d'une fausse tour et de « pâtisseries » baroques, mais vétuste, délabrée et crasseuse.

Dans un coin de la propriété de Lavelle, contre le mur du garage, se dressait un hangar en tôle ondulée, laqué de blanc et muni de deux portes métalliques vertes. Il l'avait acheté chez Sears [1] et leurs employés l'avaient monté, un mois auparavant.

Quand il fut las de regarder tomber la neige, il se dirigea vers le hangar, ouvrit l'une des portes et pénétra à l'intérieur.

Il suffoqua. Bien qu'il n'y eût pas de chauffage dans le hangar, il y régnait, néanmoins, une chaleur étouffante. Lavelle n'avait pas plutôt refermé la porte derrière lui qu'il retira son pardessus à neuf cents dollars pour pouvoir respirer plus aisément.

Une singulière odeur de soufre flottait dans l'air, que beaucoup de gens auraient trouvé désagréable. Mais Lavelle la huma, s'en emplit les poumons et sourit. Il savourait cette puanteur. Pour lui, c'était le parfum suave de la vengeance.

Il était trempé de sueur.

Il ôta sa chemise.

Il se mit à psalmodier dans une langue étrange.

Il ôta ses chaussures, son pantalon, ses sous-vêtements.

Complètement nu, il s'agenouilla sur la terre battue.

Il commença à chanter doucement. La mélodie était pure, envoûtante, et il chantait bien, d'une voix de basse.

La sueur ruisselait et faisait luire son corps noir.

Il se balançait lentement au rythme de la mélopée, mélange harmonieux de français, d'anglais, de swhali et de bantou. C'était un dialecte mi-haïtien, mi-jamaïquain.

Il y était question de vengeance.

De mort. Du sang de ses ennemis. Il demandait la destruction de tous les membres de la famille Carramazza, l'un après l'autre, selon une liste qu'il avait établie.

Il était question, enfin, du massacre des deux enfants de

---

1. *Sears-Roebuck* : la plus importante et la plus populaire des chaînes de grands magasins des États-Unis. *(N.d.T.)*

cet officier de police, qui pourrait devenir nécessaire à tout moment.

L'idée de tuer des enfants ne le gênait pas. Cela l'excitait même plutôt.

Il était en transe.

Ses yeux brillaient. Ses longs doigts couraient le long de son corps maigre en une caresse sensuelle.

Sa respiration devenait pénible ; il inspirait un air lourd et chaud, expirait une vapeur plus chaude, plus lourde encore.

Dans la lumière orangée, les gouttes de transpiration étincelaient sur son corps d'ébène. Bien qu'il n'eût pas allumé l'électricité en pénétrant dans le hangar et que la pièce exiguë et sans fenêtres fût peuplée d'ombres épaisses, une vague lueur orange en éclairait le centre. Elle provenait d'un trou d'environ un mètre cinquante de diamètre que Lavelle avait creusé au cours d'une cérémonie compliquée qui avait duré six heures, et durant laquelle il s'était entretenu avec de nombreux esprits du mal — Congo Savanna, Congo Maussaï, Congo Moudongue — et des anges lucifériens comme les esprits *zandor*, Ibo « je rouge », Pétro Maman Pemba et Ti Jean Pie Fin.

L'excavation avait la forme d'un cratère de météorite dont le centre n'excédait pas un mètre de profondeur. Mais si on regardait assez longtemps, cela semblait peu à peu s'approfondir. Mystérieusement, quand on fixait cette lumière tremblotante pendant quelques minutes, quand on essayait d'en distinguer la source, la perspective changeait soudain, et on s'apercevait alors que le trou était insondable. Ce n'était plus un simple trou creusé dans la terre battue d'un hangar ; c'était tout à coup la porte magique qui ouvrait sur les entrailles de la terre. Un battement de paupières et le bassin retrouvait sa forme initiale.

Sans cesser de chanter, Lavelle s'était penché en avant.

Il fixait l'étrange lumière orangée qui palpitait.

Il avait les yeux plongés dans la fosse et il regardait.

Il plongeait...

Il plongeait dans...

Dans l'enfer.

L'Enfer.

Nayva Rooney acheva le ménage de l'appartement des Dawson un peu avant midi.

Elle n'avait plus rien vu ni entendu depuis qu'elle avait pourchassé le rat — ou autre chose — de pièce en pièce. Il avait disparu.

Elle griffonna un mot à l'intention de Jack Dawson pour lui demander de l'appeler dès qu'il rentrerait. Elle devait lui parler du rat : s'il pouvait s'entendre avec le gérant de l'immeuble pour convoquer les services de dératisation. Elle colla le papier sur le réfrigérateur. Puis elle enfila ses caoutchoucs, manteau, gants et écharpe et éteignit l'électricité. A présent, il n'y avait plus, dans l'appartement, que la pâle et grisâtre lumière du jour qui filtrait par les fenêtres. Le vestibule était dans l'obscurité complète. Elle demeura plus d'une minute, devant la porte d'entrée, parfaitement immobile, l'oreille tendue.

Silence de mort.

Elle sortit enfin et ferma la porte à clé.

Quelques minutes après le départ de Nayva, quelque chose sortit de la chambre de Penny et Davey. Une forme surgit dans le vestibule obscur. Si Nayva avait été là, elle aurait seulement vu des yeux brillants, rayonnants, flamboyants, qui se dirigeaient vers le living ; elle aurait entendu des griffes sur le plancher et un sifflement hargneux et glacial.

Une deuxième bête sortit de la chambre des enfants, elle aussi bien cachée par l'ombre complice, une ombre parmi les ombres, mais trahie par ses yeux scintillants.

Une troisième petite bête apparut, noire, sifflante.

Une quatrième. Une cinquième. Une autre. Une autre encore...

Bientôt, elles envahirent tout l'appartement. Tapies dans les coins, perchées sur les meubles ou blotties dessous, filant le long des plinthes, rampant sur les murs comme des insectes, s'accrochant aux rideaux ; flairant, sifflant ; se faufilant d'une pièce à l'autre sans cesser de marmotter dans une langue inconnue, gutturale.

Puis, soudain, elles s'arrêtèrent toutes en même temps et

s'immobilisèrent comme si elles obéissaient à un ordre. Alors elles commencèrent à se balancer et leurs yeux décrivirent de petites courbes luminescentes dans l'obscurité. La mélopée de Baba Lavelle, à l'autre bout de la ville, rythmait leur va-et-vient.

Elles cessèrent enfin leur balancement.

Elles attendirent, dans les ténèbres, immobiles, les yeux brillants.

Bientôt, elles allaient recevoir le signal.

Elles étaient prêtes, impatientes.

CHAPITRE TROIS

1

Le capitaine Walter Gresham, de la Criminelle, avait un visage en forme de pelle. Non qu'il fût laid; il était même plutôt beau, dans le genre anguleux. Mais sa figure s'incurvait, ses traits accusés glissaient jusqu'au menton et faisaient irrésistiblement penser à une bêche.

Il arriva à l'hôtel peu avant midi et trouva Jack et Rebecca près de l'ascenseur du quinzième étage, à côté d'une fenêtre qui donnait sur la Cinquième Avenue.

— C'est une bonne vieille guerre de gangs qu'on nous mijote là, dit Gresham. On n'a rien vu de pareil depuis que je suis là. Bon Dieu! on dirait que ça sort tout droit des années folles! Même si ce n'est qu'un tas de gangsters et de salauds qui s'entre-tuent, je n'aime pas ça. Je ne le tolérerai pas dans mon secteur. J'ai parlé avec le préfet de police avant de venir et il est tout à fait d'accord avec moi: on ne peut pas continuer à traiter l'affaire comme une banale enquête sur un meurtre; il faut y mettre le paquet. On va organiser une force spéciale d'intervention. On va transformer deux bureaux en quartier général, on va faire installer des lignes spéciales et tout le tremblement.

— Cela signifie qu'on nous retire l'affaire, à Jack et à moi?

— Non, non, dit Gresham. Je vous charge de la force d'intervention. Je veux que vous retourniez au bureau, et que vous mettiez sur pied un plan d'attaque, une stratégie,

96

que vous évaluiez vos besoins. Combien d'hommes, policiers et officiers de police ? Combien de personnel de bureau ? Combien de véhicules ? Établissez des liaisons exceptionnelles avec les services municipaux et fédéraux de la répression des stupéfiants pour qu'on n'ait pas à écumer tous les bureaux à chaque fois qu'on aura besoin d'un renseignement. Je vous attends dans mon bureau à cinq heures.

— On a encore du travail ici, dit Jack.

— Les autres peuvent s'en charger, répondit Gresham. A propos, on a quelques réponses à vos questions sur Lavelle.

— La compagnie du téléphone ?

— Entre autres. Il n'y a pas d'abonné du nom de Baba Lavelle. L'année dernière, en revanche, ils ont eu deux Lavelle. J'ai envoyé quelqu'un les interroger ce matin. Ils ne sont noirs ni l'un ni l'autre, comme votre Lavelle. Ni l'un ni l'autre ne connaissent un quelconque Baba. Aucun des deux n'a paru le moins du monde suspect.

Une rafale soudaine et violente fit crisser la neige sur la vitre, comme du sable. Dehors, la Cinquième Avenue disparut, un bref instant, sous un tourbillon de flocons.

— Et la compagnie d'électricité ?

— Même chose, dit Gresham. Pas de Baba Lavelle.

— Il se peut qu'il ait utilisé le nom d'un ami.

Gresham hocha la tête.

— Du côté de l'Immigration, pas de Lavelle non plus, Baba ou autre — pas de carte de séjour délivrée à ce nom l'année passée.

— Alors, il est entré illégalement dans le pays, dit Jack en fronçant les sourcils.

— Ou il n'est pas là du tout, dit Rebecca.

Ils la regardèrent, intrigués.

— Je ne suis pas convaincue qu'il existe un Baba Lavelle, expliqua-t-elle.

— Bien sûr qu'il existe, dit Jack.

— On a beaucoup entendu parler de lui et on a vu un peu de fumée... Mais quant à avoir une preuve physique de son existence, du vent...

Gresham parut vivement intéressé, ce qui ajouta au découragement de Jack.

— Vous pensez que Lavelle est seulement une diversion,

un leurre ? Une sorte d'homme de paille derrière lequel se cacheraient le vrai ou les vrais assassins ?

— Ça se pourrait.

— Une fausse piste, dit Gresham, décidément séduit par l'hypothèse. En réalité, il s'agirait peut-être d'une autre famille de la maffia qui essaierait de supplanter les Carramazza et d'atteindre le haut de l'échelle.

— Lavelle existe, dit Jack.

— Pourquoi en êtes-vous si sûr ?

— A vrai dire, je n'en sais rien. (Jack jeta un coup d'œil par la fenêtre sur les tours enneigées de Manhattan.) Je ne prétends pas fournir de bonnes raisons. C'est juste... une intuition. Je le sens, par tous les pores de ma peau. Lavelle est réel. Il est là... et je pense que c'est le plus tordu, le plus dangereux fils de pute qu'on ait jamais traqué.

2

A Wellton, c'était l'heure de déjeuner mais Penny Dawson n'avait pas faim. Elle ne se soucia même pas d'aller chercher son déjeuner dans la nouvelle armoire qu'on lui avait attribuée. Elle resta à sa table, la tête dans ses bras croisés, les yeux fermés, feignant de sommeiller. Une boule amère et glacée lui pesait sur l'estomac. Elle était malade, pas à cause d'un quelconque virus, non. Malade de peur.

Elle n'avait parlé à personne des gobelins aux yeux d'argent, au sous-sol. Personne ne croirait qu'elle les avait vus. Et personne ne croirait que ces gobelins voulaient la tuer.

Mais elle savait ce qui allait arriver. Elle ne savait pas pourquoi cela lui arrivait à elle ; elle ne savait pas comment ni quand cela arriverait. Elle ne savait pas d'où venaient les gobelins. Elle ne savait pas si elle avait une chance de leur échapper ; peut-être n'y avait-il pas d'issue. Mais elle *savait* ce qu'ils avaient l'intention de faire.

Elle ne s'inquiétait pas seulement pour elle-même ; elle avait peur pour Davey. Si les gobelins la voulaient, ils pouvaient vouloir aussi Davey.

Elle se sentait responsable de lui, surtout depuis la mort

de leur mère. Après tout, elle était sa grande sœur. Une grande sœur doit veiller sur son petit frère. Et le protéger même s'il est casse-pieds, quelquefois.

Pour l'instant, Davey se trouvait au premier étage avec ses camarades et ses professeurs. Pour le moment du moins, il était en sécurité. Les gobelins n'allaient sûrement pas se montrer, il y avait beaucoup trop de monde. Ils semblaient tenir à rester cachés.

Mais plus tard ? Que se passerait-il tout à l'heure, quand les cours seraient finis et qu'il faudrait rentrer à la maison ? Comment pourrait-elle protéger Davey, comment pourrait-elle se protéger elle-même ?

La tête entre les bras, les yeux fermés, feignant d'être assoupie, elle priait silencieusement, mais elle doutait de l'utilité de sa prière.

3

Dans le hall de l'hôtel, Jack et Rebecca s'arrêtèrent aux cabines téléphoniques. Il essaya d'appeler Nayva Rooney. A cause de l'organisation de la force d'intervention, il ne pourrait pas aller chercher les enfants à l'école, comme prévu, et il espérait que Nayva serait libre et qu'elle les garderait chez elle en attendant. Son numéro ne répondit pas. Il essaya à l'appartement mais sans succès. Il appela alors, à contrecœur, sa belle-sœur, Faye Jamison, la sœur unique de Linda. Faye aimait Linda presque autant que Jack l'avait aimée. A cause de cela, il éprouvait pour Faye une grande affection, bien qu'elle ne fût pas toujours facile à aimer. Elle était persuadée qu'on ne pouvait se débrouiller dans la vie sans ses conseils. Elle était irritante avec ses éternelles bonnes intentions, et sa voix douce semblait parfois à Jack aussi stridente qu'une sirène de police.

Il lui demanda si elle pouvait prendre les enfants à la sortie de l'école.

— Bien sûr, Jack, répondit-elle, je serai ravie mais s'ils t'attendent, ils vont être déçus et si ça se produit trop souvent ils vont se sentir pire que déçus : abandonnés.

— Faye...

— Les psychologues disent que quand un enfant a déjà perdu un de ses parents, il a besoin...

— Faye, je suis désolé, mais je n'ai vraiment pas le temps d'écouter ce que disent les psychologues. Je...

— Mais tu devrais t'arranger pour avoir le temps, mon grand.

— Peut-être, oui, soupira-t-il.

— Tous les parents modernes se doivent d'être un tant soit peu au fait de la psychologie enfantine.

Jack jeta un coup d'œil à Rebecca qui montrait des signes d'impatience. Il leva les sourcils et haussa les épaules tandis que Faye continuait à jacasser.

— Tu es un père vieux jeu, Jack. Tu penses que tu peux tout résoudre avec de l'amour et des biscuits. Bien sûr, l'amour et les biscuits, ça compte mais il y a plein de choses que...

— Faye, écoute, neuf fois sur dix je suis là quand j'ai dit aux gosses que j'y serais. Mais, quelque fois, c'est impossible. Dans ce boulot, on n'a pas des heures régulières. Un officier de police ne peut pas tout lâcher au milieu d'une poursuite seulement parce qu'il a fini son service. D'ailleurs, on est en pleine crise, ici. Alors, tu veux bien aller chercher les gosses ?

— Bien sûr, Jack, dit-elle, un peu vexée.

— J'apprécie, tu sais, Faye.

— Ce n'est rien.

— Je suis désolé, j'ai peut-être été un peu... abrupt.

— Pas du tout. Ne t'en fais pas pour ça. Davey et Penny restent dîner ?

— Si cela ne te dérange pas...

— Bien sûr que non. Nous sommes heureux de les avoir, Jack, tu le sais. Tu dîneras avec nous ?

— Je ne suis pas sûr de pouvoir me libérer à temps.

— Ne les laisse pas trop souvent dîner seuls, chéri.

— Je n'en ai pas l'intention.

— Le dîner, c'est un rituel important, une occasion pour la famille de partager les événements de la journée.

— Je sais.

— Les enfants ont besoin de ce moment de tranquillité à la fin de la journée.

— Je sais. Je fais tout mon possible pour le leur donner. J'y manque rarement.

— Ils resteront dormir?

— Je ne pense pas rentrer si tard. Ecoute, merci beaucoup, Faye. Je ne sais pas ce que je ferais sans toi et sans Keith; vraiment, je ne sais pas. Mais je dois me sauver, maintenant. A plus tard.

Avant que Faye ait pu lui fourguer un conseil supplémentaire, Jack raccrocha avec un sentiment mitigé de culpabilité et de soulagement.

Une fois dehors, Jack et Rebecca relevèrent le col de leur manteau, y enfouirent le menton et avancèrent avec précaution sur le trottoir glissant.

Ils arrivaient à hauteur de leur voiture quand un inconnu les rejoignit. Il était grand, le teint sombre, bien habillé.

— Lieutenant Chandler? Lieutenant Dawson? Mon patron voudrait vous parler.

— Qui c'est, votre patron? demanda Rebecca.

En guise de réponse, l'homme pointa un doigt vers une grosse Mercedes noire garée non loin de l'hôtel. L'homme commença à s'éloigner, s'attendant tout naturellement à ce qu'on le suive sans poser davantage de questions. Après une brève hésitation, ils lui emboîtèrent le pas. Quand ils atteignirent la limousine, l'épaisse vitre teintée se baissa. Jack reconnut immédiatement le passager et devina que Rebecca savait aussi de qui il s'agissait : don Gennaro Carramazza, le patriarche de la famille de maffiosi la plus puissante de New York.

Le grand type s'installa devant, à côté du chauffeur, et Carramazza, seul à l'arrière, ouvrit sa portière et invita Jack et Rebecca à monter.

— Que voulez-vous? demanda Rebecca sans bouger.

— Une petite conversation, dit Carramazza.

Sa voix était étonnamment distinguée, avec un léger accent sicilien.

— Alors, parlons, dit-elle.

— Pas comme ça. Il fait trop froid, dit Carramazza. (La neige pénétrait par bourrasques dans la voiture.) Mettons-nous à l'aise.

— Je suis à l'aise, dit-elle.

— Eh bien, moi pas, dit Carramazza. (Il fronça les sourcils.) Ecoutez, j'ai une information extrêmement précieuse pour vous. J'ai décidé de vous en faire part moi-même. Moi. Cela ne vous fait-il pas comprendre à quel point c'est important ? Mais je n'ai pas l'intention de bavarder comme ça, en public, dans la rue, nom de Dieu !

— Monte, Rebecca.

Elle obéit avec une répugnance évidente. Jack l'imita.

Rudy, le chauffeur, effleura un bouton et une vitre en plexiglas s'éleva entre les deux hommes à l'avant et les passagers. Carramazza saisit une petite mallette et la posa sur ses genoux sans l'ouvrir. Il dévisageait Jack et Rebecca d'un air rusé.

Le vieillard ressemblait à un lézard. Ses yeux étaient voilés par d'épaisses paupières ridées comme une peau de chagrin. Il était presque entièrement chauve. Une peau tannée, parcheminée, des traits accusés et une grande bouche aux lèvres fines. Ses gestes aussi étaient ceux d'un lézard : parfaitement immobile pendant de longs moments, il s'agitait soudain, dardait la tête, la faisait pivoter. Jack n'aurait pas été surpris si une longue langue fourchue avait jailli entre ses lèvres sèches.

La tête de Carramazza pivota vers Rebecca.

— Il n'y a aucune raison d'avoir peur de moi, vous savez.

— Peur ? Mais je n'ai pas peur, dit-elle, surprise.

— Vous paraissiez peu désireuse de monter, alors j'ai pensé...

— Ce n'était pas de la peur, dit-elle glaciale. Je me demandais si le teinturier arriverait à désinfecter mes vêtements, après.

Les petits yeux durs de Carramazza s'étrécirent.

Jack gémit intérieurement.

— Je ne vois pas pourquoi nous ne pourrions pas bavarder courtoisement, surtout quand il est de notre intérêt mutuel de coopérer.

Il n'avait pas l'air d'un gangster mais plutôt d'un banquier.

— Vraiment ? dit Rebecca. Vous ne voyez vraiment pas

pourquoi ? Alors, je vous en prie, permettez-moi de vous expliquer.

— Hum... Rebecca, dit Jack.

Elle n'y alla pas par quatre chemins.

— Vous êtes une brute, un voleur, un assassin, un trafiquant de drogue, un proxénète. Cette explication vous suffit-elle ?

— Rebecca...

— Ne t'en fais pas, Jack. Je ne l'ai pas insulté. Ce n'est pas insulter un porc que de l'appeler simplement porc.

— Je te rappelle, dit Jack, qu'il a perdu un neveu et un frère aujourd'hui.

— Qui étaient tous les deux des trafiquants de drogue, des brutes et des assassins, dit-elle.

Carramazza était complètement abasourdi par sa férocité. Rebecca lui lança un regard furibond.

— Vous ne paraissez pas trop ébranlé par la perte de votre frère, ajouta-t-elle. Il te semble très frappé, à toi, Jack ?

Sans le moindre soupçon de colère ou même d'excitation dans la voix, Carramazza répondit enfin :

— Dans la *fratellanza,* les Siciliens ne pleurnichent pas.

Dans la bouche d'un vieillard desséché, cette déclaration macho semblait excessivement ridicule. Toujours sans laisser paraître la moindre animosité, Carramazza poursuivit de sa voix lénifiante de banquier :

— Ça ne nous empêche pas d'éprouver des sentiments. Et de nous venger.

Rebecca l'étudiait avec un dégoût non dissimulé. Les mains de reptile du vieillard restaient parfaitement immobiles sur la mallette. Il tourna vers Jack ses yeux de cobra.

— Lieutenant Dawson, peut-être vaudrait-il mieux que je traite avec vous. Vous ne semblez pas partager les... préjugés du lieutenant Chandler.

Jack secoua la tête.

— C'est là où vous vous trompez. Je suis entièrement d'accord avec elle. Simplement, je ne l'aurais pas dit.

Il regarda Rebecca. Elle lui sourit, heureuse de son soutien. Jack poursuivit, sans quitter Rebecca des yeux :

— Parfois, le zèle et l'agressivité de ma collègue sont

excessifs et inefficaces, mais elle semble ne pas pouvoir ou ne pas vouloir se mettre ça dans la tête.

Le sourire de Rebecca s'évanouit.

— Qu'avons-nous là ? dit Carramazza d'un ton sarcastique. Un couple d'hypocrites, de petits saints ? Je parie que vous n'avez jamais accepté le moindre pot-de-vin, même du temps où vous faisiez votre ronde en uniforme et que vous gagniez juste de quoi payer votre loyer ?

Jack croisa le regard dur et méfiant du vieil homme.

— C'est vrai. Je n'ai jamais rien accepté.

— Pas même un pourboire...

— Non.

— Pas même une partie gratuite de jambes en l'air avec une pute qui n'avait pas envie d'aller en prison ou...

— Non.

— Pas même un peu de cocaïne, peut-être même d'herbe d'un revendeur qui voulait que vous regardiez de l'autre côté ?

— Non.

— Une bouteille de liqueur ou un billet de vingt dollars à la Noël ?

— Non.

Carramazza les fixa en silence un long moment. Une rafale de neige tourbillonna et gomma la ville autour de la voiture.

— Alors, j'ai affaire à un couple de phénomènes, dit enfin.

Il cracha le mot « phénomènes » avec un tel mépris qu'on devinait sans peine le dégoût qu'il éprouvait devant des fonctionnaires honnêtes.

— Vous avez tort, dit Jack. Nous n'avons rien de spécial. Nous ne sommes pas des phénomènes. Les flics ne sont pas tous corrompus. C'est même rare qu'ils le soient.

— La plupart sont corrompus, affirma Carramazza.

— Non, insista Jack. Il y a de sales types, bien sûr, et des planches pourries. Mais, dans l'ensemble, je peux être fier des gens avec qui je travaille.

— D'une façon ou d'une autre, ils sont tous mouillés, dit Carramazza.

— Ce n'est pas vrai.

— Ce n'est pas la peine de discuter, Jack, dit Rebecca. Il *doit* croire que tout le monde est corrompu. C'est comme ça qu'il justifie ses actes.

Le vieillard soupira. Il ouvrit la mallette, en retira une enveloppe en papier bulle et la tendit à Jack.

— Ça pourrait vous aider.

Jack prit l'enveloppe avec une légère appréhension.

— Qu'est-ce que c'est ?

— Pas d'affolement, dit Carramazza. Ce n'est pas un pot-de-vin. C'est de l'information. Tout ce que nous avons pu apprendre sur cet homme qui se fait appeler Baba Lavelle. Sa dernière adresse connue. Les restaurants qu'il fréquentait avant de se cacher et de déclarer cette guerre. Les noms et adresses de tous les revendeurs qui écoulaient sa marchandise durant ces deux derniers mois. Bien que vous ne puissiez plus les interroger tous.

— Parce que vous les avez tués ?

— Certains ont peut-être quitté la ville.

— Bien sûr.

— En tout cas, tout est là. Vous possédez peut-être déjà tous ces renseignements, peut-être pas ; je crois que non.

— Pourquoi nous donnez-vous cela ? demanda Jack.

— Ça n'est donc pas évident ? demanda le vieillard en ouvrant tout grand ses yeux parcheminés. Je veux qu'on trouve Lavelle. Je veux qu'on le neutralise.

— J'aurais pensé que vous auriez de plus grandes chances que nous de le trouver. C'est un trafiquant de drogue, après tout. Il fait partie de votre monde. Vous avez toutes les sources, tous les contacts...

— Les sources habituelles et les contacts sont sans grande utilité dans cette affaire, dit le vieillard. Ce Lavelle... c'est un solitaire. Pire que ça. C'est comme si... comme s'il était un courant d'air.

— Vous êtes vraiment sûr de son existence ? demanda Rebecca. Il n'est peut-être qu'un homme de paille. Peut-être vos ennemis réels l'ont-ils inventé pour se cacher derrière lui.

— Il existe réellement, dit Carramazza avec emphase. Il est entré dans le pays illégalement, au printemps dernier. Il venait de la Jamaïque par Porto Rico. Il y a une photo de lui dans l'enveloppe.

Jack l'ouvrit avec hâte, fourragea dans les papiers et retira un instantané.

— C'est un agrandissement d'une photo prise dans un restaurant peu de temps après que Lavelle a commencé à opérer dans ce qui était traditionnellement notre territoire.

Traditionnellement notre territoire. Bon Dieu, pensa Jack, on dirait un duc anglais qui se plaint des braconniers qui infestent ses terres !

Le cliché était un peu flou mais on distinguait suffisamment le visage de Lavelle pour que Jack pût désormais le reconnaître s'il le voyait dans la rue. L'homme était très noir de peau, beau — d'une beauté vraiment frappante —, le front large, les yeux profondément enfoncés, les pommettes hautes et une grande bouche. Sur la photo, il souriait à quelqu'un qui se trouvait hors du champ de l'objectif. Le sourire était séduisant.

Jack passa la photo à Rebecca.

— Lavelle veut s'approprier mes affaires, détruire ma réputation à l'intérieur de la *fratellanza,* m'affaiblir et me désarmer. Moi. Moi, qui ai dirigé l'Organisation d'une main de fer pendant vingt-huit ans ! *Moi !*

Cette fois, sa voix trahit son émotion : une colère froide, implacable. Il poursuivit en crachant ces mots comme s'ils avaient mauvais goût.

— Mais ce n'est pas le pire. Non. Vous voyez, il ne veut pas vraiment le marché. Une fois qu'il l'aura, il le balancera, laissera les autres familles se le partager. C'est seulement qu'il ne veut pas que ce soit moi qui l'aie, ni un Carramazza. Ce n'est pas une vulgaire bagarre de secteur ni une lutte d'influence. Pour Lavelle, c'est strictement une question de vengeance. Il veut me voir souffrir de toutes les manières possibles. Il voudrait m'isoler, il espère me briser en m'arrachant mon empire, en tuant mes neveux, mes fils. Oui, tous, l'un après l'autre, il menace d'assassiner mes meilleurs amis et tous ceux qui ont jamais eu de l'importance pour moi. Il a juré de tuer mes cinq petits-enfants chéris. Pouvez-vous croire une chose pareille ? Il menace de petits bébés ! Il n'est pas de vengeance, si justifiée qu'elle soit, qui puisse toucher des enfants innocents.

— Il vous a réellement dit qu'il allait faire tout ça ? demanda Rebecca. Quand ? Quand vous a-t-il dit ça ?

— Plusieurs fois.

— Vous vous êtes rencontrés?

— Non. Il n'aurait pas survécu à un face-à-face.

Le banquier avait disparu. Le vernis des bonnes manières s'était craquelé. Le vieillard ressemblait plus que jamais à un reptile. Un serpent en costume de mille dollars. Un serpent très venimeux.

— Ce fumier de Lavelle m'a dit tout ça au téléphone. Mon numéro personnel, qui est sur la liste rouge. J'ai beau changer de numéro, ce salaud l'obtient à chaque fois, dès que la ligne est branchée. Il me dit... il dit... que, quand il aura tué mes amis, mes neveux, mes fils, mes petits-enfants, alors... il dit qu'il va... il dit qu'il va...

Pendant un moment, au souvenir des menaces arrogantes de Lavelle, Carramazza fut incapable de parler; la colère lui paralysait les mâchoires. Il serrait les dents et faisait saillir les muscles de son cou et de ses joues. Ses yeux sombres, toujours mobiles, brillaient à présent d'une rage si féroce, si inhumaine qu'elle se communiqua à Jack, qui frissonna. Carramazza finit par se reprendre. Mais sa voix n'était plus qu'un murmure cruel et glacial.

— Cette ordure, ce salaud de nègre, cette espèce de *merde*... il dit qu'il va écorcher ma femme, ma Nina. *Ecorcher*, c'est le mot qu'il a employé. Et quand il l'aura charcutée, qu'il dit, alors il me prendra aussi ma fille. (La voix du vieil homme s'adoucit.) Ma Rosie. Ma belle Rosie. La lumière de ma vie. Vingt-sept ans mais elle en paraît dix-sept. Et astucieuse avec ça. Etudiante en médecine. Elle va devenir médecin. Elle commence son internat cette année. Un teint de porcelaine. Les yeux les plus adorables qu'on ait jamais vus. (Il se tut un moment puis reprit son âpre murmure.) Lavelle dit qu'il enlèvera ma fille et qu'il la découpera en morceaux, qu'il l'écartèlera... sous mes yeux. Il a le culot de me dire des choses pareilles, à moi!

Et il accompagna ces derniers mots d'une pluie de postillons qui arrosa le pardessus de Jack. Il resta silencieux pendant quelques secondes. Il haletait, ouvrait et refermait ses poings.

— Je veux qu'on arrête ce salaud!

— Vous avez mis tous vos hommes sur lui? demanda Jack. Utilisé tous vos informateurs?

— Oui.

— Et il reste introuvable ?

— Ouiiii, dit Carramazza. (Et, en traînant sur ce mot, il révélait une frustration au moins aussi grande que sa rage.) Il a quitté sa planque du Village, il s'est caché. C'est pour ça que je vous apporte toutes ces informations. Vous pouvez lancer un avis de recherche maintenant que vous avez la photo. Tous les flics de la ville vont s'y mettre et c'est plus de monde que je n'en ai, moi. Vous pouvez même le montrer à la TV, dans les journaux, et tout le monde ouvrira l'œil. Si je ne peux pas l'avoir, je veux que *vous*, au moins, vous le coinciez et que vous le foutiez au trou. Une fois derrière les barreaux...

— Vous trouverez moyen de l'atteindre, dit Rebecca, achevant la pensée que Carramazza n'avait pas exprimée. Si on l'arrêtait, il ne serait jamais jugé. Il serait tué en prison.

Carramazza ne confirma pas mais ils savaient tous trois que c'était vrai.

— Vous nous avez dit que Lavelle agissait par esprit de vengeance. Mais pourquoi ? Qu'est-ce que vous lui avez fait pour qu'il veuille ainsi exterminer toute votre famille jusqu'à vos petits-enfants ?

— Je ne vous le dirai pas. Je ne peux pas parce que, si je vous le disais, je me compromettrais.

— Vous vous accuseriez, plutôt, dit Rebecca.

Jack glissa la photo de Lavelle dans l'enveloppe.

— Je me posais des questions sur votre frère Dominick.

Gennaro Carramazza parut se ratatiner en entendant le nom de son frère mort.

— Je veux dire, il se cachait, apparemment, dans cet hôtel, quand Lavelle l'a trouvé. Mais s'il se savait menacé, pourquoi ne s'est-il pas terré dans son coin ? Pourquoi n'est-il pas venu se mettre sous votre protection ? Etant donné les circonstances, il n'y a pas d'endroit où il aurait été plus en sécurité que chez vous. Avec tout ce qui se passe, ça doit être protégé comme une forteresse, à Brooklyn.

— Oui, dit le vieillard. Ma maison est une forteresse. (Il cligna des yeux, lentement, comme un lézard.) Une forteresse mais pas sûre. Lavelle a déjà frappé à l'intérieur de ma propre maison, malgré toutes les mesures de sécurité.

— Vous voulez dire qu'il a tué chez vous...

— Oui.

— Qui ?

— Ginger et Pepper.

— Qui étaient-ce ?

— Mes petits chiens.

— Et ils ont été tués chez vous ?

Carramazza leva les yeux.

— La nuit dernière. Déchiquetés. Lavelle ou un de ses hommes est entré. On ne sait pas encore comment il a tué mes petits chiens chéris. Comment il est ressorti sans qu'on l'ait repéré. (Il tapa violemment sur la mallette.) Merde ! C'est absolument impossible ! La maison est bouclée. Gardée par une petite armée. (Il battit des paupières et sa voix s'altéra.) Ginger et Pepper étaient si doux. Ils n'ont jamais mordu personne. Jamais. Ils aboyaient à peine. Ils ne méritaient pas qu'on les traite avec tant de cruauté. Deux petites bêtes innocentes.

Jack était stupéfait. Cet assassin, ce croulant de trafiquant, ce vieux gangster, ce lézard venimeux qui n'avait pas pu ou pas voulu pleurer son frère, semblait au bord des larmes, à présent, parce qu'on lui avait massacré ses chiens.

Jack jeta un coup d'œil à Rebecca. Elle fixait Carramazza, les yeux ronds, avec une expression à la fois d'ébahissement et de dégoût, comme si elle était en train d'observer une bête particulièrement répugnante qui sortait en rampant de dessous un rocher.

— Après tout, ce n'étaient pas des chiens de garde. Ils n'étaient pas dressés pour l'attaque. Ils ne représentaient aucune menace. Seulement un couple d'adorables petits épagneuls...

Un peu hésitant sur la manière de s'y prendre avec un chef de la maffia pleurnichard, Jack essaya de changer de conversation avant que le vieil homme eût atteint un stade pathétique et embarrassant.

— Le bruit court que Lavelle se vante d'utiliser le vaudou contre vous.

Carramazza hocha la tête.

— C'est ce qu'il dit.

— Et vous y croyez ?

— Il semble sérieux.

— Mais vous pensez qu'il y a quelque chose dans ce truc de vaudou ?

Carramazza ne répondit pas. Il regarda par la vitre la neige qui tourbillonnait autour de la limousine. Malgré le froncement de sourcils désapprobateur de Rebecca, Jack insista.

— Vous pensez qu'il y a quelque chose de vrai là-dedans ?

Carramazza se détourna de la vitre.

— Vous me demandez si je pense que ça marche ! Il y a un mois, quelqu'un m'a posé la même question. J'ai ri, alors. Mais, maintenant...

— Maintenant, dit Jack, vous vous demandez si, par hasard...

— Oui. Si, par hasard...

Les yeux du vieillard avaient changé. Ils étaient toujours durs, froids, méfiants mais ils exprimaient un sentiment nouveau. La peur. Émotion que ce vieux salaud avait perdu l'habitude d'éprouver depuis bien longtemps.

— Trouvez-le, dit Carramazza.

— On va essayer, dit Jack.

— Parce que c'est notre boulot, dit rapidement Rebecca, comme pour couper court à toute idée qu'ils puissent agir pour le compte de Gennaro Carramazza et de sa sanguinaire famille.

La Mercedes démarra et glissa le long de l'allée de l'hôtel, laissant, dans la neige, un long sillage sombre.

Pendant un moment, Jack et Rebecca la suivirent des yeux.

Le vent était tombé. Il neigeait encore, plus dru peut-être mais sans bourrasques.

— On ferait mieux de rentrer, dit Rebecca.

Jack prit la photographie de Lavelle dans l'enveloppe et la fourra dans son manteau.

— Qu'est-ce que tu fais ? demanda Rebecca.

Il lui tendit l'enveloppe.

— Je serai au bureau dans une heure.

— Qu'est-ce que tu dis ?

— A deux heures au plus tard.

110

— Où vas-tu ?

— J'ai quelque chose à voir.

— Jack, il faut organiser la force d'intervention, préparer...

— Tu vas commencer tout ça.

— Mais il y a trop de travail pour moi toute seule...

— Je serai là vers deux heures, deux heures et quart au plus tard.

— Merde, Jack !

— Tu peux bien t'en occuper toute seule pendant un moment.

— Tu vas à Harlem, n'est-ce pas ?

— Ecoute, Rebecca...

— Dans cette foutue boutique vaudou ?

Il ne dit rien.

— Je le savais. Tu vas revoir Carver Hampton. Ce charlatan. Cet imposteur.

— Ce n'est pas un imposteur. Il croit en ce qu'il fait. Je lui avais dit que je reviendrais le voir aujourd'hui.

— C'est dingue.

— Vraiment ? Lavelle existe bel et bien. Nous avons une photo maintenant.

— Il existe. Et alors ? Ça ne veut pas dire que le vaudou, ça marche !

— Je sais.

— Si tu vas là-bas, je rentre comment, moi, au bureau ?

— Tu peux prendre la voiture. Je demanderai à un de nos hommes de me conduire.

— Merde, Jack.

— J'ai un pressentiment, Rebecca.

— Tu parles...

— J'ai le pressentiment que d'une façon ou d'une autre... le phénomène vaudou — pas forcément le côté surnaturel mais le phénomène culturel lui-même — est inextricablement lié à toute cette affaire. J'ai l'intuition que je tiens le bon bout.

— Bon Dieu !

— Un flic futé marche au pifomètre.

— Et si tu ne reviens pas à l'heure, si je suis coincée tout l'après-midi, à tout faire moi-même, et si j'ai à affronter Gresham avec...

— Je serai de retour à deux heures et demie au plus tard.

— Je ne suis pas près de te le pardonner, Jack.

Il croisa son regard, hésita.

— Peut-être pourrais-je remettre à demain ma visite à Carver Hampton si...

— Si quoi ?

— Si je savais que tu vas prendre juste une demi-heure, juste un quart d'heure. Pour t'asseoir avec moi et parler de ce qui s'est passé entre nous la nuit dernière. Où allons-nous ?

Rebecca détourna le regard.

— Nous n'avons pas le *temps* maintenant.

— Rebecca...

— On a du travail, Jack !

Il hocha la tête.

— Tu as raison. Tu vas commencer à voir les détails, pour la force d'intervention ; et moi, je file chez Carver Hampton.

Il se dirigea vers les policiers qui attendaient près des voitures.

— Pas plus tard que deux heures et demie, dit-elle.

— Je ferai aussi vite que possible, dit-il.

Le vent s'était levé, soudain.

Et hurlait.

4

La neige fraîche égayait et embellissait la rue. Le quartier était toujours aussi sordide, minable, crasseux, jonché de détritus mais c'était quand même moins moche que la veille, sans neige.

La boutique de Carver Hampton, au coin de la rue, était flanquée, d'un côté, d'un magasin de spiritueux, aux vitrines munies de barreaux d'acier, de l'autre, d'un magasin de meubles miteux qui se barricadait, lui aussi, derrière des barreaux. Le commerce de Hampton paraissait le seul prospère, le seul, aussi, à n'avoir pas de barreaux à ses vitrines. Un mot sur la porte : *Rada*. La veille, Jack avait interrogé Hampton sur la signification du nom de la boutique et il avait appris ainsi qu'il y a trois grands rituels qui règlent le vaudou. Les deux premiers sont dédiés aux esprits mauvais et s'appellent *Congo* et *Pétro*. Le panthéon des bons esprits est désigné sous le nom de *Rada*.

La porte tinta quand Jack entra, abandonnant derrière lui l'âpre vent de décembre. Carver Hampton surgit de l'arrière-boutique et parut surpris à la vue de Jack.

— Inspecteur Dawson! Enchanté de vous revoir! Je ne pensais pas que vous referiez tout ce chemin, surtout par un temps pareil. Je croyais que vous m'appelleriez.

Jack s'avança et ils se donnèrent une poignée de main au-dessus du comptoir. Carver Hampton était grand, large d'épaules et de poitrine; il ressemblait à un footballeur professionnel sur la touche depuis six mois. Il n'était pas beau mais avait l'air bienveillant, un bon géant, un saint Nicolas noir.

— Je suis désolé que vous ayez fait tout ce chemin pour rien, dit-il.

— Alors, vous n'avez rien découvert, depuis hier?

— Pas grand-chose. J'ai donné le mot. Je demande çà et là. Je farfouille. Jusqu'à maintenant, tout ce que j'ai réussi à découvrir, c'est qu'il y a réellement quelqu'un, dans le quartier, qui se fait appeler Baba Lavelle et qui se dit *boko*.

— *Boko*? C'est un prêtre qui pratique la sorcellerie... n'est-ce pas?

— C'est exact. La magie noire. C'est tout ce que j'ai appris. Il existe, ce dont vous n'étiez pas sûr hier, donc je pense que c'est quand même important pour vous. Mais si vous aviez téléphoné...

— Eh bien, en fait, je suis venu pour vous montrer quelque chose qui pourra peut-être vous aider. Une photo, de Baba Lavelle lui-même.

— C'est vrai?

— Oui.

— Alors, vous saviez déjà qu'il était réel. Faites-moi voir. Ça devrait aider si je peux décrire le type quand je demande autour de moi.

Jack tira le cliché de la poche de son manteau et le tendit à Hampton.

A peine celui-ci eut-il jeté les yeux sur la photo que son

visage se modifia instantanément. Son teint s'altéra, vira au gris, perdit tout éclat et vitalité. Sa peau n'était plus que du papier marron, sec et inerte. Il serra les lèvres. Ses yeux aussi avaient changé : hallucinés.

— *Cet homme!* dit-il.

— Quoi? demanda Jack.

Les mains de Hampton tremblaient quand il rendit la photo à Jack, comme si elle lui brûlait les doigts, comme s'il suffisait de toucher une image de Lavelle pour être contaminé.

— Qu'y a-t-il? Qu'est-ce que c'est?

— Je le connais, dit Hampton. Je l'ai... vu. Seulement, j'ignorais son nom.

— Où l'avez-vous vu?

— Ici.

— Ici, à la boutique?

— Oui.

— Quand?

— En septembre dernier.

— Pas depuis?

— Non.

— Que venait-il faire ici?

— Il venait s'approvisionner en herbes et en poudres.

— Mais je croyais que vous ne faisiez que de la magie blanche. Le *Rada.*

— Beaucoup d'ingrédients peuvent servir à la fois au *boko* et au *hougan.* Il y a ici des herbes et des poudres extrêmement rares, qu'il ne pouvait se procurer ailleurs, à New York.

— Il y a d'autres boutiques comme la vôtre?

— Une un peu comme celle-ci, mais pas aussi grande. Et puis ce sont deux *hougan* — ils ne sont pas très forts, un peu plus que des amateurs — mais ils ont beaucoup de choses. Et ils sont sans scrupules. Ils vendent aussi bien au *boko* qu'au *hougan.* Ils vendent même les instruments pour les sacrifices, les haches rituelles, les cuillères à bord coupant pour faire sauter les yeux. Des gens terribles, qui fourguent leur marchandise à n'importe qui, même aux plus pervers, aux plus avilis.

— Alors Lavelle est venu ici parce qu'il n'a pas pu se procurer chez eux ce qu'il cherchait?

— Oui. Il m'a dit qu'il avait trouvé presque tout ce dont il avait besoin mais que ma boutique était la seule à posséder un très grand choix des ingrédients les plus courants pour les envoûtements et les incantations. Ce qui, bien sûr, est vrai. Je suis fier de ça et aussi de la qualité de mes produits. Mais, au contraire des autres, je ne vends pas à un *boko*, si je sais qu'il en est un. D'habitude, je les repère. Je ne vends pas non plus à ces amateurs malintentionnés, qui cherchent à envoûter leur belle-mère ou un rival. Bref, cet homme, celui qui est sur la photo...

— Lavelle, dit Jack.

— Mais je ne savais pas son nom, alors. J'étais en train de faire son paquet quand j'ai compris que c'était un *boko*. Et j'ai refusé de conclure la vente. Il croyait que j'étais comme les autres, que je vendais à n'importe qui. Il était furieux. Je l'ai mis dehors et j'ai cru que c'en était fini.

— Mais ça ne l'était pas ? demanda Jack.

— Non.

— Il est revenu ?

— Non.

— Alors que s'est-il passé ?

Hampton fit le tour de son comptoir et s'approcha des étagères sur lesquelles étaient rangées des centaines de bouteilles. Jack le suivit. Hampton continua d'une voix étouffée.

— Deux jours après, j'étais seul dans la boutique, assis là, derrière le comptoir en train de lire, quand, tout à coup, toutes les bouteilles de ces étagères se sont fracassées par terre. Toutes en même temps. Quel désastre ! La moitié brisées, tout ce qu'elles contenaient mélangé, un beau gâchis. Je me précipite pour voir ce qui se passe. Je m'approche et je vois des herbes éparpillées, des poudres, des racines commencer à... eh bien, à *bouger*... à s'assembler... à prendre vie. Des débris composés des différents éléments s'est formé un... serpent noir, d'une quarantaine de centimètres environ. Des yeux jaunes. Des crochets. Une langue dardée. Aussi réel que n'importe quel serpent sorti de son œuf.

Jack regardait l'homme d'un air ébahi, ne sachant que penser de lui et de son histoire. Jusqu'à ce moment, il considérait Carver Hampton comme un homme sincèrement croyant dans sa religion, parfaitement équilibré, pas plus irrationnel dans sa foi qu'un catholique ou un juif. Croire en une doctrine religieuse, à la magie et aux miracles, d'accord ; mais proclamer qu'on a *vu* un miracle... Ceux qui jurent avoir été témoins d'un miracle sont des hystériques, des fanatiques ou des menteurs. C'est vrai non ? D'un autre côté, si on est un tant soit peu religieux — et Jack n'était pas un homme dépourvu de foi —, alors comment peut-on croire aux miracles, à l'existence d'un monde occulte et écarter tous les témoignages de manifestations surnaturelles ? La foi devient lettre morte si l'on n'accepte pas la réalité de ses effets dans le monde. Jack y avait déjà réfléchi et, à présent, il dévisageait Carver Hampton avec un mélange de doute et de prudente acceptation. Rebecca aurait dit qu'il faisait preuve d'une excessive largeur d'esprit. Hampton fixait les bouteilles rangées sur les étagères.

— Le serpent s'est mis à ramper vers moi, reprit-il. J'ai reculé. Mais je ne pouvais aller nulle part. Je me suis jeté à genoux et j'ai commencé à prier. Il y a des prières pour ce genre de situations et elles ont eu de l'effet. Sinon... ou alors Lavelle n'avait pas l'intention de me nuire. Peut-être était-ce seulement un avertissement, un défi pour se venger de la façon dont je l'avais si brutalement sorti de ma boutique. Quoi qu'il en soit, le serpent s'est dissous.

— Comment savez-vous que c'est Lavelle qui a fait ça ? demanda Jack.

— Le téléphone a sonné un moment après que le serpent... s'était décomposé. C'était cet homme, celui que j'avais refusé de servir. Il m'a dit que j'avais parfaitement le droit de refuser de le servir et qu'il ne m'en voulait pas pour ça. Mais il ne permettrait à personne de porter la main sur lui comme je l'avais fait. Alors, en représailles, il a anéanti ma collection d'herbes et conjuré le serpent. C'est ce qu'il m'a dit. C'est tout ce qu'il a dit. Et il a raccroché.

— Vous ne m'aviez pas dit que vous l'aviez vraiment, physiquement jeté dehors, dit Jack.

— Mais je ne l'ai pas jeté dehors. Je lui ai simplement posé la main sur le bras et... comment dire... je lui ai montré le chemin. Fermement, d'accord, mais sans brutalité, sans

116

lui faire de mal. De toute façon, c'était suffisant pour l'irriter et pour qu'il cherche à se venger.

— Ça s'est passé en septembre ?

— Oui.

— Et il n'est jamais revenu ?

— Non.

— Il n'a pas retéléphoné ?

— Non. Et cela m'a pris presque trois mois pour reconstituer mon choix d'herbes rares et de poudres. Beaucoup sont très difficiles à se procurer. Vous ne pouvez pas imaginer. Ce n'est que tout récemment que j'ai regarni mes étagères.

— Alors, vous avez des raisons pour vouloir qu'on arrête ce Lavelle, dit Jack.

Hampton secoua la tête.

— Au contraire.

— Hein ?

— Je ne veux plus rien avoir à faire avec ça.

— Mais...

— Je ne veux pas vous aider davantage, lieutenant.

— Je ne comprends pas.

— Ça devrait pourtant être clair. Si je vous aide, Lavelle me jettera un sort. Pire que le serpent. Et, cette fois, ce ne sera pas un simple avertissement. Non, cette fois, ce sera sûrement ma mort.

Jack se rendit compte que Hampton était sérieux et franchement terrifié. L'homme croyait au pouvoir du vaudou. Il en tremblait. Même Rebecca, si elle l'avait vu, n'aurait pu affirmer que c'était un charlatan. Il y *croyait*.

— Mais vous devriez souhaiter autant que moi qu'il soit derrière les barreaux. Vous devriez souhaiter sa destruction après ce qu'il vous a fait, dit Jack.

— Vous ne le mettrez jamais en prison.

— Oh si !

— Quoi qu'il fasse, vous ne pourrez jamais l'atteindre.

— Nous l'aurons, ne vous en faites pas.

— C'est un *boko* extrêmement puissant, lieutenant. Pas un amateur. Pas un de vos petits jeteurs de sorts. Il a pour lui la puissance des ténèbres, les ténèbres de la mort, les ténèbres de l'Enfer, les ténèbres de l'au-delà. C'est une puissance cosmique qui dépasse la compréhension humaine. Il n'est pas simplement en intelligence avec Satan, votre roi chrétien et juif des démons. Ce serait déjà assez terrible. Mais, voyez-vous, il est le serviteur de *tous* les dieux du Mal des religions africaines qui remontent à l'Antiquité ; il a derrière lui cette immense assemblée malfaisante. Quelques-unes de ces divinités sont beaucoup plus puissantes et plus perverses, incommensurablement plus perverses que Satan tel qu'on l'a décrit. Une légion d'entités démoniaques sont aux ordres de Lavelle, empressées auprès de lui car elles, elles l'utilisent en retour comme une sorte de porte leur donnant accès à ce monde. Elles ont soif de sang, de souffrance, de terreur, de malheur car le passage vers notre monde leur est barré par la puissance des dieux du Bien qui nous protègent.

Hampton marqua une pause. Il était hors d'haleine. Quelques gouttes de sueur perlaient à son front. Il se passa les mains sur le visage et prit plusieurs inspirations lentes et profondes. Puis il poursuivit d'une voix qu'il essayait vainement de rendre calme et raisonnable :

— Lavelle est un homme dangereux, lieutenant, infiniment plus dangereux que vous ne pourrez jamais le comprendre. Je pense aussi qu'il est très probablement fou, détraqué ; il ne fait aucun doute qu'il a quelque chose d'un dément. C'est l'association la plus redoutable : le mal sans mesure, la folie et le pouvoir d'un *boko* expérimenté et dominateur.

— Mais vous dites que vous êtes un *hougan*, un sorcier blanc. Vous ne pouvez pas exercer votre pouvoir contre lui ?

— Je suis un *hougan* capable, meilleur que beaucoup d'autres, mais je n'ai pas l'envergure de cet homme. Par exemple, avec de grands efforts, je pourrais jeter un sort sur ses herbes et ses poudres. Je pourrais faire tomber quelques-unes de ses bouteilles si j'avais déjà vu l'endroit avant, bien sûr. Mais je ne serais pas capable de causer autant de dégâts que lui. Et je ne serais pas capable, non plus, de susciter un serpent, comme il l'a fait. Je n'ai pas autant de pouvoir, ni autant de finesse.

— Vous pourriez essayer.

— Non. Absolument pas. Si on se mesurait, il m'écraserait comme une punaise.

Hampton se dirigea vers la porte et l'ouvrit. La cloche tinta. Jack feignit d'ignorer son geste.

— Écoutez, si vous continuez à demander autour de vous...

— Non. Je ne peux plus vous aider, lieutenant. Pouvez-vous vous mettre ça dans la tête ?

Un vent glacial s'engouffra par la porte ouverte, sifflant, gémissant.

— Écoutez, dit Jack. Lavelle ne saura jamais que vous vous intéressez à lui. Il...

— Il le découvrira ! dit Hampton, hors de lui. Il sait tout. Ce qu'il ne sait pas, il peut le découvrir. Tout.

— Mais...

— Je vous en prie, partez, dit Hampton.

— Écoutez-moi jusqu'au bout. Je...

— Partez.

— Mais...

— Partez, sortez, allez-vous-en, merde, immédiatement ! dit Hampton d'une voix à la fois furieuse, terrorisée et paniquée.

La peur presque hystérique de l'homme commençait à déteindre sur Jack. Un frisson le parcourut et ses mains devinrent moites. Il soupira, hocha la tête.

— Très bien, très bien. Mais j'aurais aimé...

— Immédiatement, merde ! J'ai dit immédiatement, hurla Hampton.

Jack sortit de la boutique.

5

La porte de *Rada* claqua dans son dos. Dans la rue capitonnée de neige, le bruit retentit comme une détonation. Jack se retourna et vit Carver Hampton qui abaissait le store derrière la porte vitrée. On pouvait lire en grosses lettres : FERMÉ. Puis les lumières de la boutique s'éteignirent. La neige continuait à tomber d'un ciel encore plus sombre, encore plus fermé que vingt minutes auparavant. Jack se dirigea vers la voiture de police qui l'attendait. Il n'avait pas fait trois pas qu'il s'arrêta soudain, frappé par un bruit tout à fait incongru dans cette rue glaciale : une sonnerie de téléphone. Il regarda de tous côtés et aperçut un taxiphone au coin, à une centaine de mètres de la voiture de police. Dans le silence inhabituel dont la neige étouffait la rue, la sonnerie était si stridente qu'elle semblait vibrer tout près de lui.

Il fixa d'un air ébahi le téléphone accroché à un poteau. Il était souvent passé à côté de téléphones publics qui sonnaient dans le vide ; il n'y avait jamais prêté attention, n'avait jamais été tenté de décrocher pour savoir qui était au bout du fil ; cela ne le regardait pas. Exactement comme maintenant : cela ne le regardait pas. Et pourtant... cette fois, c'était... différent. La sonnerie se déroulait comme une corde, l'attachait, le ligotait, l'entravait.

Dring... Dring...

La sonnerie insistait.

L'appelait.

Dring...

Il était attiré.

Dring...

Attiré vers le téléphone. Il essayait de résister.

Dring...

Il s'aperçut brusquement qu'il avait fait un pas. En direction du taxiphone.

Et un autre.

Et un troisième.

Il se sentit flotter.

Dring...

Il avançait comme dans un rêve ou un accès de fièvre.

Encore un pas.

Il voulut s'arrêter. Impossible.

Il voulut retourner à la voiture de police. Impossible.

Son cœur battait à grands coups.

Il était étourdi, désorienté.

Malgré l'air glacial, la sueur lui coulait le long du dos.

Il savait que l'appel était pour lui. Il le savait sans comprendre *comment*. Il décrocha.

— Allô !

— Inspecteur Dawson ! Je suis ravi d'avoir l'occasion de bavarder un peu avec vous. Mon vieux, nous n'avons que trop tardé à avoir cette petite conversation.

La voix était profonde, égale et distinguée.

— Lavelle ? dit Jack.

— Mais voyons, bien sûr ! Qui d'autre ?

— Mais comment saviez-vous...

— Que vous étiez là ? Mon cher ami, si je puis me permettre cette expression familière, je vous ai à l'œil.

— Vous êtes là, n'est-ce pas ? Quelque part dans la rue, dans un des appartements de ces immeubles ?

— Bien loin d'ici. Harlem n'est pas trop de mon goût.

— J'aimerais vous parler, dit Jack.

— Eh bien, mais nous parlons.

— Je veux dire, face à face.

— Je ne pense pas que cela soit nécessaire.

— Je ne vais pas vous arrêter.

— Vous ne le pourriez pas. Pas de preuves.

— Eh bien, alors...

— Mais vous me retiendriez un jour ou deux sous un prétexte quelconque.

— Non.

— Et je n'ai aucune envie d'être retenu. J'ai un travail à accomplir.

— Je vous donne ma parole d'honneur que l'on ne vous retiendra pas plus d'une heure ou deux, pour un simple interrogatoire.

— Ah oui ?

— Vous pouvez avoir confiance en ma parole. Je ne la donne pas à la légère.

— Ça peut paraître bizarre mais je suis tout à fait sûr que c'est vrai.

— Alors, pourquoi ne pas venir répondre à quelques questions, écarter les soupçons qui pèsent sur vous ?

— Eh bien, ma foi, je ne peux pas écarter vos soupçons parce qu'en fait, je suis coupable, dit Lavelle en riant.

— Vous voulez dire que c'est vous qui êtes derrière tous ces meurtres ?

— Certainement. Ce n'est pas ce que tout le monde vous a dit ?

— Vous m'avez appelé pour vous confesser?

Lavelle rit à nouveau.

— Je vous ai appelé pour vous donner quelques conseils.

— Ah oui?

— Prenez-les comme les prendrait la police de mon pays.

— Et comment ça?

— Ils ne contrarieraient pas un *boko* qui possède des pouvoirs tels que les miens.

— C'est vrai?

— Ils n'oseraient pas.

— Nous sommes à New York, pas en Haïti. La crainte superstitieuse n'est pas enseignée à l'école de police.

Jack se forçait à garder une voix calme, impassible. Mais son cœur continuait à cogner dans sa poitrine.

— D'ailleurs, en Haïti, la police ne voudrait pas contrarier les plans d'un *boko,* surtout concernant des ordures comme la famille Carramazza. Ne me prenez pas pour un assassin, lieutenant. Considérez-moi comme un exterminateur, qui rend un précieux service à la société. C'est comme ça qu'ils verraient les choses, en Haïti.

— Notre philosophie est différente.

— Je suis désolé d'entendre ça.

— Nous pensons qu'il est mal de tuer, quelle que soit la victime.

— Quel primitivisme!

— Nous croyons la vie humaine sacrée.

— Quelle bêtise! Si les Carramazza meurent, quelle perte sera-ce pour le monde? Des voleurs, des assassins, des maquereaux. D'autres voleurs, d'autres assassins, d'autres maquereaux viendront prendre leur place. Pas moi, vous comprenez. Vous pouvez croire que je suis, comme eux, un vulgaire assassin, mais je ne suis pas de leur espèce. Je suis un prêtre. Mon but n'est pas de régner sur le marché de la drogue à New York. Je veux seulement l'arracher à Gennaro Carramazza. Et ce sera une partie de son châtiment. Je veux le ruiner, le déshonorer aux yeux des siens, lui arracher sa famille et ses amis, les massacrer, lui apprendre ce qu'est le chagrin. Quand ça sera fait, quand il sera isolé, solitaire, terrorisé, quand il aura bien souffert, quand il aura sombré dans le désespoir le plus noir, je l'anéantirai enfin, mais lentement, en le torturant. Puis je m'en irai, je retournerai dans les Iles et je ne vous causerai plus aucun tracas. Je suis simplement l'instrument de la justice, lieutenant Dawson.

— La justice exige-t-elle vraiment l'assassinat des petits-enfants Carramazza ?

— Oui.

— De petits innocents ?

— Ils ne sont pas innocents. Ils sont de son sang, ils ont ses gènes. Ce qui les rend aussi coupables que lui.

Carver Hampton avait raison : Lavelle était un dément.

— Maintenant, dit Lavelle, je comprends très bien que vous aurez des ennuis avec vos supérieurs si vous ne réussissez pas à présenter un coupable au tribunal. Et les services de police ne manqueront pas de se faire assaisonner par la presse. Je comprends tout à fait. Aussi, si vous le désirez, je peux m'arranger pour semer toute une série de preuves accusant une autre famille de la maffia. Vous pouvez coller sur le dos des indésirables les meurtres des Carramazza, les mettre en prison, et vous débarrasser des gangsters qui vous gênent. Je serais très heureux de vous tirer d'affaire de cette façon-là.

Ce n'étaient pas seulement les circonstances de cette conversation qui rendaient tout aussi irréel : la conversation en elle-même était bizarre, incroyable. Jack se secoua mais la réalité n'est pas comme une montre-bracelet : elle ne reprit pas son tic-tac.

— Vous pensez vraiment que je pourrais prendre au sérieux une offre pareille ? demanda Jack.

— Les preuves que je sèmerai seront irréfutables. Et cela marchera devant n'importe quel tribunal. Vous n'aurez même pas à craindre de perdre l'affaire.

— Ce n'est pas ce que je veux dire, dit Jack. Vous croyez réellement que je vais m'entendre avec vous pour faire accuser des innocents ?

— Ils ne sont pas innocents. Sûrement pas. Je parle de faire accuser des assassins, des voleurs, des proxénètes.

— Mais ils sont innocents de ces crimes.

— Détail.

— Pas pour moi.

Il y eut un bref silence. Puis Lavelle reprit :

— Vous êtes un homme intéressant, lieutenant. Naïf. Stupide. Mais néanmoins intéressant.

— Gennaro Carramazza nous a dit que vous agissiez par esprit de vengeance.

— Oui.

— Pourquoi ?

— Il ne vous l'a pas dit ?

— Non. De quoi s'agit-il ?

Silence. Jack attendait. Il allait répéter sa question quand Lavelle se mit à parler, enfin, d'une voix dure et féroce.

— J'avais un frère cadet. Il s'appelait Gregory. Un demi-frère, plus exactement. Gregory Pontrain. Il évitait la magie et la sorcellerie. Il ne voulait rien avoir à faire avec les vieilles religions africaines. Le vaudou ne l'intéressait pas. Il avait une âme très moderne, une sensibilité de l'âge des machines. Il croyait à la science, pas à la magie ; il avait foi dans le progrès et la technologie, pas dans le pouvoir des anciens dieux. Il désapprouvait ma vocation mais il ne croyait pas que je puisse nuire à qui que ce soit ni faire du bien non plus, d'ailleurs. Il me prenait pour un original inoffensif. Mais malgré toutes ses idées fausses, je l'aimais et il m'aimait. Nous étions frères. *Frères.* J'aurais fait n'importe quoi pour lui.

— Gregory Pontrain... dit pensivement Jack. Le nom me dit quelque chose.

— Il y a de cela des années, Gregory a immigré ici, légalement. Il a travaillé très dur, est entré au collège, a obtenu une bourse. Il avait toujours bien écrit, même petit garçon. Et il avait son idée sur la façon dont il devait utiliser son talent. Il a obtenu un diplôme de journalisme à l'université de Columbia, premier de sa promotion. Il est entré au *New York Times.* Pendant un an à peu près, il n'a rien écrit, il ne faisait que vérifier les articles des autres reporters. Puis il a commencé à écrire pour son compte plusieurs reportages. Des petites choses. Sans conséquence. Ce que vous appelleriez des histoires « d'intérêt humain ». Et puis...

— Gregory Pontrain, dit Jack. Mais bien sûr ! Le journaliste spécialisé dans le crime !

— On lui a demandé de couvrir quelques histoires criminelles. Des vols. Des rafles de drogue. Il a fait du bon boulot. Bien sûr, il a commencé à s'occuper d'affaires qui ne le concernaient pas, qu'il avait déterrées lui-même. Et il devint le spécialiste du trafic de drogue au *Times*. Personne n'en savait autant que lui sur le sujet, sur les Carramazza. Sur la façon dont l'Organisation avait acheté tant de policiers de la Mondaine et d'hommes politiques ; personne n'en savait autant que Gregory. Personne. Il a publié ces articles...

— Je les ai lus. Du bon travail. Quatre articles, je crois.

— Oui. Il voulait continuer, il devait en sortir encore une demi-douzaine, au moins. On parlait de lui pour le Pulitzer[1]. Déjà, il avait rassemblé assez de preuves pour intéresser la police et permettre des inculpations. Il avait ses informateurs, voyez-vous, dans la police et dans la famille Carramazza. Des informateurs qui avaient confiance en lui. Il était persuadé qu'il pouvait abattre Dominick Carramazza lui-même. Pauvre, noble, stupide, brave petit Gregory. Il pensait que c'était son devoir de combattre le mal partout où il se trouvait. Le reporter-croisé. Il croyait pouvoir changer quelque chose, à lui tout seul. Il ne comprenait pas que la seule façon d'affronter les puissances des ténèbres, c'est de pactiser, de s'arranger avec elles, comme je l'ai fait. Une nuit, en mars dernier, lui et sa femme Ona se rendaient à un dîner...

— La voiture piégée, dit Jack.

— Ils ont été pulvérisés tous les deux. Ona était enceinte. De leur premier enfant. Gennaro Carramazza me doit trois vies : Gregory, Ona et le bébé.

— L'affaire n'a jamais été éclaircie, lui rappela Jack. Pas la moindre preuve que Carramazza ait été derrière tout ça.

— Si, il l'était.

— Il y a un doute.

— Non, aucun doute. J'ai mes sources, moi aussi. Meilleures que celles de Gregory. J'ai les yeux et les oreilles des

1. Prix décerné chaque année pour récompenser les meilleurs talents littéraires et journalistiques. *(N.d.T.)*

Bas-Fonds qui travaillent pour moi. (Il se mit à rire. D'un rire musical et séduisant que Jack trouva inquiétant.) Les Bas-Fonds, lieutenant. Je ne parle pas des bas-fonds criminels, la misérable *cosa nostra*, avec sa fierté et son absurde code de l'honneur, à la sicilienne. Les Bas-Fonds dont je parle sont bien plus profonds que ceux de la maffia, plus profonds et plus sombres. J'ai les yeux et les oreilles des Anciens, les rapports des démons et des anges noirs, les témoignages de ces entités qui voient tout, qui savent tout.

Folie, pensa Jack. La place de ce type est à l'asile. Mais par-delà la folie, il y avait quelque chose dans la voix de Lavelle qui réveillait et titillait les instincts de flic de Jack. Quand Lavelle parlait du surnaturel, sa voix exprimait un respect et une conviction authentiques. Mais quand il parlait de son frère, le ton devenait faux et hypocrite et son chagrin n'était pas convaincant. Jack sentait que la vengeance n'était pas le mobile principal de Lavelle. Peut-être même avait-il haï son demi-frère, peut-être avait-il été content (ou, au moins, soulagé) qu'il soit mort.

— Votre frère n'aurait pas approuvé votre vengeance, dit Jack.

— Peut-être que si. Vous ne le connaissiez pas.

— Mais j'en sais assez sur lui pour oser affirmer qu'il n'était pas comme vous. C'était un homme très bon. Il n'aurait pas voulu de toute cette boucherie. Cela l'aurait écœuré.

Lavelle ne dit rien mais la colère couvait sous son silence.

— Il aurait désapprouvé le meurtre d'un enfant, cette vengeance jusqu'à la troisième génération. Il n'était pas malade comme vous. Il n'était pas fou.

— Qu'il ait approuvé ou non n'a aucune importance, dit Lavelle avec impatience.

— J'ai idée que ce n'est pas vraiment la vengeance qui vous fait agir. Pas au fond de vous-même.

Lavelle ne répondit pas.

— Puisque votre frère aurait désavoué un meurtre commis en son nom, alors pourquoi ?

— Ce n'est pas en son nom que j'écrase cette vermine, dit Lavelle d'un ton coupant, furieux. Je le fais en mon nom propre. Pour moi et pour personne d'autre. Que ça soit bien clair. Je n'ai jamais prétendu le contraire. Je m'attribue tout le mérite de ces morts.

— Mérite ? Depuis quand tuer est-il un mérite ? Une référence ? Un sujet de fierté ? C'est insensé.

— Ce n'est pas insensé, dit Lavelle. C'est le raisonnement des Anciens, les esprits *Pétro* et *Congo*. Personne ne peut impunément ravir la vie du frère d'un *boko*. L'assassinat de mon frère, c'est une insulte qu'on m'a infligée. Qui me diminue. Qui me bafoue. Je ne peux le tolérer. Et je ne le tolérerai pas. Ma puissance de *boko* en serait affaiblie pour toujours si je renonçais à me venger. Je perdrais le respect des Anciens : ils me tourneraient le dos, me retireraient leur appui et leur force. (Il perdait son calme et divaguait, à présent.) Le sang doit couler. Les écluses de la mort doivent être lâchées. Des océans de souffrance doivent les balayer, tous ceux qui m'ont bafoué en touchant à mon frère. Même si je méprisais Gregory, il était de ma famille ; personne ne peut verser impunément le sang d'un membre de la famille d'un *boko*. Si je ne me venge pas, les Anciens ne répondront plus jamais à mes appels ; mes envoûtements resteront sans effet. Je dois venger le meurtre de mon frère par une vingtaine de meurtres au moins si je veux conserver le respect et la protection des esprits *Pétro* et *Congo*.

Jack avait mis le doigt sur le mobile réel de l'homme mais ses efforts se révélaient vains, au bout du compte. Tout cela était absurde à ses yeux. Il n'était parvenu qu'à découvrir un nouvel aspect de la folie de Lavelle.

— Vous ne croyez pas vraiment à tout ça, n'est-ce pas ?

— C'est la vérité.

— C'est dingue.

— Un jour ou l'autre, vous verrez bien que non.

— Dingue, répéta Jack.

— Encore un petit conseil, dit Lavelle.

— De tous les suspects que j'aie jamais connus, vous êtes bien le seul à être si prodigue en conseils.

— Tenez-vous à l'écart de cette affaire, dit Lavelle.

— Vous ne parlez pas sérieusement !

— Laissez tomber.

— Impossible.

— Demandez votre destitution.

— Non.

— Vous le ferez si vous savez que ça vaut mieux pour vous.

— Vous êtes un salaud et vous avez un sacré culot.

— Je sais.

— Je suis un flic, bon Dieu ! Vous ne pouvez pas me faire reculer en me menaçant. Les menaces, ça me stimule. Les flics, en Haïti, sont sûrement comme moi. D'ailleurs, qu'est-ce que cela vous apporterait que je sois destitué ? On me remplacera. Et ils continueront à vous rechercher.

— Oui, mais quel que soit le type qui vous remplacera, il n'aura jamais l'esprit assez large pour croire à l'efficacité du vaudou. Il collera à la procédure habituelle et je ne crains pas ça.

Jack était abasourdi.

— Vous voulez dire que seule mon ouverture d'esprit constitue une menace pour vous ?

Lavelle ne répondit pas à la question.

— Très bien. Si vous ne vous retirez pas, cessez au moins votre enquête sur le vaudou. Menez tout ça comme Rebecca Chandler le désire. Comme une enquête banale.

— Vous avez un culot incroyable, dit Jack.

— Votre esprit n'écarte pas tout à fait la possibilité d'une explication surnaturelle. Ne continuez pas dans cette voie-là. C'est tout ce que je vous demande.

— Ah, c'est tout ! Pas possible...

— Contentez-vous de votre matériel à empreintes, de vos techniciens de labo, de vos experts, de vos instruments habituels. Interrogez les témoins que vous voulez...

— Merci de la permission !

— Tout ça m'est bien égal, poursuivit Lavelle, ignorant l'interruption. Vous ne me trouverez jamais comme ça. J'en aurai fini avec Carramazza et je serai déjà parti avant que vous teniez la moindre piste. Oubliez seulement l'aspect vaudou.

— Et si je ne l'oublie pas ?

La ligne de téléphone se mit à siffler et Jack se rappela le serpent noir de Carver Hampton. Il écarta l'écouteur, le regarda avec circonspection puis, se sentant ridicule tout à coup, le colla à nouveau à son oreille.

— Si vous insistez, si vous continuez à chercher dans cette direction... alors je mettrai votre fils et votre fille en charpie.

L'estomac de Jack se tordit et se noua.

— Vous vous souvenez à quoi ressemblaient Dominick Carramazza et ses deux gardes du corps...

Ils se mirent à parler tous les deux en même temps : Jack hurlant, Lavelle conservant sa voix calme et mesurée.

— Tu es un immonde fils de pute, t'entends...

— Là-bas, à l'hôtel, le vieux Dominick, en lambeaux...

— T'approche pas...

— ... les yeux arrachés, tout ce sang ?

— ... de mes gosses, ou je...

— Quand j'en aurai fini avec Davey et Penny...

— ... t'arrangerai ta sale gueule !

— ... ils ne seront plus que de la viande...

— Je te préviens...

— ... de la viande pour chiens, des déchets...

— ... je te trouverai...

— ... et peut-être que je violerai la fille...

— Sale ordure !

— ... c'est qu'elle est vraiment bien bandante ! Je les aime tendres, parfois, très jeunes et très tendres, innocentes. C'est de la corruption que vient le plaisir, voyez-vous.

— Tu menaces mes gosses, enculé, tu viens de balancer la dernière chance que tu avais. Tu te prends pour qui ? Bon Dieu, tu te crois *où* ? On est en Amérique ici, petit merdeux. Tu pourras pas te barrer, maintenant que tu as menacé mes gosses.

— Je vous donne jusqu'à la fin de la journée pour réfléchir. Alors, si vous ne cédez pas, je prendrai Davey et Penny. Et ça sera très pénible pour eux.

Lavelle raccrocha.

— Attends ! hurla Jack.

Il essaya de rétablir le contact, de ramener Lavelle. Il serrait le combiné avec tant de force que sa main en était douloureuse et son bras ankylosé jusqu'à l'épaule. Il soufflait comme un taureau excité par la muleta du torero. Le sang lui martelait les tempes, lui brûlait les joues. Une douleur aiguë lui tenaillait l'estomac.

Au bout d'un moment, il se détourna. Il tremblait de rage. Il resta immobile sous la neige qui tombait et reprit peu à peu le contrôle de lui-même.

Tout irait bien. Aucune raison de s'inquiéter. Penny et Davey étaient en sécurité à l'école, où il y avait des tas de gens pour les protéger. Et Faye viendrait les chercher à trois heures et les amènerait chez elle ; Lavelle ne pourrait pas le savoir. S'il décidait de s'en prendre aux gosses ce soir, il les croirait à l'appartement. Quand il découvrirait qu'ils n'y étaient pas, il ne saurait pas où chercher. En dépit des affirmations de Carver Hampton, Lavelle ne pouvait pas tout savoir. Et s'il pouvait ? Bien sûr que non. Il n'est pas Dieu. Il est peut-être un *boko,* un prêtre avec un pouvoir réel, un authentique sorcier. Mais il n'est pas Dieu. Donc, les gosses seront en sécurité chez Faye et Keith. En fait, ce serait peut-être une bonne idée qu'ils restent coucher chez les Jamison. Et même qu'ils y restent quelques jours. Jusqu'à l'arrestation de Lavelle. Ça ne dérangera ni Faye ni Keith ; ils seront ravis d'avoir l'occasion de pouvoir gâter leurs seuls neveux. Ça serait même plus sage de ne pas les envoyer à l'école pendant quelques jours jusqu'à ce que tout ça soit fini. Il parlerait au capitaine Gresham de leur protection, un officier pourrait rester chez les Jamison quand Jack n'y serait pas. Aucun risque que Lavelle retrouve leurs traces. Tout à fait improbable. Mais au cas où... Et si Gresham ne prend pas la menace au sérieux, s'il pense qu'une surveillance permanente ne se justifie pas, il pourrait toujours s'arranger avec les gars ; ils l'aideraient, comme il les aiderait si c'était tombé sur eux. On ferait tout pour un copain dont la famille est menacée ; ça fait partie du code. D'accord. Parfait. Tout ira bien.

Il restait là, à réfléchir, tandis que des milliers de flocons de neige voltigeaient comme des papillons de nuit.

Il se rendit compte, enfin, qu'il devrait appeler Faye et lui exposer la situation, l'avertir pour qu'elle fasse attention à ne pas être suivie quand elle irait chercher les gosses à l'école. Il se tourna de nouveau vers le taxiphone. Non. Il n'allait pas appeler d'ici. Il n'allait pas utiliser le même téléphone. C'était peut-être ridicule de penser que ce type était branché sur un téléphone public mais mieux valait ne pas risquer le coup.

Plus calme — encore furieux mais moins effrayé que tout à l'heure —, il rejoignit la voiture de police qui l'attendait.

La tourmente était bel et bien devenue une vraie tempête de neige. Le vent mordait de ses dents glaciales.

6

Dans la voiture de police.

Les grésillements, la friture sur la radio.

On roule vers le bureau.

Les pneus cloutés qui crissent sur la chaussée.

Les flocons de neige qui s'écrasent silencieusement sur le pare-brise, balayés par les essuie-glaces, avec une monotonie de métronome.

Nick Iervolino, l'agent qui tenait le volant, fit sursauter Jack et le tira de sa transe.

— Vous n'avez pas à vous inquiéter pour ma façon de conduire, lieutenant.

— Je ne suis pas inquiet, dit Jack.

— Je conduis des voitures de police depuis douze ans et je n'ai jamais eu d'accident.

— C'est vrai ?

— Pas la moindre éraflure.

— Félicitations.

— La neige, la pluie, le verglas, ça ne me dérange pas. Jamais eu le moindre ennui. C'est une sorte de talent. Alors, ne vous inquiétez pas.

— Je ne m'inquiète pas, assura Jack.

— Je vous assure que vous aviez l'air inquiet.

— Comment ça ?

— Vous avez sacrément grincé des dents.

— Ah oui ?

— Je m'attendais à voir vos molaires sauter en l'air.

— Je ne m'en suis pas rendu compte. Mais, croyez-moi, ce n'est pas votre façon de conduire qui m'inquiète.

Ils approchaient d'un carrefour où une demi-douzaine de voitures dérapaient et patinaient, essayant de se remettre dans le droit chemin. Nick Iervolino braqua en douceur, avec précaution, et se fraya un chemin à travers les voitures échouées.

— Alors, si ce n'est pas ma façon de conduire, qu'est-ce qui vous turlupine ?

Jack hésita puis lui raconta sa conversation avec Lavelle.

Nick écouta sans pour autant se laisser distraire de la route dangereuse.

— Bon Dieu de bon Dieu ! dit Nick quand Jack eut achevé son récit.

— C'est exactement ce que je pense ! dit Jack.

— Vous croyez qu'il peut faire ça ? Jeter un sort à vos gosses ? Vous croyez que ça marcherait pour de vrai ?

— Qu'en pensez-vous ? dit Jack en lui retournant la question.

Nick réfléchit un moment.

— Je ne sais pas, dit-il enfin. On vit dans un monde étrange, vous savez. Les soucoupes volantes, le Triangle des Bermudes, l'Abominable Homme des Neiges, des tas d'énigmes, partout. J'aime bien lire des trucs sur ça. Ça me fascine. Il y a des millions de gens qui prétendent avoir vu des choses vraiment bizarres. Tout ça ne peut pas être que du bidon, pas vrai ? Peut-être quelques trucs. Peut-être la plupart. Mais pas tout, non ?

— Probablement pas tout, acquiesça Jack.

— Alors, peut-être que le vaudou, ça marche.

Jack hocha la tête.

— Bien sûr, pour vous et pour vos gosses, j'espère bien que ça ne marche pas, dit Nick.

Ils gardèrent le silence quelques instants.

— Il y a quelque chose qui me tracasse dans ce qu'il vous a dit, ce Lavelle.

— Quoi donc ?

— Eh bien, disons que le vaudou marche...

— D'accord.

— Je veux dire, c'est seulement une supposition.

— Je comprends.

— Eh bien, si le vaudou marche et s'il veut vous écarter de l'affaire, pourquoi se servirait-il de son pouvoir magique pour tuer vos gosses ? Pourquoi ne s'en servirait-il pas seulement contre vous ? Ça serait beaucoup plus direct.

— Vous avez raison, dit Jack en fronçant les sourcils.

— S'il vous tue, on désignera un autre inspecteur et il y

a peu de chances que l'autre soit aussi large d'esprit sur le vaudou que vous. Donc, le moyen le plus simple pour Lavelle d'arriver à ce qu'il veut, c'est de vous éliminer par une de ses sorcelleries. Maintenant, pourquoi ne le fait-il pas — à supposer que la magie, ça marche ?

— Je ne sais pas.

— Moi non plus, dit Nick. Je ne peux pas comprendre ça. Mais j'ai l'impression que c'est important, lieutenant. Vous ne croyez pas ?

— Comment ça ?

— Voyez-vous, même si le type est un maniaque, même si le vaudou ne marche pas et que vous ayez juste affaire à un détraqué, au moins le reste de son histoire — toutes les choses bizarres qu'il vous a racontées — est logique, même si c'est dingue. Ce n'est pas bourré de contradictions. Vous voyez ce que je veux dire ?

— Oui.

— Ça se tient, même si c'est des conneries. C'est logique, bizarrement. A part la menace contre vos gosses. Ça ne colle pas. Illogique. Alors qu'il pourrait vous jeter un sort, à *vous*. Alors, s'il en a le pouvoir, pourquoi il ne vous vise pas ?

— Peut-être parce qu'il s'est rendu compte qu'il ne pouvait pas m'intimider en me menaçant, moi. Peut-être a-t-il compris que le seul moyen de m'intimider, c'est de menacer mes gosses.

— Mais, s'il vous détruit, s'il vous met en pièces comme les autres, il n'aura plus besoin de vous intimider. L'intimidation, c'est grossier. Le meurtre, ça c'est plus net. Vous voyez ce que je veux dire ?

Jack regardait la neige tourbillonner tout en réfléchissant à ce que Nick venait de dire. Il avait l'intuition que *c'était* important.

7

Dans le hangar, Lavelle achevait la cérémonie. Il se tenait dans la lumière orangée, le souffle court, trempé de sueur. On aurait dit qu'il avait été aspergé de peinture orange.

Cette même clarté surnaturelle teintait le blanc de ses yeux ainsi que ses ongles polis.

Lavelle baissa les paupières et s'imagina les corps sanglants et privés de vie de Davey et de Penny. Il frissonna de plaisir.

Le meurtre d'enfants constituait une dangereuse entreprise dans laquelle un *boko* ne se risquait que lorsqu'il ne pouvait faire autrement. Avant de jeter un sort à un enfant, il vaut mieux savoir comment se protéger du courroux des esprits *Rada,* les esprits de la magie blanche, qui déchaînent leur furie quand on touche à un enfant. Si un *boko* vient à tuer un enfant innocent sans connaître les incantations et les charmes qui peuvent le protéger des esprits *Rada,* il subit alors une souffrance atroce pendant des jours et des jours. Et quand, enfin, les esprits *Rada* le font mourir, cela lui est égal. Il accueille même la mort avec gratitude car elle met un terme à ses tortures.

Lavelle connaissait les moyens de s'armer contre les esprits *Rada.* Il avait déjà tué des enfants et s'en était toujours tiré indemne. Cependant, il était tendu et mal à l'aise. Une erreur était toujours possible. Malgré son savoir et sa puissance, il prenait de grands risques.

D'un autre côté, si un *boko* utilise les services des puissances surnaturelles pour tuer un enfant, et s'il en réchappe sans dommage, alors les esprits *Pétro* et *Congo* sont si satisfaits de lui qu'ils lui octroient un pouvoir encore accru. Si Lavelle parvenait à faire périr Penny et Davey Dawson et à détourner la colère des esprits *Rada,* sa maîtrise de la magie noire n'en serait que plus redoutable.

Derrière ses paupières closes, il voyait l'image des enfants Dawson morts, déchirés, mutilés.

Il rit doucement.

Dans l'appartement des Dawson, bien loin du hangar où Baba Lavelle accomplissait son rituel, une vingtaine de bêtes aux yeux d'argent se balançaient dans l'obscurité, au rythme de la mélopée du *boko.* Bien sûr, on ne pouvait entendre sa voix dans l'appartement ; cependant, ces choses aux yeux fous la percevaient. Elles se balançaient dans la cuisine, dans le living, dans l'entrée où elles fixaient la porte, palpitantes d'impatience. Quand Lavelle acheva sa cérémonie, les petites bêtes cessèrent leur balancement exactement au même moment. Elles étaient immobiles, à présent. Aux aguets. En alerte.

Prêtes.

Dans un égout, sous Wellton, d'autres bêtes aux yeux rayonnants se balançaient dans le noir, sur les incantations de Lavelle. Quand il acheva ses psalmodies, elles cessèrent leur balancement et restèrent immobiles, comme les hôtes clandestins de l'appartement des Dawson.

8

A Wellton, les cours se terminaient à trois heures. A trois heures dix, une marée de gosses, riant et jacassant, se déversa par les portes sur le trottoir enneigé. La ville grise s'était soudain transformée en un éblouissant pays des merveilles. Un professeur, Mrs Shepherd, était de surveillance à la sortie, cette semaine-là. Elle allait et venait le long du trottoir, un œil sur tout. Ce jour-là, elle héritait d'une corvée supplémentaire : empêcher les batailles de boules de neige.

On avait prévenu Penny et Davey que leur tante Faye viendrait les chercher à la place de leur père. Mais, en sortant, ils ne la virent nulle part. Ils firent quelques pas dans la rue et s'arrêtèrent devant le portail vert émeraude qui fermait le passage entre Wellton et la maison voisine. Ils se blottirent là, en s'efforçant de se protéger du vent cinglant, glacial.

— Pourquoi c'est pas papa qui vient ? demanda Davey.

— Je suppose qu'il devait travailler.

— Pourquoi ?

— Il doit être sur une affaire importante.

— Quelle affaire ?

— Je ne sais pas.

— C'est pas dangereux, dis ?

— Mais non.

— On va pas tirer sur lui, dis ?

— Bien sûr que non.

— Comment tu le sais ?

— Je le sais, dit Penny, bien qu'elle n'en fût pas sûre du tout.

— Les flics se font tout le temps tirer dessus.

— Pas tout le temps.

— Qu'est-ce qu'on fera si papa se fait tirer dessus ?

Sur le coup, Davey avait plutôt bien surmonté la perte de sa mère. Mieux qu'on n'aurait pu s'y attendre. Mieux que Penny, en tout cas. Il n'avait pas eu besoin de voir un psychologue, lui. Il avait pleuré, bien sûr. Il avait pleuré quelques jours puis s'était repris. Plus tard, pourtant, un an et demi après l'enterrement, il avait commencé à nourrir la peur maladive de perdre aussi son père. Penny était la seule à avoir remarqué combien Davey était obsédé par les dangers — réels ou imaginaires — que courait son père, dans son travail. Elle n'avait parlé à personne de l'état d'esprit de son frère, parce qu'elle croyait pouvoir en venir à bout toute seule. Elle était sa grande sœur, après tout ; elle était responsable de lui. Elle avait des obligations envers lui. Durant les mois qui suivirent la mort de leur mère, Penny avait négligé Davey. Du moins le ressentait-elle ainsi, à présent. Elle était en bouillie, alors. Il avait eu besoin d'elle et elle ne l'avait pas aidé. Elle voulait réparer, maintenant.

— Qu'est-ce qu'on fera si papa se fait tirer dessus ? répéta-t-il.

— Il ne va pas se faire tirer dessus.

— Mais s'il se fait tirer dessus ? Qu'est-ce qu'on fera ?

— Tout ira bien.

— Est-ce qu'on ira dans un orphelinat ?

— Mais non, idiot.

— Où on irait, alors ? Hein ? Penny, où on irait ?

— Probablement chez tante Faye et oncle Keith.

— Berk !

— Ils sont très bien.

— J'aimerais mieux vivre dans les égouts.

— C'est ridicule.

— Ça serait chouette de vivre dans les égouts.

— Sûrement pas si chouette que ça.

— On sortirait la nuit et on irait voler de quoi manger.

— A qui on volerait ? Aux alcoolos qui dorment dans le caniveau ?

— On aurait un alligator.

— Il n'y a pas d'alligators dans les égouts.

— Parfaitement, il y en a, dit Davey.

— C'est un mythe.

— Un quoi ?

— Un mythe. Une histoire inventée. Un conte de fées.

— T'es pas cinglée ? Les alligators, ça vit dans les égouts.

— Davey...

— Si, parfaitement ! Et où ils vivraient *d'autre,* les alligators ?

— Quelque part, en Floride.

— En Floride ? Ça va pas dans la tête ? En Floride !

— Ouais, en Floride.

— Il n'y a que des vieux cons de retraités et des croqueuses de diams qui vivent en Floride.

— Où as-tu entendu ça ? dit Penny, en battant des paupières.

— Une amie de tante Faye. Mrs Dumpy.

— Dumphy.

— Ouais. Mrs Dumpy parlait à tante Faye, tu vois. Le mari de Mrs Dumpy voulait prendre sa retraite en Floride et il est allé là-bas tout seul pour chercher un endroit, mais il n'est jamais revenu parce que, ce qu'il a fait, c'est qu'il s'est tiré avec une croqueuse de diams. Mrs Dumpy dit qu'il n'y a que les vieux cons et plein de croqueuses de diams qui vivent là-bas. Et c'est pour ça aussi que j'ai pas envie d'aller vivre chez tante Faye : à cause de ses amies. Elles sont toutes comme Mrs Dumpy. Elles pleurnichent toujours, tu sais. Mon Dieu ! Et puis oncle Keith, il fume.

— Il y a beaucoup de gens qui fument.

— Ses habits puent le tabac.

— Tu exagères !

— Et son haleine ! Pouah !

— Ton haleine ne sent pas toujours la rose, tu sais.

— Qui voudrait que son haleine sente la rose ?

— Un bourdon.

— Je ne suis pas un bourdon.

— Tu bourdonnes pas mal. Tu n'arrêtes pas. Toujours bzzz-bzzz-bzzz...

— C'est pas vrai.

— Bzzzz...

— Fais gaffe ! Je pourrais piquer aussi.

— T'as pas intérêt.

— Je pourrais faire très mal.

— Davey, t'as pas intérêt.

— En tout cas, tante Faye me rend cinglé.

— Elle est gentille, Davey.

— Elle... gazouille.

— Ce sont les oiseaux qui gazouillent, pas les gens.

— Elle gazouille comme un oiseau.

C'était vrai. Mais à l'âge respectable de presque douze ans, Penny commençait à ressentir les premiers signes d'une complicité avec les adultes. Elle n'était pas aussi à l'aise pour les ridiculiser que quelques mois auparavant.

— Et elle est toujours en train de harceler papa pour savoir si on mange bien.

— C'est parce qu'elle s'inquiète pour nous.

— Elle croit que papa nous fait mourir de faim ?

— Bien sûr que non.

— Alors, pourquoi elle remet ça à chaque fois ?

— C'est seulement parce qu'elle est... tante Faye.

— Ça, tu peux le dire !

Une bourrasque plus violente que les autres balaya la rue. Penny et Davey grelottaient.

— Papa a un bon pistolet, pas vrai ? On donne de très bons pistolets aux flics, hein ? On laisserait pas un flic sortir avec un pistolet foutu, hein ?

— On ne dit pas « foutu ».

— Dis ?

— Non. On donne aux flics ce qu'il y a de mieux.

— Et papa, il a un bon pistolet ?

— Oui.

— Bon comment ?

— Très bon.

— Le meilleur, hein ?

— Bien sûr, dit Penny. Personne n'a un pistolet comme celui de papa.

— Alors, c'est seulement si quelqu'un arrive derrière lui et lui tire dans le dos qu'il peut se faire avoir ?

— Ça n'arrivera pas, dit-elle avec fermeté.

— Ça pourrait.

— Tu regardes trop la TV.

Ils restèrent un moment silencieux.

— Si on tue papa, je veux attraper le cancer et mourir aussi.

— Arrête, Davey.

— Le cancer ou une crise cardiaque ou autre chose.

— Tu ne sais pas ce que tu dis.

Il hocha vigoureusement la tête : si, si, si, il savait ce qu'il disait. Sûr, parfaitement.

— J'ai demandé à Dieu que ça arrive si ça doit arriver.

— Qu'est-ce que tu veux dire ? demanda Penny, les sourcils froncés.

— Tous les soirs. Quand je dis la prière. Je demande toujours à Dieu qu'il n'arrive rien à papa. Et puis je dis : « Eh bien, Dieu, si, pour une raison idiote, vous le laissez se faire tirer dessus, alors faites que j'aie un cancer et que je meure aussi. Ou faites-moi renverser par un camion, ou autre chose. »

— C'est morbide.

Il n'ajouta rien.

Il regardait le trottoir, ses gants, Mrs Shepherd qui faisait les cent pas ; il regardait partout sauf dans la direction de Penny.

Elle lui prit le menton et le força à lui faire face. Des larmes miroitaient dans ses yeux. Il faisait de gros efforts pour les retenir, en louchant, en battant des cils.

Il était trop petit. Tout juste sept ans et haut comme trois pommes. Il avait l'air fragile, sans défense, et Penny aurait voulu le prendre dans ses bras et le serrer contre elle mais elle savait qu'il ne la laisserait pas faire : et si un des garçons de sa classe les voyait ?

Elle se sentit soudain petite et sans défense, elle aussi. Mais ce n'était pas bien. Pas bien du tout. Elle se devait d'être forte, pour Davey.

Elle lui lâcha le menton.

— Ecoute, Davey, on va s'asseoir et parler. De maman. Des gens qui meurent. Pourquoi ça arrive, tu sais, tous ces trucs, qu'est-ce que ça veut dire, pourquoi ce n'est pas la fin pour eux mais peut-être seulement le début, là-bas, au para-dis, et pourquoi il faut quand même continuer, comme si de rien n'était. On doit continuer. On décevrait beaucoup maman si on ne continuait pas. Et s'il arrive quelque chose à papa — il n'arrivera rien mais si, par hasard, ça arrivait —, il voudrait qu'on continue, comme maman. Il serait très mécontent si on...

— Penny ! Davey ! Ohé !

Un taxi jaune s'était garé le long du trottoir. Tante Faye, penchée par la portière, leur faisait signe. Davey s'élança, si désireux soudain d'échapper à cette conversation sur la mort qu'il en était même content de voir sa gazouillante tante Faye.

Zut ! J'ai tout loupé, pensa Penny. J'ai été trop brutale.

Au même moment, une douleur aiguë lui traversa la che-ville. Elle retira vivement la jambe, glapit, baissa les yeux... et resta paralysée de terreur.

Entre le trottoir et le portail vert, il y avait un espace d'une dizaine de centimètres environ. Une main s'était glis-sée dans cet interstice et lui avait saisi la cheville.

Impossible de crier. Elle n'avait plus de voix.

Ce n'était pas une main humaine. Elle faisait le double d'une patte de chat. Mais ce n'était pas une patte. C'était une main complètement — quoique grossièrement — for-mée, avec des doigts et un pouce !

Sa gorge contractée ne laissait même pas échapper un murmure.

La peau de la main était d'une horrible couleur gris-vert-jaune, marbrée comme une chair meurtrie ou pourrie. Comme bosselée et rugueuse.

Elle ne pouvait pas plus respirer que crier.

Les petits doigts gris-vert-jaune, effilés, se terminaient par des griffes acérées. Ces griffes qui avaient transpercé la botte en caoutchouc. Penny pensa à la batte de base-ball. La nuit dernière. Dans sa chambre. La chose sous le lit.

Elle pensa aux yeux brillants, dans le sous-sol de l'école.

Et *ça,* maintenant.

Deux doigts s'étaient enfoncés dans sa botte et l'écor-chaient, la labouraient, la lacéraient.

Soudain, le souffle lui revint. Elle hoqueta, aspira à

140

pleins poumons l'air glacial qui la tira brutalement de la terreur qui la paralysait jusque-là et la retenait près du portail. D'une secousse, elle arracha sa jambe à l'emprise des doigts et se mit à courir vers le taxi, s'y engouffra et claqua la portière. Elle se retourna pour regarder le portail. Rien d'anormal en vue, aucune bête avec des petites mains en forme de pattes, pas de gobelin cabriolant dans la neige. Le taxi démarra.

Tante Faye et Davey parlaient avec animation de la tempête de neige. Ni l'un ni l'autre ne semblait s'être aperçu que Penny était à moitié morte de peur. Tandis qu'ils bavardaient, Penny se pencha et tâta sa botte. Le caoutchouc était déchiré à hauteur de la cheville et un morceau pendait. Elle tira la fermeture éclair de sa botte, glissa une main sous sa chaussette pour sentir la blessure. Ça brûlait un peu. Quand elle retira sa main, du sang brillait sur ses doigts.

— Qu'est-ce qui t'est arrivé, chérie ? demanda tante Faye.

— Ça va, dit Penny.

— Mais c'est du sang !

— Juste une écorchure.

Davey devint tout pâle. Penny essaya de le rassurer bien qu'elle craignît qu'on ne remarque sa voix tremblante et que son visage ne trahisse son angoisse.

— Ce n'est rien, Davey. Je vais très bien.

Tante Faye fit changer Davey de place pour s'asseoir à côté de Penny et examiner la blessure d'un peu plus près. Elle lui fit retirer sa botte, ôter la chaussette, révélant une plaie béante et plusieurs écorchures sur la cheville. Ça saignait, sans plus. Dans quelques minutes, ce serait fini.

— Comment est-ce arrivé ? demanda tante Faye.

Penny hésita. Elle mourait d'envie de tout raconter à Faye sur les bêtes aux yeux brillants. Elle voulait qu'on l'aide, qu'on la protège. Mais elle savait qu'elle ne pourrait pas prononcer un seul mot. Ils ne la croiraient pas. N'était-elle pas la fille-qui-a-eu-besoin-d'un-psychiatre ? Si elle commençait à débiter des sornettes sur des gobelins aux yeux brillants, ils penseraient qu'elle faisait une rechute. Ils diraient qu'elle n'avait toujours pas surmonté le choc de la mort de sa mère et ils prendraient rendez-vous avec un psychiatre. Et, pendant qu'elle serait avec le psychiatre, il n'y aurait plus personne pour protéger Davey des gobelins.

— Allons, allons, dit Faye. Avoue. Qu'est-ce que tu as fait que tu n'aurais pas dû faire?

— Hein?

— C'est pour ça que tu hésites. Qu'est-ce que tu as fait?

— Rien, dit Penny.

— Alors, comment t'es-tu fait cette coupure?

— Je me suis déchiré la botte à un clou.

— Un clou? Où ça?

— Au portail.

— Quel portail?

— Là, près de l'école. Le portail où on t'a attendue. Il y avait un clou qui sortait et j'ai accroché ma botte.

Faye fronça les sourcils. Contrairement à sa sœur, la mère de Penny, Faye était une rousse, aux traits fins et aux yeux gris pâle. Au repos, son visage était assez joli; mais quand elle se renfrognait, c'était superbe. Davey appelait ça son « air de sorcière ».

— Il était rouillé? demanda-t-elle.

— Quoi?

— Le clou, bien sûr. Il était rouillé?

— Je ne sais pas.

— Tu l'as bien vu, quand même? Sinon, comment sais-tu que c'était un clou?

Penny hocha la tête.

— Ouais. Je suppose qu'il était rouillé.

— Tu as eu un rappel de tétanos?

— Bien sûr.

— Quand ça?

— La première semaine d'octobre.

— Je n'aurais jamais cru ton père capable de penser à ce genre de choses.

— C'est à l'école, dit Penny.

— C'est vrai? demanda Faye, pas tout à fait convaincue.

— Ils nous font tout un tas de piqûres à l'école, intervint Davey. Il y a une infirmière et, toute la semaine, on a des piqûres. Ça fait mal. Je déteste ça.

Faye parut satisfaite.

— D'accord. Quand on sera à la maison, on lavera bien

l'écorchure, on mettra de l'alcool, de l'iode et un beau pansement.

— C'est juste une égratignure, dit Penny.

— Deux précautions valent mieux qu'une. Remets ta botte, maintenant, chérie.

Penny s'adossa contre le siège, ferma les yeux et repensa à l'horrible petite main qui lui avait déchiré la botte et la cheville. Elle essayait de se persuader que c'était la main d'un animal ordinaire. Mais les animaux ont des pattes, pas des mains. Sauf les singes, naturellement. Mais ce n'était pas un singe. Jamais de la vie ! Les écureuils ont bien des mains comme ça, non ? Et les ratons laveurs. Mais ce n'était pas un écureuil ni un raton laveur, non plus. Ça ne ressemblait à rien de connu.

Est-ce que la bête avait eu l'intention de la faire tomber et de la tuer ? Là, dans la rue ? Non. Pour la tuer, la bête... et les autres aux yeux argentés auraient dû sortir de dessous le portail et Mrs Shepherd et les gens les auraient vues. Et Penny était certaine que les gobelins ne voulaient être vus que d'elle. Ils étaient très secrets. Non, ils n'avaient sûrement pas eu l'intention de la tuer dans la rue, près de l'école. Ils voulaient seulement lui faire bien peur, pour qu'elle sache qu'ils étaient toujours là, tapis, à attendre la première occasion...

Mais pourquoi ?

Pourquoi la voulaient-ils, elle, et Davey aussi sans doute, et pas les autres enfants ?

Pourquoi étaient-ils en colère ? Qu'est-ce que tu as fait pour qu'ils t'en veuillent comme ça ?

Elle ne voyait pas ce qu'elle avait pu faire pour rendre furieux qui que ce soit, encore moins des gobelins.

Bouleversée, malheureuse, effrayée, elle ouvrit les yeux et regarda par la vitre. La neige s'amoncelait. Dans son cœur, elle se sentait aussi glacée que la rue balayée par le vent.

DEUXIÈME PARTIE

Mercredi 17 h 30 — 23 heures

Les ténèbres dévorent l'éblouissante clarté du jour.
Les ténèbres exigent et leur dû obtiennent toujours.
Les ténèbres écoutent, guettent, immobiles.
Les ténèbres réclament le jour et jubilent.
Parfois, dans le silence, les ténèbres progressent.
Précédées du roulement des tambours en liesse.

Le livre des douleurs épelées.

Qui est le plus stupide —
de l'enfant qui a peur du noir
ou de l'homme qui a peur de la lumière?

Maurice FREEHILL.

CHAPITRE QUATRE

1

A cinq heures et demie, Jack et Rebecca pénétraient dans le bureau du capitaine Walter Gresham pour lui soumettre la liste des effectifs et des besoins de la force d'intervention et pour discuter de la stratégie à employer.

Durant l'après-midi, deux autres membres de la famille Carramazza avaient été assassinés avec leurs gardes du corps. Déjà, la presse parlait de la plus sanglante guerre des gangs depuis la Prohibition. Mais la presse ignorait encore que les victimes (les deux premières exceptées) n'avaient été ni poignardées, ni étranglées, ni tuées par balles, ni pendues à des crocs de boucher, dans le style traditionnel *cosa nostra*. Pour le moment, la police avait choisi de cacher que toutes les victimes, sauf les deux premières, avaient été sauvagement mordues. Quand les journalistes découvriraient ce détail énigmatique et saugrenu, ils comprendraient qu'il s'agissait d'une des plus grosses affaires de ces dix dernières années.

— Et alors là, on ne va pas rigoler, dit Gresham. Ils nous tomberont tous dessus comme des teignes.

Il faisait chaud, de plus en plus chaud, et Gresham paraissait sur les charbons ardents. Jack et Rebecca étaient assis mais le capitaine ne tenait pas en place : il faisait les cent pas, regardait par la fenêtre, allumait une cigarette, en fumait le tiers, l'écrasait, prenait soudain conscience de son geste et en rallumait une autre.

Enfin, Jack en arriva à sa visite à la boutique de Carver Hampton et à sa conversation téléphonique avec Lavelle. Il ne s'était jamais senti aussi embarrassé qu'à cet instant, tandis qu'il racontait ces événements sous le regard sceptique de Gresham. Il eût été moins gêné si Rebecca l'avait soutenu mais ils étaient encore à couteaux tirés. Elle lui en voulait de n'être rentré au bureau qu'à trois heures dix car elle avait dû se charger de tout le travail. Il avait argué de la circulation, de la neige mais elle était restée sourde à ses explications. Elle avait écouté son histoire, partagé son indignation devant les menaces contre ses gosses mais elle n'était pas le moins du monde convaincue qu'il eût vécu une quelconque expérience surnaturelle. En fait, elle était exaspérée qu'il insistât tant sur cet incident du taxiphone, qu'il voulait doter d'un aspect étrange et inquiétant. Quand Jack eut achevé le récit des événements, le capitaine se tourna vers Rebecca.

— Vous pigez quelque chose à tout ça, vous ? demanda-t-il.

— Je pense que, maintenant, on peut affirmer, sans risque de se tromper, que Lavelle est un fou furieux et non pas simplement un gangster de plus qui cherche à faire son beurre dans le trafic de drogue. Ce n'est pas un règlement de comptes dans la pègre et on commettrait une lourde erreur en abordant cette affaire comme une bonne vieille guerre de gangs.

— Alors, qu'est-ce que c'est d'autre ? demanda Gresham.

— Eh bien, dit-elle, je pense qu'on devrait examiner un peu les antécédents de ce Carver Hampton, voir ce qu'on peut y découvrir. Peut-être Lavelle et lui sont-ils de mèche là-dedans.

— Non, dit Jack. Hampton ne truque pas quand il se dit terrifié par Lavelle.

— Comment Lavelle a-t-il pu appeler précisément à ce taxiphone ? demanda Rebecca. Comment pouvait-il savoir exactement quand tu passerais à côté ? Je ne vois qu'une seule explication : il était chez Hampton en même temps que toi, dans l'arrière-boutique, et il a su quand tu es parti.

— Non, il n'y était pas, dit Jack. Hampton n'aurait pas pu jouer aussi bien la comédie.

— C'est un habile imposteur, dit-elle. Mais même s'il n'est pas de mèche avec Lavelle, je pense qu'on devrait mettre des hommes à 'Harlem ce soir et écumer le coin autour du taxiphone... et dans les environs du carrefour. Si Lavelle n'était pas dans la boutique de Hampton, alors il devait guetter d'un des immeubles de la rue. Il n'y a pas d'autre explication.

A moins que son vaudou ne marche pour de bon, pensa Jack.

Rebecca poursuivit :

— Il faudrait envoyer des hommes vérifier tous les appartements, pour voir si Lavelle ne s'y planque pas. Qu'on fasse circuler des photos de Lavelle. Peut-être quelqu'un l'a-t-il aperçu dans le quartier ?

— Ça me paraît pas mal, dit Gresham. On va faire ça.

— Et je crois qu'on devrait prendre au sérieux la menace contre les gosses de Jack. Il faut mettre un garde auprès d'eux qui les surveillera pendant les absences de Jack.

— C'est d'accord, dit Gresham. On va envoyer un homme immédiatement.

— Merci, capitaine, dit Jack. Mais je pense que ça peut attendre jusqu'à demain matin. Les gosses sont chez ma belle-sœur et je ne pense pas que Lavelle puisse les trouver. Je lui ai dit de faire attention à n'être pas suivie quand elle irait les chercher à l'école. D'ailleurs, Lavelle a dit qu'il me donnait jusqu'à la fin de la journée pour me décider à abandonner la piste vaudou, je présume qu'il voulait dire jusqu'à ce soir.

Gresham s'assit sur le rebord de son bureau.

— Si vous voulez, je peux vous retirer l'affaire. Sans problème.

— Absolument pas, dit Jack.

— Vous prenez ses menaces au sérieux ?

— Oui. Mais je prends aussi mon travail au sérieux. Et j'irai jusqu'au bout.

Gresham alluma une nouvelle cigarette, aspira une longue bouffée.

— Jack, vous pensez vraiment qu'il pourrait y avoir quelque chose dans tout ce fatras vaudou ?

Conscient du regard pénétrant de Rebecca posé sur lui, Jack répondit :

— Ça paraît plutôt insensé de penser qu'il y a peut-être quelque chose là-dessous. Je ne peux toutefois l'écarter complètement.

— Moi, oui, dit Rebecca. Lavelle peut bien y croire, ça n'en est pas plus réel pour autant.

— Et l'état des corps ? demanda Jack.

— Il est évident que Lavelle se sert d'animaux dressés.

— C'est presque aussi tiré par les cheveux que le vau dou, dit Gresham.

— En tout cas, dit Jack, on a examiné tout ça aujourd'hui. Le furet est le seul animal qui soit assez petit, assez méchant, assez docile. Et on a tous vu le rapport du légiste. Les marques de dents ne sont pas celles d'un furet. Selon le rapport, elles n'appartiennent à aucun animal connu, du moins parmi ceux que Noé a embarqué sur son arche.

— Lavelle vient des Caraïbes, dit Rebecca. Ne peut-on envisager qu'il se serve d'un animal qui vit uniquement là-bas et auquel nos experts légistes n'ont pas pensé, une sorte de lézard exotique ou un truc du même genre ?

— Tu te raccroches à n'importe quoi, dit Jack.

— Je suis d'accord avec vous, Jack, dit Gresham. Mais ça vaut le coup de vérifier, de toute manière. Bon. Autre chose ?

— Ouais, dit Jack. Comment pouvez-vous expliquer ma certitude que l'appel de Lavelle était pour moi ? Pourquoi ai-je été attiré vers le taxiphone ?

Le vent cognait aux fenêtres. Derrière le bureau de Gresham, le tic-tac de l'horloge semblait remplir la pièce.

Le capitaine haussa les épaules.

— Je crains qu'aucun de nous ne puisse vous donner de réponse, Jack.

— Ne vous en faites pas. Je n'ai pas de réponse, moi non plus.

Gresham se leva.

— Très bien. Si c'est comme ça, je pense que vous devriez tous les deux fermer la boutique et rentrer chez vous vous reposer un peu. Vous avez déjà fait une longue journée, l'équipe fonctionne maintenant et se passera bien de vous jusqu'à demain matin. Jack, si vous me donnez une minute, je vous montre la liste des officiers prévus dans chaque équipe et vous me choisirez les hommes que vous voulez pour vos gosses.

Rebecca poussait déjà la porte. Jack l'appela. Elle se retourna.

— Attends-moi en bas, tu veux, dit-il.

Elle sortit, impassible.

De la fenêtre dont il s'était approché pour regarder dans la rue, Walter Gresham laissa tomber :

— C'est comme au pôle Nord, dehors.

2

S'il y avait une chose que Penny aimait bien chez les Jamison, c'était la cuisine. Elle était grande, par rapport aux cuisines standard de New York, deux fois plus grande que chez Penny, et chaleureuse. Un carrelage vert. Des éléments blancs avec portes vitrées et poignées de cuivre. Des plans de travail en céramique verte. Au-dessus de l'évier, dans une belle jardinière, poussaient toutes sortes d'herbes, toute l'année, même en hiver. Dans un coin, une petite table et deux chaises. C'était la seule pièce, chez les Jamison, où Penny se sentît à l'aise.

A six heures vingt, elle était assise à cette petite table feignant de lire une des revues de Faye ; les mots se brouillaient devant ses yeux. En réalité, elle pensait à beaucoup de choses qu'elle aurait voulu oublier : les gobelins, la mort, et elle se demandait si elle pourrait jamais retrouver le sommeil.

Oncle Keith était rentré de son travail une heure auparavant. Il était associé dans une prospère affaire de placements. Grand, maigre, aussi chauve qu'un œuf, il portait un bouc et des moustaches grisonnants. Oncle Keith avait toujours l'air distrait. Il donnait l'impression de ne jamais vous accorder qu'une partie de son attention quand il parlait avec vous. Parfois, il pouvait rester assis une ou deux heures dans son fauteuil favori, les mains croisées sur le ventre, immobile, à fixer le mur, sans presque ciller, n'interrompant sa transe que pour se servir un verre de cognac qu'il sirotait

151

à toutes petites gorgées. Ou bien, assis près de la fenêtre, les yeux dans le vague, il fumait sans arrêt. Davey l'appelait en secret « l'homme-lune » parce qu'il semblait toujours avoir l'esprit qui se baladait sur la lune. Ce jour-là, il s'était installé dans le living. Il sirotait lentement un Martini et il tirait sur son éternelle cigarette, en regardant les informations à la TV et en lisant en même temps le *Wall Street Journal.*

Tante Faye était à l'autre bout de la cuisine et commençait à préparer le dîner, prévu pour sept heures et demie : poulet au citron, riz et légumes sautés. La cuisine était le seul endroit où tante Faye n'était plus tout à fait tante Faye. Elle adorait faire la cuisine, y excellait et semblait tout autre quand elle s'y affairait : plus détendue, plus gentille qu'à l'ordinaire.

Davey l'aidait. Du moins lui laissait-elle croire qu'il l'aidait. Ils bavardaient de choses et d'autres tout en travaillant.

— Mince, alors ! J'ai tellement faim que j'avalerais un cheval ! dit Davey.

— Ce n'est pas poli de parler ainsi, dit Faye. Cela suggère une image désagréable. Tu devrais dire simplement « j'ai extrêmement faim » ou « je suis affamé » ou quelque chose comme ça.

— Je voulais dire un cheval *mort,* naturellement, dit Davey, se méprenant complètement sur la petite leçon de Faye. Et cuit aussi. Je ne voudrais pas manger du cheval *cru,* tante Faye. Pouah, cent fois pouah ! Mais, mon vieux, je suis sûr que je pourrais manger tout ce que tu me filerais maintenant.

— Ma parole, jeune homme, mais tu as eu des biscuits et du lait quand nous sommes rentrés tout à l'heure.

— Seulement deux biscuits.

— Et tu as déjà faim ? Ce n'est pas un estomac que tu as, c'est un trou sans fond.

— C'est que je n'ai pas beaucoup déjeuné, dit Davey. Mrs Shepherd — c'est ma prof —, elle a partagé son déjeuner avec moi mais c'était vraiment un truc horrible. Elle n'avait qu'un yaourt et du thon et je déteste ça. Alors, qu'est-ce que j'ai fait, quand elle m'en a donné un peu de chaque ? j'ai fait semblant d'avaler pour lui faire plaisir et, quand elle ne regardait pas, j'ai tout craché.

— Mais ton père ne te prépare pas ton déjeuner?
demanda Faye d'une voix soudain coupante.

— Oh, bien sûr que si. Ou, quand il n'a pas le temps,
c'est Penny qui le fait. Mais...

— Est-ce qu'il avait quelque chose à emporter à l'école
aujourd'hui? Il n'a pas à mendier sa nourriture, quand
même!

Penny leva les yeux de sa revue.

— J'ai préparé son déjeuner moi-même, ce matin. Il
avait une pomme, un sandwich au jambon et deux gros biscuits aux flocons d'avoine.

— Ça me paraît très bien comme déjeuner, dit Faye.
Pourquoi ne l'as-tu pas mangé, Davey?

— Eh bien, à cause des rats, bien sûr, dit-il.

Penny sursauta, se raidit sur sa chaise et regarda Davey
fixement.

— Des rats? Quels rats? dit Faye.

— Zut! J'ai oublié de te dire, dit Davey. Des rats ont dû
entrer dans mon sac pendant les cours. De vieux gros rats
affreux avec des dents jaunes, venus directement des
égouts. Mon déjeuner était tout en petits morceaux, tout
mélangé et grignoté, ajouta-t-il tout excité, avec un plaisir
évident.

Penny, tout à coup, avait la bouche sèche.

— Davey... euh... tu as vu les rats?

— Non, dit-il visiblement déçu. Ils étaient partis quand
je suis allé chercher mon sac.

— Où mets-tu ton sac? dit Penny.

— Dans mon armoire.

— Est-ce que les rats ont grignoté autre chose dans ton
armoire?

— Comme quoi?

— Des livres ou n'importe quoi?

— Pourquoi iraient-ils grignoter des livres?

— Alors, c'était seulement le déjeuner?

— Bien sûr. Qu'est-ce que tu voudrais qu'ils mangent
d'autre?

— Ton armoire était fermée?

— Oui, je crois, dit-il.

— Fermée à clé?

— Je crois que oui.

— Et ton sac, il était bien fermé ?

— Il aurait dû, dit-il en se grattant la tête, pour essayer de se rappeler.

— Eh bien, apparemment, il n'était pas fermé. Les rats, ça n'ouvre pas une serrure, ni une porte, ni un sac bien fermé. Tu as dû être négligent, Davey. Ça m'étonne de toi. Je parierais que tu as mangé un de ces biscuits aux flocons d'avoine en arrivant à l'école, tu ne pouvais pas attendre, et puis tu as oublié de refermer le sac.

— Mais non, protesta Davey.

— Ton père ne t'apprend pas à ranger, dit Faye. Une mère, ça apprend ce genre de choses mais un père...

Penny était sur le point de raconter le saccage de son armoire qu'elle avait découvert en arrivant, le matin. Elle allait même leur raconter ce qu'elle avait vu dans le sous-sol car ce qui était arrivé à Davey lui semblait pouvoir confirmer sa propre histoire. Mais avant qu'elle eût pu ouvrir la bouche, tante Faye déclara, de sa voix la plus indignée :

— Je me demande bien ce que c'est que cette école où votre père vous a mis ! C'est un sale trou, cette école Wellton.

— C'est une bonne école, dit Penny sur la défensive.

— Avec des rats ? dit Faye. Une bonne école avec des rats, ça n'existe pas. Même dans une école tout juste convenable, il n'y aurait pas de rats. Et s'ils avaient été encore là, dans l'armoire, quand Davey est venu chercher son déjeuner ? Il aurait pu être mordu. C'est sale, les rats. Ça apporte toutes sortes de maladies. C'est dégoûtant. C'est inimaginable qu'on ne ferme pas une école où il y a des rats. Le comité sanitaire sera prévenu dès demain, à la première heure. Votre père doit faire quelque chose immédiatement. Je ne tolérerai pas qu'il remette ça à plus tard. Pas quand votre santé est en jeu. Ça alors, votre pauvre mère chérie serait épouvantée ! Une école avec des rats ! Des rats ! Mon Dieu, mais les rats, ça transmet la rage, la peste !

Faye continuait à débiter son discours monotone.

Penny ferma les écoutilles.

Ce n'était pas la peine de lui dire, pour son armoire et

pour les choses aux yeux argentés dans le sous-sol de l'école. Faye persisterait à croire que c'étaient des rats.

Même si je lui dis, pour la main, pensa Penny, la petite main du portail, elle ne voudra pas en démordre. Elle dira que j'étais effrayée et que je me suis trompée. Elle dira que ce n'était pas une main du tout mais un rat, un vieux rat visqueux qui a mordu ma botte. Ça ne fera qu'apporter de l'eau à son moulin et ça lui donnera des armes contre papa. Zut, tante Faye, pourquoi es-tu si têtue ?

Faye jacassait sur la nécessité pour des parents de se renseigner sur une école avant d'y mettre leurs enfants. Penny se demandait si son père allait venir les chercher et elle priait pour qu'il ne vienne pas trop tard, qu'il vienne avant que ce soit l'heure de se coucher. Elle ne voulait pas rester seule avec Davey, dans le noir, même dans la chambre d'amis de tante Faye, à des kilomètres de leur appartement. Elle était persuadée que les gobelins les trouveraient, même ici. Elle avait décidé de prendre son père à part et de tout lui raconter. D'abord il ne croirait pas à cette histoire de gobelins. Mais maintenant il y avait l'incident du déjeuner de Davey. Et s'ils rentraient chez eux, elle pourrait lui montrer les trous dans la batte de base-ball de Davey, elle pourrait le convaincre. Papa est une grande personne, comme tante Faye, bien sûr, mais il n'est pas têtu, lui, et pas comme la plupart des adultes : il écoute les gosses, lui.

— Avec tout l'argent de l'assurance de votre mère et les dommages et intérêts versés par l'hôpital, il pourrait vous envoyer dans la meilleure école. La meilleure, absolument. Je n'arrive pas à comprendre comment il a pu vous mettre dans ce bouge de Wellton.

Penny se mordit la lèvre mais ne dit rien.

Elle se replongea dans sa revue. Les images et les mots dansaient devant ses yeux.

Le pire, c'est qu'elle savait maintenant, sans l'ombre d'un doute, que ce n'était pas seulement à elle que les gobelins en voulaient. Ils en voulaient aussi à Davey.

3

Rebecca n'avait pas attendu Jack, malgré sa demande. Pendant qu'il discutait avec le capitaine Gresham des détails de la protection de Penny et Davey, Rebecca avait enfilé son manteau et était rentrée chez elle.

En constatant son départ, Jack poussa un soupir.

— Tu n'es vraiment pas facile, mon chou, dit-il doucement.

Sur son bureau, il y avait deux livres traitant du vaudou qu'il avait demandés à la bibliothèque le jour même. Il resta là à les fixer un bon moment puis décida qu'il avait besoin d'en apprendre davantage sur les *boko* et les *hougan* avant le lendemain matin. Il mit son manteau, enfila ses gants, fourra les livres sous son bras et descendit au garage souterrain.

Rebecca et lui, en tant que chefs de l'équipe spéciale d'intervention, jouissaient d'avantages exceptionnels, dont l'usage d'une voiture de police banalisée vingt-quatre heures sur vingt-quatre. Celle de Jack était une Chevrolet vert pomme, de l'année précédente, déjà bien éraflée et cabossée. Il fit marche arrière et emprunta la rampe de sortie. Il stoppa et laissa la priorité à un chasse-neige municipal clignotant de tous ses feux.

A part le chasse-neige, il n'y avait que deux voitures dans la rue. La tourmente avait la nuit pour elle toute seule.

La voie était dégagée mais Jack hésitait encore.

Il mit les essuie-glaces.

Pour gagner l'appartement de Rebecca, il devait tourner à gauche.

Pour celui des Jamison, à droite.

Les essuie-glaces allaient et venaient, allaient et venaient, droite, gauche, droite, gauche.

Ses gosses ne couraient pas de danger pour le moment. Même si Lavelle était sérieux en proférant ses menaces contre eux, il n'agirait pas si vite ; et même s'il voulait agir, il ne saurait pas où les trouver.

Gauche, droite, gauche.

Ils étaient parfaitement en sécurité avec Faye et Keith. D'ailleurs, Jack avait prévenu Faye qu'il ne rentrerait probablement pas pour le dîner. Elle ne l'attendait sûrement pas si tôt.

Les essuie-glaces battaient la mesure de son indécision.

Il relâcha la pédale de frein, s'engagea dans la rue et tourna à gauche.

Il avait besoin de parler avec Rebecca de ce qui s'était passé entre eux la nuit dernière. Elle avait évité le sujet toute la journée. Il ne pouvait pas admettre qu'elle continue ainsi à se dérober. Elle devait affronter les changements que la nuit précédente avait apportés dans leur vie à tous deux, changements d'importance qu'il accueillait de grand cœur mais qui semblaient la laisser mitigée, pour ne pas dire plus.

Tapie dans l'obscurité épaisse, près de la sortie du garage, la chose observait Jack Dawson qui s'éloignait dans sa voiture banalisée. Ses yeux d'argent étincelant ne cillèrent pas une seule fois. Puis, toujours dans l'ombre, la chose fila dans le garage désert et silencieux. Elle sifflait. Marmottait. Baragouinait doucement d'une étrange petite voix. D'une petite voix rauque.

4

Lavelle se sentait nerveux. Il n'avait pas allumé l'électricité et il arpentait sans répit sa maison de haut en bas, de long en large ; il ne cherchait rien, il était simplement incapable de rester tranquille ; il se déplaçait dans l'obscurité profonde sans jamais se heurter aux meubles ou aux portes, avec autant de sûreté que si les pièces avaient été brillamment éclairées. Il n'était pas aveugle dans le noir, pas même désorienté. Dans l'ombre, il était chez lui. L'obscurité, après tout, ne faisait-elle pas partie de lui-même ? D'ordinaire, dans le noir aussi bien qu'à la lumière, il était plein d'assurance et de confiance en lui. Mais, à présent, au fil des heures, sa sérénité peu à peu s'effritait.

Sa nervosité avait engendré l'inquiétude. Et l'inquiétude avait donné naissance à la peur. Il n'était guère un familier de la peur. Il ne savait comment se comporter avec elle. Aussi la peur accroissait-elle encore sa nervosité.

Il était inquiet au sujet de Jack Dawson. Peut-être avait-il commis une grave erreur en accordant à Dawson un temps de réflexion. Un homme comme lui pouvait mettre à profit ce délai.

S'il se doute que je le crains, pensait Lavelle, s'il en apprend plus sur le vaudou, alors il va peut-être comprendre mes raisons de le craindre.

Si Dawson découvrait la nature de son propre pouvoir et s'il apprenait à l'utiliser, il trouverait Lavelle et le contrerait.

Dawson était un des rares individus — un sur dix mille — qui soit capable de lutter contre un *boko* même très expérimenté, et puisse espérer le vaincre. Si le policier venait à découvrir son propre secret, c'est bien armé et dangereux qu'il affronterait son adversaire.

Lavelle allait et venait dans la maison obscure. Peut-être devrait-il frapper maintenant. Faire périr ce soir même les enfants Dawson. Leur mort pouvait précipiter Dawson dans un effondrement total. Il aimait tant ses gosses et il était déjà veuf, il avait déjà dû ployer sous le poids du chagrin ; peut-être le massacre de Penny et de Davey le briserait-il enfin. Si la mort de ses gosses ne lui faisait pas perdre l'esprit, il sombrerait très probablement dans une profonde dépression qui lui brouillerait les idées et l'empêcherait de travailler pendant des semaines. A l'extrême rigueur, Dawson abandonnerait l'enquête pendant quelques jours pour s'occuper de l'enterrement et ces quelques jours permettraient à Lavelle de respirer un peu.

Et si Dawson était de cette sorte d'hommes que le malheur stimule au lieu de les écraser ? Et si le meurtre et la mutilation de ses enfants ne faisaient que renforcer sa détermination de trouver Lavelle et de le détruire ?

C'était, aux yeux de Lavelle, une effrayante éventualité. Indécis, le *boko* errait dans les pièces obscures comme un fantôme. Il se décida enfin à consulter les Anciens et à solliciter humblement les bienfaits de leur sagesse.

Il alla dans la cuisine et alluma le plafonnier. Il tira d'un placard une boîte remplie de farine. Un poste de radio était sur le comptoir. Il le déposa au milieu de la table de la cuisine. Avec la farine il traça sur la table, tout autour du poste de radio, un dessin compliqué appelé *vévé*, symbole de la forme et de la puissance d'une force astrale. Le *hougan* et le *boko* doivent connaître des centaines de *vévé* et les exécuter à la main sans crayon ni pinceau, ni esquisse préalable. Et, cependant, le *vévé*, pour être efficace, doit être parfaitement symétrique et proportionné.

Il tourna le bouton du poste.

Une vieille chanson des Beatles. *Eleanor Rigby.* Il déplaça le curseur le long d'une dizaine de stations émettant tous les genres de musique, du pop au rock, du folk au classique et au jazz. Il capta enfin une fréquence libre, sans le moindre écho des stations voisines.

Le doux crépitement et le sifflement des ondes envahirent la pièce.

Il prit une poignée de farine et traça avec soin un *vévé* petit et simple sur le poste de radio. Il se lava les mains à l'évier puis retira du réfrigérateur une petite bouteille de sang.

C'était du sang de chat, utilisé dans de nombreux rituels. Il revint s'asseoir à la table. Puis, après avoir trempé ses doigts dans le sang de chat, il dessina quelques figures sur la table et sur l'écran de plastique du poste de radio.

Il se mit à psalmodier, s'interrompit, écouta, reprit sa mélopée jusqu'à ce qu'il perçût un changement manifeste, quoique indéfinissable, dans les bruits émis sur la fréquence libre. C'était vivant, maintenant. C'était toujours le grésillement, le crépitement, le sifflement des parasites, un bruit doux comme de la soie.

Mais c'était différent, soudain.

Quelque chose utilisait la fréquence, quelque chose qui venait de l'au-delà.

Fixant la radio sans la voir, Lavelle demanda :

— Il y a quelqu'un ?

Pas de réponse.

— Il y a quelqu'un ?

Ce fut une voix de poussière et de cendres.

— *J'attends.*

Une voix de papier sec, de sable et d'éclats, une voix d'un âge sans mémoire, aussi âpre, aussi froide que la nuit qui sépare les étoiles, hachée, chuchotante, méchante. Ce pouvait être l'un des cent mille démons ou dieux authentiques d'une antique religion africaine, ou l'esprit d'un damné.

— *J'attends.*

— Vous êtes au courant de l'œuvre que j'accomplis ici ?

— *Oui.*

— L'œuvre concernant la famille Carramazza ?

— *Oui.*

Si Dieu avait accordé la parole aux serpents, ils auraient cette voix-là.

— Vous connaissez le policier Dawson ?

— *Oui.*

— Va-t-il demander à ses supérieurs d'être déchargé de l'enquête ?

— *Jamais.*

— Va-t-il poursuivre ses recherches sur le vaudou ?

— *Oui.*

— Je lui ai conseillé d'arrêter.

— *Il n'arrêtera pas.*

Il faisait soudain très froid dans la cuisine, malgré le chauffage qui fonctionnait toujours. L'air semblait épais et gras.

— Que puis-je faire pour que Dawson échoue ?

— *Tu le sais.*

— Dites-le-moi.

— *Tu le sais.*

Lavelle se passa la langue sur les lèvres, se racla la gorge.

— *Tu le sais.*

— Dois-je tuer ses enfants maintenant, cette nuit, sans attendre ?

5

Rebecca alla ouvrir.

— J'avais comme dans l'idée que c'était toi, dit-elle.

Il se tenait sur le seuil, grelottant.

— La tempête se déchaîne, dehors.

Elle portait une robe d'un bleu sombre, des mules.

Ses cheveux étaient couleur de miel. Elle était splendide. Elle ne dit rien. Elle le regardait, simplement.

— Eh bien, c'est la tempête du siècle, on dirait. Peut-être même le début d'une nouvelle ère glaciaire, la fin du monde. Je me demandais où j'aimerais passer mes derniers moments si c'était vraiment la fin du monde...

— Et tu as décidé que c'était avec moi ?

— Pas exactement.

— Ah ?

— C'est que je ne savais pas où trouver Jacqueline Bisset.

— Alors, je suis le second choix.

— Je ne connaissais pas non plus l'adresse de Raquel Welch.

— Le troisième...

— Mais troisième sur quatre milliards, ce n'est pas si mal.

Elle sourit à demi.

— Je peux entrer ? J'ai déjà enlevé mes bottes, comme tu vois. Je ne voudrais pas abîmer ton tapis. Et j'ai de très bonnes manières. Je ne rote pas, je ne me gratte pas le cul en public... du moins pas exprès.

Elle recula d'un pas.

Il entra.

Elle referma la porte.

— J'allais me faire quelque chose à manger. Tu as faim ?

— Qu'est-ce que tu proposes ?

— Quand on arrive à l'improviste, on ne peut pas se permettre de faire la fine bouche.

Ils pénétrèrent dans la cuisine et il jeta son manteau sur le dossier d'une chaise.

— Des sandwiches à la viande froide et de la soupe.

— Quoi, comme soupe ?

— Minestrone.

— Maison ?

— En boîte.

— Bon.

— Bon ?

— Je déteste les trucs faits maison.

— Vraiment ?

— Trop de vitamines, dans les trucs maison.

— Peut-il y avoir *trop* de vitamines ?

— Bien sûr. Ça me rend nerveux ; ça me donne trop d'énergie.

— Ah !

— Et puis les trucs maison, ça a trop de goût, dit-il.

— Ça gâte le palais.

— Voilà, tu as tout compris. Donne-moi tous les jours des boîtes.

— Ça n'a jamais trop de goût, les boîtes.

— Fin, exquis, facile à digérer.

— Je mets la table et je prépare la soupe.

— Bonne idée.

— Toi, tu coupes le rôti de bœuf.

— D'accord.

— Il est dans le réfrigérateur. Dans un emballage plastique. Deuxième étagère, je crois. Fais attention.

— Pourquoi, il *bouge*?

— C'est plein à craquer. Si tu ne fais pas attention, tu peux déclencher une avalanche.

Il ouvrit le réfrigérateur. Sur chaque clayette, il y avait trois étages de nourriture. Les compartiments de la porte débordaient de boîtes, de bouteilles, de pots.

— Tu as peur que le gouvernement prohibe la nourriture? demanda-t-il.

— J'aime bien avoir pas mal de trucs sous la main.

— J'avais remarqué.

— Au cas où.

— Au cas où le Philarmonic de New York débarquerait pour une bouffe?

Elle ne répondit pas.

— Y a des supermarchés qui n'ont sûrement pas un stock pareil.

Elle parut gênée et il changea de sujet. Mais c'était étrange. C'était le chaos, dans le réfrigérateur, alors que le moindre coin de son appartement était net, parfaitement rangé, et même d'une certaine austérité dans la décoration.

Ils s'activèrent un moment sans parler. Il avait pensé, puisqu'il avait fini par la coincer, que ce serait facile d'aborder le sujet, sur ce qui s'était passé entre eux la nuit précédente. Mais, à présent, il se sentait embarrassé. Il ne savait par quoi commencer. Il était sûrement préférable d'attaquer directement. Comme, par exemple : *Rebecca, où allons-nous, maintenant?* Ou peut-être : *Rebecca, cela a-t-il eu autant d'importance pour toi que cela en a eu pour moi?* Ou peut-être même : *Rebecca, je t'aime.*

Mais tout cela lui paraissait banal, trop brusque ou bête comme chou.

Le silence se prolongeait.

Elle mit les assiettes, les plats et les couverts sur la table. Il découpa la viande et une grosse tomate. Elle ouvrit deux boîtes de soupe. Il sortit du réfrigérateur les pickles, la moutarde, la mayonnaise et le fromage. Le pain était dans la boîte à pain.

Puis il se tourna vers Rebecca pour lui demander comment elle voulait son sandwich. Elle était de dos, en train de remuer la soupe dans la casserole. Ses cheveux luisaient doucement sur le bleu sombre de sa robe. Jack frissonna de désir. Il était émerveillé de son changement total, depuis qu'elle avait quitté le bureau, une heure seulement auparavant. Disparue miss Glaçons. Evanouie la Viking. Elle semblait plus petite, plus étroite d'épaules, plus mince, plus fragile, plus féminine.

Sans bien se rendre compte de ce qu'il faisait, il s'approcha d'elle et lui posa les mains sur les épaules.

Elle ne sursauta pas. Elle l'avait senti venir. Peut-être même avait-elle désiré qu'il s'approche.

D'abord, ses épaules s'étaient raidies, tout son corps était rigide. Il écarta les cheveux soyeux et égrena une chaîne de baisers le long de la peau lisse et douce de son cou. Elle se détendit, s'amollit, se laissa aller contre lui.

Il fit glisser ses mains jusqu'à la courbe des hanches. Elle soupira mais ne dit rien. Il lui baisa l'oreille. Il remonta une main, jusqu'aux seins. Elle éteignit le gaz sous la casserole de minestrone.

Il l'enlaçait, maintenant, ses deux mains sur son ventre plat. Il se pencha par-dessus son épaule, déposa un baiser à la naissance des seins. Sous ses lèvres, pressées contre la peau souple, il sentait battre une artère, le pouls était rapide ; de plus en plus rapide.

Elle semblait fondre à son contact. Elle se pressa davantage contre lui. Il bandait tellement qu'il en avait mal.

Elle eut un murmure indistinct, félin. Il la caressait doucement, sans hâte. Elle se retourna.

Ils s'embrassèrent.

Elle embrassait d'une langue brûlante et rapide mais le baiser fut long et lent.

Quand ils se séparèrent enfin pour reprendre leur souffle, leurs regards se croisèrent et il lut, dans ses yeux verts brillant d'un éclat presque irréel, un désir ardent, bien réel, lui.

Un autre baiser. Plus âpre, plus impatient que le premier.

Elle s'écarta et lui prit la main. Ils sortirent de la cuisine. Le living.

La chambre.

Elle alluma une petite lampe à abat-jour de verre ambré, qui adoucissait les ombres mais ne les dissipait pas.

Elle retira sa robe. Elle ne portait rien d'autre. Elle semblait faite de miel et de crème.

Elle le déshabilla.

Plus tard, sur le lit, quand il la pénétra enfin, il dit son nom, émerveillé, et elle dit le sien.

C'étaient les premiers mots qu'ils prononçaient depuis qu'il lui avait posé les mains sur les épaules, dans la cuisine.

Ils trouvèrent un rythme doux, soyeux, et s'aimèrent dans les draps frais et crissants.

6

Lavelle était assis à la table de la cuisine et fixait le poste de radio.

Le vent secouait la vieille maison.

— Dois-je tuer ses enfants maintenant, cette nuit, sans plus attendre ?

— *Oui.*

— Mais si je tue ses enfants, est-ce que je ne risque pas de rendre Dawson encore plus enragé, plus déterminé à m'avoir ?

— *Tue-les.*

— Cela signifie-t-il que je peux briser Dawson ?

— *Oui.*

— Le détruire ?

— *Il les aime énormément.*

— Le résultat est-il absolument sûr ? insista Lavelle.

— *Tue-les.*

— Je veux être sûr.

— *Tue-les. Brutalement. Ça doit être particulièrement brutal.*

— Je vois. La brutalité de l'événement, c'est ce qui rendra Dawson fou. C'est ça ?

— *Oui.*

— Je ferai n'importe quoi pour l'écarter de mon chemin. Mais je veux être absolument sûr que ça se fera dans le sens que je désire.

— *Tue-les. Etripe-les. Brise-leur les os, arrache-leur les yeux et la langue. Saigne-les comme des cochons.*

7

La chambre de Rebecca.

Des petits cristaux de neige s'écrasaient sur les vitres.

Ils étaient couchés sur le dos, côte à côte sur le lit, main dans la main, dans la lumière caramélisée.

— Je ne pensais pas que ça se reproduirait, dit Rebecca.

— Quoi ?

— Ça.

— Ah !

— Je pensais que, la nuit dernière, c'était un... moment d'égarement.

— Vraiment ?

— J'étais sûre qu'on ne referait jamais l'amour.

— Mais on l'a refait.

— Oui, on l'a refait.

— Ça alors !

Elle garda le silence.

— Tu regrettes ? demanda-t-il.

— Non.

— Tu ne penses pas que c'est la dernière fois, hein ?

— Non.

— Ça ne peut pas être la dernière fois. On est trop bien ensemble.

— Si bien ensemble.

— Tu peux être si douce.

— Et toi, si dur.

— Quelle délicatesse !

— Mais c'est vrai.

Un silence.

— Que nous arrive-t-il ? demanda-t-elle.

— Ce n'est pas évident ?

— Pas tout à fait.

— On est tombés amoureux.

— Mais comment, si vite ?

— Pas si vite que ça.

— Tout ce temps comme simples flics, collègues...

— Plus que des collègues.

— ... et puis, tout d'un coup, on baise !

— Pas tout d'un coup. Ça fait longtemps que je suis amoureux.

— Ah oui ?

— En tout cas, depuis deux mois.

— Je ne m'en étais pas rendu compte.

— C'était long, long, lent.

— Pourquoi ne me suis-je aperçue de rien ?

— Tu t'en es aperçue. Inconsciemment.

— Peut-être.

— Ce que je me demande, c'est pourquoi tu as résisté avec tant d'acharnement.

Elle ne répondit pas.

— Je pensais que, peut-être, tu me trouvais répugnant.

— Je te trouve irrésistible.

— Alors, pourquoi as-tu résisté ?

— Ça me faisait peur.

— Qu'est-ce qui te faisait peur ?

— Ça. Avoir quelqu'un. S'intéresser à quelqu'un.

— Qu'est-ce qui te fait peur là-dedans ?

— Le risque de le perdre.

— Mais c'est stupide.

— Non, ce n'est pas stupide.

— Tu dois prendre le risque de perdre une chose...

— Je sais.

— ... ou accepter de ne jamais l'avoir.

— Peut-être cela vaut-il mieux.

— Ne pas l'avoir du tout ?

— Oui.

— Ce genre de philosophie, ça te mène à une fichue solitude.

— Ça me fait toujours peur.

— On ne va pas perdre ça, Rebecca.

— Rien ne dure éternellement.

— Ce n'est pas une bonne attitude, comme tu dirais.

— Eh bien, je n'y peux rien.

— Si tu as été blessée par d'autres types...

— Ce n'est pas ça.

— Alors, qu'est-ce que c'est ?

Elle éluda la question.

— Embrasse-moi.

Il l'embrassa. Encore et encore. Ce n'étaient pas des baisers passionnés. Mais tendres. Doux.

— Je t'aime, dit-il après un moment.

— Ne dis pas ça.

— Je ne fais pas que le dire. Je le pense.

— Ne le dis pas.

— Je ne suis pas du genre à dire des choses que je ne pense pas.

— Je sais.

— Et je ne les dis pas avant d'être sûr.

Elle ne voulait pas le regarder.

— J'en suis sûr, Rebecca. Je t'aime.

— Je t'ai demandé de ne pas dire ça.

— Je ne te demande pas de me dire la même chose.

Elle se mordit la lèvre.

— Je ne te demande pas de t'engager, dit-il.

— Jack...

— Dis seulement que tu ne me hais pas.

— Arrête, tu veux...

— S'il te plaît, tu ne peux pas me dire que tu ne me hais pas ?

Elle soupira.

— Je ne te hais pas.

Il eut un large sourire.

— Dis simplement que je ne te dégoûte pas trop.

— Tu ne me dégoûtes pas trop.

— Dis simplement que je te plais un peu.

— Tu me plais un peu.

— Peut-être plus qu'un peu.

— Peut-être plus qu'un peu.

— Très bien. Je peux me contenter de ça pour le moment.

— Bien.

— Il n'empêche que je *t'aime*.

— Merde, Jack !

Elle s'écarta de lui. Elle tira le drap et s'en couvrit jusqu'au menton.

— Ne me fais pas la tête, Rebecca.

— Je ne te fais pas la tête.

— Ne me traite plus comme tu l'as fait toute la journée.

Leurs regards se croisèrent.

— J'ai cru que tu regrettais ce qui s'était passé la nuit dernière.

Elle secoua la tête en signe de dénégation.

— Ça me blesse, la façon dont tu t'es conduite avec moi, aujourd'hui, dit-il. J'ai cru que je te dégoûtais, que tu te dégoûtais toi-même à cause de ce qu'on avait fait.

— Non. Jamais de la vie.

— Je le sais maintenant. Mais tu t'écartes de nouveau, tu es de nouveau distante. Qu'est-ce qui ne va pas ?

Elle mâchonnait son pouce, comme une petite fille.

— Rebecca ?

— Je ne sais pas comment le dire. Je ne peux pas expliquer. Je n'ai jamais eu l'occasion d'expliquer ça à quelqu'un.

— Je sais écouter.

— J'ai besoin d'un peu de temps pour réfléchir.

— Alors, prends ton temps.

— Juste un peu. Quelques minutes.

— Prends tout le temps que tu veux.

Elle fixait le plafond en réfléchissant. Il la rejoignit sous le drap et tira la couverture sur eux deux. Ils restèrent ainsi en silence pendant un moment. Dehors, le vent chantait sa monotone sérénade.

— Mon père est mort quand j'avais six ans, dit-elle.

— Je suis désolé. C'est terrible. Tu n'as pas eu vraiment la chance de le connaître, alors.

— C'est vrai. Et, pourtant, si étrange que cela puisse paraître, il me manque tant, parfois, tu sais, même après toutes ces années... même ce père que je n'ai pas vraiment connu et dont je peux à peine me souvenir. Il me manque quand même.

Jack pensa à son petit Davey qui, à la mort de sa mère, n'avait pas encore six ans. Il pressa doucement la main de Rebecca.

— Mais que mon père soit mort quand j'avais six ans... ce n'est pas ça le pire. Le pire, c'est que je l'ai vu mourir. J'étais là quand c'est arrivé.

— Mon Dieu ! Comment... comment est-ce arrivé ?

— Eh bien... lui et maman possédaient une boutique de sandwiches. Un petit truc. Quatre tables. Ils faisaient surtout des sandwiches à emporter. Salade de pommes de terre, salade de macaronis, quelques desserts. Mes vieux étaient pauvres. Ils avaient un tout petit capital. Ils travaillaient dur, très dur... Mon père avait un autre boulot, un boulot de portier, après la fermeture de la boutique, jusqu'à l'aube. Et puis il rentrait à la maison, dormait quatre ou cinq heures et allait ouvrir la boutique pour le déjeuner. Maman faisait la cuisine et elle servait au comptoir mais elle faisait aussi des ménages, pour gagner quelques dollars de plus. Finalement, la boutique a commencé à rapporter. Papa a pu lâcher son boulot de portier et maman arrêter ses ménages. En fait, ça marchait même tellement bien qu'ils se sont mis à chercher leur premier employé ; tout seuls, ça n'était plus possible. L'avenir semblait radieux... Et puis... un après-midi... pendant le creux entre le déjeuner et le dîner, j'étais seule avec mon père, dans la boutique... ce type est entré... avec son pistolet...

— Oh, merde ! dit Jack.

Il connaissait la suite. Il avait vu ça tant de fois. Des commerçants baignant dans leur sang, derrière leur caisse vide.

— Il y avait quelque chose d'étrange chez ce salaud, dit Rebecca. Je n'avais que six ans et, pourtant, je peux le dire : j'ai immédiatement senti quelque chose d'anormal quand il est entré. Je suis allée dans la cuisine et je l'ai observé à travers le rideau. Il était nerveux... pâle... tout drôle autour des yeux...

— Un camé ?

— Oui. Si je ferme les yeux, je peux encore voir sa figure pâle, le tic qu'il avait à la bouche. Le pire, c'est... que je revois son visage avec plus de netteté que celui de mon père. Ces yeux terribles...

Elle frissonna.

— Tu n'as pas besoin de continuer.

— Si. Je dois. Je dois te raconter. Alors, tu comprendras mon attitude envers... certaines choses.

— D'accord. Si tu es sûre...

— Je suis sûre.

— Alors... ton père a refusé de donner l'argent à ce fils de pute... ou quoi ?

— Non. Papa lui a donné l'argent. Tout l'argent.

— Il n'a pas résisté du tout ?

— Non.

— Et cela ne l'a pas sauvé ?

— Non. Ce camé était vraiment en manque. C'était comme si quelque chose d'immonde rampait dans sa tête, je suppose, et cela le rendait agressif, dingue, il en voulait au monde entier. Tu sais comment ils sont. Peut-être qu'il avait plus envie de tuer que de voler l'argent. Alors... il a... simplement... appuyé sur la détente.

Jack l'entoura de son bras et l'attira contre lui.

— Deux coups. Puis le salaud s'est taillé en courant. Une balle seulement avait atteint mon père. Mais... en pleine figure.

— Nom de Dieu ! dit Jack doucement en imaginant la petite Rebecca de six ans dans la cuisine du snack, voyant, à travers le rideau, éclater le visage de son père.

— C'était un .45, dit-elle.

Jack se crispa en pensant à la puissance de l'arme.

— Des balles creuses, dit-elle.

— Nom de Dieu !

— À bout portant, papa n'avait aucune chance.

— Ne te torture pas...

— Ça lui a pété la gueule, dit-elle.

— N'y pense plus, maintenant, dit Jack.

— La cervelle...

— Sors-toi ça de la tête, maintenant.

— ... des bouts de cervelle...

— C'était il y a longtemps.

— ... du sang partout sur le mur.

— Chut, maintenant. Chut.

— Ce n'est pas tout.

— Tu n'as pas besoin de tout déverser d'un coup.

— Je veux que tu comprennes.

— Prends ton temps. Je suis là. J'attendrai. Prends ton temps.

8

Dans le hangar, penché au-dessus du trou, Lavelle fit tomber les photos de Penny et de Davey qui disparurent dans la lumière orange.

Un cri inhumain monta de l'abîme.

— Tuez-les, dit Lavelle.

9

Toujours le lit de Rebecca.

Toujours enlacés.

— La police n'avait que mon témoignage, dit-elle.

— Une fillette de six ans, ça n'est pas le témoin idéal.

— Ils ont tout fait pour retrouver ce salaud. Ils ont vraiment bossé.

— Ils l'ont eu ?

— Oui. Mais trop tard. Beaucoup trop tard.

— Que veux-tu dire ?

— C'est que, tu vois, il avait pris deux cents balles dans la boutique.

— Et alors ?

— C'était il y a plus de vingt-deux ans.

— Et alors ?

— Deux cents, c'était beaucoup d'argent, à l'époque. Pas une fortune. Mais beaucoup plus que maintenant.

— Je ne vois toujours pas où tu veux en venir.

— Il a trouvé le gain facile.

— Facile, merde ! Il avait tué un homme...

— Mais il aurait pu ne pas le tuer. Il avait envie de tuer ce jour-là.

— D'accord. Juste. Alors, vicieux comme il est, il se dit que c'est facile.

— Six mois passent...

— Et les flics n'avaient pas réussi à le pister ?

— Non. Alors le salaud a trouvé ça de plus en plus facile.

L'effroi envahit Jack et lui tordit l'estomac.

— Tu ne veux pas dire... ?

— Si.

— Il est revenu ?

— Avec un pistolet. Le même.

— Mais il était cinglé, ma parole !

— Tous les drogués sont cinglés.

Jack attendit. Il ne voulait pas entendre la suite mais il savait qu'elle allait lui raconter, qu'elle devait lui raconter ; qu'elle était obligée de lui raconter.

— Ma mère était à la cuisine.

— Non, dit-il doucement, comme si sa protestation pouvait, en quoi que ce soit, modifier la tragédie.

— Il l'a descendue.

— Rebecca...

— Il a tiré cinq coups.

— Tu ne l'as pas vu, cette fois ?

— Non. Je n'étais pas là, ce jour-là.

— Dieu merci.

— Cette fois, il a été pris.

— Trop tard pour toi.

— Beaucoup trop tard. Mais, après ça, j'ai su ce que je voulais faire quand je serais grande. Si je devenais flic, alors je pourrais empêcher des gens comme ce camé de tuer les mères et les pères d'autres petites filles, d'autres petits garçons. Il n'y avait pas de femmes flics à cette époque, tu sais, elles n'étaient pas vraiment flics, seulement employées

172

de bureau dans les commissariats. Je n'avais pas d'exemple. Mais je savais qu'un jour je ferais ça. J'étais décidée. Je n'ai jamais pensé à être autre chose que flic. Je n'ai même jamais pensé à me marier, à avoir des gosses, parce que je savais que quelqu'un viendrait tirer sur mon mari ou m'enlever mes gosses ou m'enlever à mes gosses. Je crois que je me sentais coupable du meurtre de mon père. J'ai toujours cru que j'aurais pu faire quelque chose pour le sauver, ce jour-là. Et je sais que je me sentais coupable de la mort de ma mère. Je me haïssais de ne pas avoir donné à la police une meilleure description de l'homme qui avait tiré sur mon père, je me haïssais d'être aussi gourde et inutile. Si je devenais flic, si j'empêchais d'autres salauds d'agir comme ce drogué, ça serait un moyen de réparer ma faute. Peut-être est-ce de la psychologie de bazar. Mais je ne crois pas être très éloignée de la vérité. Je suis sûre que ça a été ma motivation principale.

— Mais tu n'as aucune raison de te sentir coupable, affirma Jack. Tu as fait tout ce que tu pouvais. Tu n'avais que six ans.

— Je sais. Je comprends bien. Mais le sentiment de la faute est là quand même. Encore aigu, parfois. Je pense qu'il sera toujours là, plus faible d'année en année, mais il ne disparaîtra jamais tout à fait.

Jack commençait enfin à comprendre Rebecca Chandler. Il entrevoyait du même coup le pourquoi du réfrigérateur bourré ; après une enfance si chargée de malheurs et de traumatismes, avoir un garde-manger bien rempli, c'était une façon de se sentir un peu en sécurité. Cela ne fit qu'accroître le respect et la profonde affection qu'il lui portait déjà. C'était une femme vraiment particulière. Il avait le sentiment que cette nuit-là était une des plus importantes de sa vie. Sa longue solitude, après la disparition de Linda, touchait à sa fin. Ici, avec Rebecca, il prenait un second départ. Un bon départ. Rares sont les hommes assez chanceux pour rencontrer deux femmes et deux chances de bonheur dans leur vie. Il avait beaucoup de chance et il le savait et cela le rendait fou de joie. Malgré une journée remplie de sang, de corps mutilés, de menaces de mort, il prévoyait pour eux un avenir doré.

Ça allait bien finir, après tout. Ça ne pouvait pas rater. Rien ne pouvait rater, à présent.

10

— Tuez-les, tuez-les, disait Lavelle.

Sa voix se répercutait dans le trou, d'écho en écho, comme dans un puits insondable.

Le fond mouvant du trou, vague et indistinct, s'agita soudain. Et se mit à bouillonner, à se cloquer. De cette sorte de lave en fusion — qui pouvait être à portée de main ou à des mètres — quelque chose émergeait qui commençait à prendre forme.

Quelque chose de monstrueux.

11

Généralement, Penny avait l'autorisation de se coucher une heure après son frère. Elle luttait toujours bravement et avec ténacité pour défendre ce droit précieux et inaliénable quand on le menaçait. Ce soir-là, cependant, à neuf heures, quand tante Faye suggéra qu'il était l'heure pour Davey de se brosser les dents et d'aller se coucher, Penny prétendit qu'elle avait sommeil et qu'elle était prête, elle aussi, à aller au lit.

Elle ne pouvait laisser Davey seul dans le noir avec les gobelins qui risquaient de ramper vers lui. Elle devait rester éveillée, pour le protéger jusqu'à ce que leur père arrive. Alors, elle lui raconterait tout et elle espérait qu'au moins, il l'écouterait jusqu'au bout avant d'appeler les hommes à la camisole de force.

Dix minutes plus tard, ils étaient blottis douillettement sous les couvertures, dans les lits jumeaux. Tante Faye leur souhaita de beaux rêves, éteignit la lumière et ferma la porte.

L'obscurité était épaisse, oppressante. Penny luttait contre un accès de claustrophobie. Davey garda un moment le silence. Et puis :

— Penny ?

— Hein ?

— Tu es là ?

— À ton avis, qui a répondu « hein » ?

— Où est papa ?

— Il est retenu à son travail.

— Je veux dire : où est-il pour de vrai ?

— Il est, pour de vrai, retenu à son travail.

— Et s'il était blessé ?

— Il n'est pas blessé.

— Si on lui a tiré dessus ?

— Mais non. Ils nous l'auraient dit si on lui avait tiré dessus. Ils nous auraient sûrement amenés à l'hôpital pour qu'on le voie.

— Non. Ils n'auraient pas fait ça. On cache toujours aux enfants ce genre de mauvaises nouvelles.

— Tu veux pas arrêter un peu, non ? Papa va très bien. S'il était mort ou s'il lui était arrivé quelque chose, tante Faye et oncle Keith le sauraient.

— Mais peut-être qu'ils le savent.

— S'ils le savaient, on le saurait.

— Comment ?

— On l'aurait vu, même s'ils avaient fait des efforts pour ne pas le montrer.

— Comment on l'aurait vu ?

— Ils auraient été différents avec nous. Ils auraient eu une attitude bizarre.

— Ils ont toujours une attitude bizarre.

— Ils auraient été bizarres différemment, je veux dire. Ils auraient été particulièrement gentils avec nous. Ils nous auraient dorlotés parce qu'ils auraient été désolés pour nous. Et tu crois que tante Faye aurait critiqué papa toute la soirée si elle avait su qu'il était à l'hôpital, blessé ?

— Eh ben... non. Je crois que tu as raison. Même tante Faye ne ferait pas ça.

Ils se turent. Penny était allongée, la tête sur l'oreiller, aux aguets.

Pas un bruit. Seul le vent, dehors. Au loin, le grondement d'un chasse-neige.

Elle regarda vers la fenêtre, rectangle d'une vague clarté laiteuse. Les gobelins arriveraient-ils par la fenêtre ? Par la porte ? Peut-être sortiraient-ils d'une fente dans la plinthe, sous forme de fumée qui se solidifierait une fois qu'ils se seraient tous infiltrés dans la pièce. Les vampires font comme ça. Elle l'avait vu dans un vieux film de Dracula. Et s'ils sortaient du placard ? Elle dirigea son regard vers l'endroit le plus sombre de la chambre, là où était le placard. Elle n'y voyait rien ; tout était noir.

Et s'il y avait un tunnel magique, invisible, que seuls les gobelins connaissent et utilisent ? C'était ridicule. Rien que l'idée des gobelins était ridicule ; et, pourtant, ils étaient bien là, dehors. Elle les avait vus.

La respiration de Davey se fit plus lente et plus profonde : il s'était endormi. Penny l'envia. Elle ne pourrait jamais plus dormir.

Le temps passait. Lentement. Son regard faisait le tour de la chambre obscure. La fenêtre. La porte. Le placard. La fenêtre.

Elle ne savait pas comment ils rentreraient mais elle savait, avec une certitude absolue, qu'ils viendraient.

12

Penny se dressa dans son lit et faillit hurler pour appeler tante Faye.

Elle avait entendu quelque chose. Un cri étrange, strident. Pas un cri humain. Faible. Lointain. Peut-être dans un autre appartement, plusieurs étages au-dessous. Le cri semblait provenir des tuyaux de chauffage.

Elle écouta, tendue. Une minute. Deux. Trois.

Le cri ne se répéta pas. Pas d'autres bruits surnaturels non plus.

Mais elle savait ce que signifiait ce qu'elle venait d'entendre. Ils venaient pour Davey et pour elle. Ils étaient en chemin, maintenant. Bientôt, ils seraient là.

13

Cette fois, ils firent l'amour lentement, avec une langueur et une tendresse presque douloureuses, en se caressant doucement et en murmurant des mots indistincts. Des sensations presque oniriques : l'impression de flotter, d'être au cœur du soleil, en apesanteur, et de faire une chute enivrante, sans fin. Cette fois, ce n'était pas tant un acte sexuel qu'une union des cœurs, un engagement spirituel exprimé par la chair.

— Je t'aime, dit-il.
— Je suis contente, dit-elle.
C'était déjà mieux.

Elle ne pouvait toujours pas se résoudre à dire qu'elle l'aimait aussi. Mais cela ne le tracassait pas outre mesure. Il savait qu'elle l'aimait.

Il était assis au bord du lit et s'habillait. Debout, de l'autre côté du lit, elle se glissait dans sa robe bleue.

Soudain, ils sursautèrent. Une affiche d'une exposition de Jasper Johns, un sous-verre d'un mètre sur soixante-quinze centimètres, s'arracha du mur et s'envola. Durant quelques secondes, l'affiche parut vibrer, suspendue en l'air, puis s'écrasa sur le sol, au pied du lit, dans un fracas épouvantable de verre brisé.

— Nom de Dieu ! dit Jack.
— Qu'est-ce qui a pu faire ça ? dit Rebecca.

La porte du placard s'ouvrit à toute volée, claqua, se rouvrit. La commode se détacha du mur, bascula dans la direction de Jack qui l'évita de justesse et l'énorme meuble s'abattit sur le plancher dans un bruit d'explosion.

Rebecca recula jusqu'au mur et resta là, rigide, les yeux exorbités, les poings sur les hanches.

L'air était froid. Le vent tourbillonnait dans la chambre. Pas un simple courant d'air, non, un vent presque aussi violent que celui qui cinglait au-dehors, dans les rues de la ville. Et, pourtant, ce vent ne venait de nulle part : porte et fenêtres étaient bien fermées.

A la fenêtre, à présent, des mains invisibles saisissaient les rideaux, les arrachaient avec leur tringle, les jetaient en tas sur le sol. Les tiroirs de la commode glissèrent et tombèrent en éparpillant leur contenu. Des lambeaux de papier peint se déchirèrent de haut en bas.

Jack se retourna, bouleversé, terrorisé, ne sachant que faire. Le miroir de la coiffeuse se craquela comme une toile d'araignée. La présence invisible tira sur la couverture du lit et la lança sur la commode renversée.

— Ça suffit ! hurla Rebecca au courant d'air. Ça suffit !

La présence invisible n'obéit pas.

Le drap du dessus fut arraché du lit, tourbillonna en l'air comme doué de vie et flotta jusqu'à un coin de la pièce où il s'affaissa, inerte. Le drap-housse sauta aux quatre coins. Jack s'y agrippa dans un effort pitoyable pour résister à la puissance qui dévastait la chambre. Mais il *devait* faire quelque chose. Le drap s'arracha de ses mains avec une force telle que Jack perdit l'équilibre et tomba à genoux.

Sur une table à roulettes, dans un coin, la télévision s'était allumée de son propre chef, le son poussé à fond.

Jack se remit debout.

L'alèse fut enlevée du matelas, s'éleva, se roula en boule et se lança contre Rebecca. Le matelas était nu, à présent, l'enveloppe capitonnée se mit à onduler. L'étoffe se déchira de haut en bas, en plein milieu, le rembourrage jaillit et des ressorts se délovèrent comme des cobras au son d'une musique muette.

Le papier peint continuait à se décoller par lambeaux.

La porte du placard claqua si violemment qu'elle en sauta quasiment hors de ses gonds et qu'elle se mit à battre.

L'écran de TV implosa. Un bruit de verre brisé, un bref éclair fulgurant des entrailles du poste puis un peu de fumée.

Le silence.

Le calme.

Jack jeta un coup d'œil à Rebecca.

Elle avait l'air hébétée. Et terrifiée.

Le téléphone retentit. En entendant la sonnerie, Jack sut qui appelait. Il empoigna le combiné, le porta à son oreille sans rien dire.

— Vous haletez comme un chien, inspecteur Dawson, dit Lavelle. Excité ? Apparemment, ma petite démonstration vous a passionné.

178

Jack tremblait si fort, sans pouvoir se contrôler, qu'il se méfia de sa voix. Il ne répondit pas : il ne voulait pas que Lavelle s'aperçût de sa terreur. Celui-ci, d'ailleurs, ne semblait pas avoir l'intention d'attacher la moindre importance à ce que Jack pourrait dire ; il n'attendait pas de réponse.

— Quand vous verrez vos mioches morts, mutilés, les yeux arrachés, les lèvres mangées, les doigts mordus jusqu'à l'os, rappelez-vous que vous auriez pu les sauver. Rappelez-vous que vous seul avez signé leur arrêt de mort. Vous portez la responsabilité de leur mort aussi sûrement que si vous les aviez vus en face d'un train roulant à pleine vitesse sans vous donner la peine de les prévenir. Vous avez balancé leur vie comme un sac-poubelle.

Jack vomit un flot de paroles sans même se rendre compte qu'il était en train de parler.

— Espèce d'immonde enfant de salaud ! T'as pas intérêt à toucher à un seul cheveu de leur tête ! T'as pas intérêt...

Lavelle avait raccroché.

— Qui... ? demanda Rebecca.

— Lavelle.

— Tu veux dire que tout... ça ?

— Tu crois à la magie noire, maintenant ? A la sorcellerie ? Au vaudou ?

— Oh, mon Dieu !

— Pour moi, ça ne fait pas un pli.

Elle promena son regard autour de la chambre dévastée en secouant la tête, refusant ce que ses yeux lui montraient.

Jack se souvint de sa propre incrédulité quand Carver Hampton lui avait raconté son histoire de bouteilles et de serpent noir. Plus de scepticisme, maintenant. Seulement la terreur. Il revit les corps découverts ce matin et cet après-midi, ces cadavres si affreusement mutilés. Son cœur lui martelait la poitrine. Il haletait. Il était sur le point de vomir. Il tenait encore le combiné. Il composa un numéro.

— Qui appelles-tu ? demanda Rebecca.

— Faye. Il faut qu'elle emmène les gosses. Et vite.

— Mais Lavelle ne peut pas savoir où ils sont.

— Il ne pouvait pas non plus savoir où j'étais, moi. Je n'ai dit à personne que je venais te voir. Je n'ai pas été suivi. J'en suis sûr. Il ne pouvait pas me trouver, et pourtant... il m'a trouvé. Alors, il sait aussi sûrement où sont les gosses. Merde, pourquoi ça ne sonne pas ?

Il essaya à nouveau d'obtenir la tonalité, de recomposer le numéro de Faye. Cette fois, un disque lui répondit que le numéro n'était plus en service.

— Lavelle a coupé la ligne de Faye, dit-il en lâchant le combiné. Il faut y aller immédiatement. Bon Dieu ! On doit faire sortir les gosses !

Rebecca avait ôté sa robe, tiré du placard un jean et un pull-over. Elle était déjà presque habillée.

— Ne t'inquiète pas, dit-elle. Tout ira bien. On va arriver avant Lavelle.

Mais Jack, malade d'angoisse, avait le sentiment qu'il était déjà trop tard.

CHAPITRE CINQ

1

Penny s'assit au bord du lit et écouta.

Les bruits, de nouveau. Des grattements, des sifflements. Un coup sourd, un faible choc, puis, de nouveau, un coup. Un bruit lointain, traînant. Lointain mais qui se rapprochait, peu à peu.

Elle alluma la lampe de chevet. La petite source de lumière la réchauffa, la réconforta.

Davey dormait toujours, indifférent aux bruits insolites. Elle décida de ne pas le réveiller pour le moment. Il suffirait d'un cri pour alerter tante Faye et oncle Keith.

Encore ce couinement rauque, assourdi quoique plus net, peut-être, que tout à l'heure.

Penny se leva, s'approcha de la coiffeuse, que la lumière de la lampe n'atteignait pas. Sur le mur, à une trentaine de centimètres environ du plafond, il y avait une bouche de chaleur et d'aération. Elle tendit le cou pour mieux écouter les bruits lointains et furtifs ; elle se persuada alors qu'ils se répercutaient à travers les tuyaux, dans les murs. Elle grimpa sur la coiffeuse mais la bouche d'aération était encore hors de sa portée. Elle redescendit, saisit son oreiller et le posa sur le meuble. Elle prit aussi les coussins épais des deux chaises, de chaque côté de la fenêtre, et les empila sur l'oreiller. Elle s'étonna de se découvrir aussi astucieuse et efficace. Debout sur la coiffeuse, elle s'étira sur la pointe des pieds et parvint à coller son oreille à la grille d'aération.

Elle avait cru que les gobelins étaient loin en bas, dans d'autres appartements ou dans les couloirs. Maintenant, la vérité lui apparaissait, brutale : ce n'était pas seulement le bruit qui arrivait par les tuyaux, c'étaient les gobelins eux-mêmes. *Voilà* comment ils avaient l'intention de pénétrer dans la chambre, pas par la porte ou la fenêtre, pas par quelque tunnel imaginaire. Ils étaient dans le système de ventilation, se frayant leur chemin à travers l'immeuble, faisant tours et détours, glissant et rampant, courant et grimpant le long des tuyaux, se rapprochant peu à peu, aussi sûrement que l'air chaud soufflant de la chaudière, en bas.

Tremblante, claquant des dents, oppressée par la peur à laquelle elle refusait de se laisser aller, Penny scruta l'intérieur du conduit, à travers la grille.

L'obscurité était aussi profonde, aussi épaisse, aussi unie qu'à l'intérieur d'une tombe.

2

Le pare-brise était gelé. Les essuie-glaces recouverts de neige étaient transformés en blocs de glace.

— Cette saloperie de dégivrage est bien au maximum ? demanda Jack bien qu'il sentît des vagues de chaleur lui baigner le visage.

Rebecca se pencha et vérifia les manettes du chauffage.

— Au maximum, confirma-t-elle.

— La température a baissé depuis qu'il fait nuit.

— Il doit faire moins dix, dehors.

Le long des avenues, des files de chasse-neige avançaient à grand-peine, freinées par la tourmente. La neige tombait en rideaux opaques, si épais qu'on n'y voyait pas plus loin que l'immeuble voisin.

Jack avait compté que le trajet jusqu'à l'appartement des Jamison serait bref. Il y avait peu de circulation. De plus, bien que la voiture fût banalisée, elle était équipée d'une sirène. Il avait estimé qu'après une dizaine de minutes, il serait arrivé et pourrait serrer Penny et Davey dans ses bras. Mais, de toute évidence, le trajet allait prendre au moins deux fois plus de temps.

A chaque fois qu'il tentait d'accélérer, la voiture commençait à déraper, malgré les chaînes des pneus.

— On irait plus vite *en marchant*, dit Jack d'un ton féroce.

— On arrivera à temps, dit Rebecca.

— Et si Lavelle arrive avant nous ?

— Il ne peut pas. Sûrement pas.

Alors, une terrible pensée le secoua. Il ne voulait pas la formuler mais ce fut plus fort que lui.

— Et s'il appelait de chez les Jamison ?

— Mais non, dit-elle.

Mais Jack était obsédé par cette horrible éventualité et il ne put résister à l'impulsion morbide qui le forçait à exprimer à haute voix les images atroces qu'il avait devant les yeux.

— S'il les a tous tués...

(Les corps mutilés.)

— ... tué Penny et Davey...

(Les yeux arrachés de leurs orbites.)

— ... tué Faye et Keith...

(Les gorges béantes.)

— ... et qu'il a appelé de là-bas...

(Les doigts sectionnés.)

— ... qu'il a appelé directement de l'appartement, nom de Dieu !

(Les lèvres arrachées, les oreilles pendantes.)

— ... avec les corps étendus à ses pieds !

Elle avait tenté de l'interrompre. Maintenant, elle hurlait.

— Arrête de te torturer, Jack ! On arrivera à temps.

— Qu'est-ce que tu en sais, qu'on arrivera à temps ? Hein ? demanda-t-il hors de lui.

Il n'était pas vraiment furieux contre elle mais il s'en prenait à elle parce qu'elle était là, parce qu'il ne pouvait s'en prendre à Lavelle ou au mauvais temps qui le retardait et qu'il avait besoin de s'en prendre à quelqu'un, à quelque chose sous peine d'être totalement submergé par l'angoisse qui croissait en lui.

— Tu ne peux pas savoir !

— Je sais, dit-elle calmement. Contente-toi de conduire.

— Putain de merde ! Rengaine ce ton protecteur, tu veux !

— Jack...

— Il a pris mes gosses !

Il donna un brusque coup d'accélérateur et les roues se mirent à chasser. Il essaya de redresser en contre-braquant au lieu d'accompagner le dérapage ; il comprit trop tard son erreur. La voiture fit un tête-à-queue, tourna, tourna comme un manège puis finit par s'arrêter après un tour complet sur elle-même.

En frissonnant rétrospectivement à la pensée de ce qui aurait pu arriver, Jack démarra à nouveau. Il tenait le volant avec encore plus de prudence et il accélérait doucement, légèrement. Ni Rebecca ni lui ne dirent un mot pendant le tête-à-queue, ne laissèrent échapper le moindre cri de peur ou de surprise. Ils ne parlèrent qu'après avoir dépassé le bloc d'immeubles suivant.

— Je suis désolé, dit-il.

— Il n'y a pas de quoi.

— Je n'aurais pas dû te parler comme ça.

— Je comprends. Tu étais fou d'inquiétude.

— Je le suis encore. Mais ce n'est pas une excuse. C'était idiot de ma part. Je ne pourrai pas aider les gosses si je nous tue avant d'arriver chez Faye.

— Je comprends ce que tu ressens, dit-elle encore plus doucement. Ça va bien. Tout va bien aller.

Il savait qu'elle comprenait réellement toutes les pensées et les émotions complexes qui bouillonnaient en lui et le déchiraient. Elle le comprenait mieux qu'un ami, mieux qu'une maîtresse ne l'aurait fait. Ils étaient en complète sympathie physique et psychologique. Cela faisait bien longtemps qu'il ne s'était senti aussi proche de quelqu'un — dix-huit mois, en fait. Depuis la mort de Linda. C'était bien de n'être plus seul.

— On y est presque, n'est-ce pas ? demanda-t-elle.

— Dans deux ou trois minutes, dit-il en se penchant par-dessus le volant, scrutant avec inquiétude la rue enneigée.

Les essuie-glaces, recouverts d'une croûte épaisse, grinçaient à chaque va-et-vient et allaient bientôt se révéler inutiles.

Lavelle se leva de son rocking-chair. Le moment était venu d'établir des liens psychiques avec les petits assassins qui étaient sortis du trou et qui guettaient maintenant les enfants Dawson.

Toujours dans le noir, Lavelle se dirigea vers la table de toilette, ouvrit un tiroir et en retira une poignée de rubans de soie. Il alla vers le lit, déposa les rubans et se déshabilla. Une fois nu, il s'assit sur le rebord du lit et s'attacha un ruban violet à la cheville droite, un blanc à celle de gauche. Même dans le noir, il distinguait parfaitement les couleurs. Il s'entoura la poitrine d'un ruban écarlate, le front d'un jaune ; vert autour de son poignet droit, noir autour du gauche. Les rubans étaient les liens symboliques qui lui permettraient d'établir et de maintenir un contact intime avec les tueurs infernaux dès qu'il aurait achevé son rituel.

Il n'avait pas l'intention de s'assurer le contrôle de ces entités démoniaques et de leur dicter leurs gestes ; d'ailleurs, même s'il l'avait voulu, il ne l'aurait pas pu. Il les avait évoquées de l'enfer et il leur avait désigné leurs proies mais les assassins agissaient à leur gré, suivant leur propre stratégie. Une fois le meurtre perpétré, ils étaient contraints de retourner d'où ils venaient. C'était le seul pouvoir que Lavelle possédait sur eux.

Ce cérémonial des rubans permettait simplement à Lavelle de participer pleinement à l'excitation du massacre. Psychiquement lié aux assassins, il verrait par leurs yeux, entendrait par leurs oreilles et sentirait par leurs corps de golems. Quand leurs griffes effilées comme des rasoirs lacéreraient Davey Dawson, Lavelle sentirait la chair du garçonnet se déchirer sous ses doigts. Quand leurs doigts sectionneraient la jugulaire de Penny, Lavelle sentirait sur ses lèvres la gorge tiède et il goûterait à la saveur cuivrée de son sang.

A cette idée, il se mit à trembler d'excitation.

Si Lavelle calculait bien, Dawson devrait arriver à l'appartement des Jamison au moment du massacre de ses enfants. Juste à temps pour voir la horde fondre sur Penny et Davey. Il voudrait les sauver mais il comprendrait qu'on ne pouvait faire reculer les petits assassins au risque de se faire tuer soi-même. Il serait forcé de rester là, impuissant, éclaboussé du sang précieux de ses enfants.

Ça serait le meilleur moment. Oui. Oh, oui !

Lavelle soupira. Il en frissonnait d'impatience.

Il prit la petite bouteille de sang de chat, y trempa deux doigts, ensanglanta ses joues, retrempa ses doigts et se les passa sur les lèvres. Puis, toujours avec le sang, il dessina un *vévé* sur sa poitrine nue.

Il s'allongea sur le lit.

Et, les yeux au plafond, il entonna une lente psalmodie.

Bientôt, son esprit quitta son corps. Les liens psychiques, symbolisés par les rubans, étaient noués et il se retrouva parmi les entités démoniaques dans le système d'aération de l'immeuble où habitaient les Jamison.

Les bêtes n'étaient plus qu'à une dizaine de mètres de la bouche qui béait dans la chambre d'amis.

Les enfants étaient tout proches.

La fille était la plus proche.

Comme les petits assassins, Lavelle pouvait sentir sa présence. Proche. Toute proche. Un coude puis tout droit. Puis encore un coude, le dernier.

Voilà.

Le moment était venu.

4

Debout sur la coiffeuse, les yeux fixés sur la bouche de chaleur, Penny entendit une voix provenant de l'intérieur du mur. C'était un chuchotement aigre, rauque et glacé qui lui figea le sang dans les veines.

— *Penny ? Penny ?*

Elle faillit tomber dans sa hâte à descendre de la coiffeuse.

Elle se précipita vers Davey, l'agrippa, le secoua.

— Réveille-toi, Davey ! Davey, réveille-toi !

Il s'était endormi il y avait seulement une heure et, pourtant, il était tout ensommeillé.

— Hein ? Quoi ?

— Ils arrivent, dit-elle. Ils arrivent. Il faut qu'on s'habille et qu'on sorte d'ici. Vite. *Ils arrivent!*

Elle hurla pour appeler tante Faye.

5

L'appartement des Jamison était situé dans un immeuble de onze étages, dans une rue qui n'avait pas encore été dégagée. La chaussée disparaissait sous trente centimètres de neige. Quelques mètres avant d'arriver, Jack freina prudemment et la voiture s'arrêta en douceur devant l'immeuble. Il ouvrit la portière à toute volée et jaillit de la voiture. Un vent polaire le frappa comme une massue. Il baissa la tête et gagna le trottoir en titubant, aveuglé par les cristaux de neige qui lui fouettaient le visage.

Le temps que Jack grimpe les marches et pousse les portes en verre, Rebecca était déjà là, à l'attendre dans le hall. Elle montra son insigne et sa carte au portier ahuri.

— Police, dit-elle.

— Qu'est-ce que c'est? demanda le portier. Qu'est-ce qui ne va pas?

C'était le genre d'immeuble où il ne se passait jamais rien, le genre grande classe et, à la simple perspective d'un ennui, le visage du portier devint mortellement pâle.

Jack appuya sur le bouton d'appel de l'ascenseur.

— On monte chez les Jamison. Dixième étage.

— Je sais à quel étage ils sont, dit le portier énervé. Mais pourquoi...

Les portes de l'ascenseur s'ouvrirent. Jack et Rebecca s'engouffrèrent dans la cabine.

— Apportez un passe! hurla Jack au portier. Dieu fasse qu'on n'en ait pas besoin.

Parce que, si on en a besoin, pensa-t-il, ça voudra dire qu'ils sont tous morts.

Les portes se refermèrent. Jack et Rebecca préparèrent leurs armes.

Deuxième étage.

— Les pistolets n'ont pas sauvé Dominick Carramazza, dit Jack d'une voix tremblante, en fixant son Smith & Wesson.

Troisième étage.

— De toute façon, on n'en aura pas besoin, dit Rebecca. On est arrivés avant Lavelle. Je le sais.

Mais sa voix était sans conviction, à présent. Jack savait pourquoi. Le trajet avait duré une éternité. Il semblait de plus en plus improbable qu'ils arrivent à temps.

Cinquième.

— Pourquoi cet ascenseur de merde est-il si lent ? demanda Jack.

Sixième.

Septième.

Huitième.

— *Grouille,* merde !

Neuvième.

Dixième.

Les portes glissèrent enfin et Jack se précipita, Rebecca sur ses talons.

Tout semblait si calme, si normal que Jack fut tenté d'espérer.

Je vous en prie, mon Dieu, je vous en prie.

Jack s'approcha de la porte des Jamison et se posta d'un côté. Le bras droit collé à la hanche, l'arme au poing, le canon en l'air. Rebecca se plaça de l'autre côté, dans la même attitude.

Faites qu'ils soient vivants. Je vous en prie. Je vous en prie.

Leurs regards se croisèrent. Elle hocha la tête. Prêts. Jack tambourina à la porte.

6

Dans la chambre peuplée d'ombres, sur le lit, Lavelle respirait profondément et rapidement. Il haletait comme un animal. Il tremblait. Par moments, il tressaillait et se tordait comme secoué par une décharge électrique : son corps se soulevait alors et retombait en faisant gémir les ressorts du matelas.

Il était plongé dans une transe profonde et inconscient de ses spasmes.

Les yeux grands ouverts, cillant à peine, il fixait le plafond sans le voir. Là-bas, quelque part dans la ville, il voyait par les yeux des petits assassins avec lesquels il avait établi un contact psychique.

Il sifflait. Gémissait. Grinçait des dents. Tressaillait, faisait des sauts de carpe, se contorsionnait.

Puis retombait, soudain silencieux, calme.

Puis il se mettait à griffer les draps en sifflant furieusement. Ses jambes, tout à coup, étaient comme possédées. Il martelait le matelas de ses talons. Un grognement monta de sa gorge. Il se tut pendant un moment.

Puis recommença à haleter. A renifler. A siffler.

Il sentait la fille. Penny Dawson. Une odeur merveilleuse. Douce. Jeune. Fraîche. Tendre.

Il la désirait.

7

Faye ouvrit la porte, aperçut le revolver de Jack et lui lança un regard interloqué.

— Mon Dieu ! Qu'est-ce que tu fais avec ça ? Tu sais que j'ai horreur des pistolets. Enlève-moi ça.

A l'attitude de Faye, qui recula pour le laisser entrer, Jack comprit que les gosses allaient bien et il se détendit un peu.

— Où est Penny ? Et Davey ? Ils vont bien ?

Faye jeta un coup d'œil à Rebecca et ébaucha un sourire. Puis fronça les sourcils aux paroles de Jack.

— Bien ? Mais naturellement qu'ils vont bien. Ils vont parfaitement bien. J'ai beau ne pas avoir d'enfants, je sais encore m'en occuper. Tu crois qu'il pourrait leur arriver quelque chose chez moi, à ces deux petits singes ? Pour l'amour de Dieu, Jack, je ne...

— Quelqu'un t'a suivie depuis l'école ? demanda-t-il rapidement.

— Mais qu'est-ce que c'est que cette histoire à dormir debout ? demanda Faye.

— Ce n'est pas une histoire. Je croyais avoir été clair. Est-ce que quelqu'un a essayé de te suivre ? Tu as regardé derrière toi comme je te l'avais demandé, Faye ?

— Bien sûr, bien sûr. J'ai regardé. Personne ne m'a suivie. Et je ne pense pas...

Ils pénétrèrent dans le living. Jack n'y vit pas les gosses.

— Faye, bon Dieu, où sont-ils ?

— Ne le prends pas sur ce ton, je t'en prie. Qu'est-ce que...

— *Faye, merde !*

Elle recula.

— Ils sont dans la chambre d'amis. Avec Keith, dit-elle d'un ton fâché. Ils sont allés se coucher vers neuf heures et quart et on pensait qu'ils étaient endormis quand, tout à coup, Penny s'est mise à hurler...

— A hurler ?

— ... elle disait qu'il y avait des rats dans leur chambre. Naturellement, on n'a aucun...

Des rats !

Jack se précipita dans le couloir et s'engouffra dans la chambre d'amis.

Les lampes de chevet, le lampadaire dans le coin et le plafonnier illuminaient la pièce. Penny et Davey étaient debout au pied d'un des lits jumeaux, encore en pyjama. Quand ils le virent, ils se mirent à crier joyeusement :

— Papa ! Papa !

Ils se jetèrent à son cou pour l'embrasser. Jack était si bouleversé de les trouver sains et saufs qu'il ne pouvait parler. Il les serrait seulement contre lui à les étouffer.

Bien que la chambre fût brillamment éclairée, Keith Jamison se tenait près de la coiffeuse et braquait une lampe électrique en direction de la bouche de chaleur. Il se retourna vers Jack en fronçant les sourcils.

— Il y a quelque chose de bizarre, là-dedans. Je...

— Des gobelins ! dit Penny en s'agrippant au bras de Jack. Ils arrivent, papa. Ils me veulent et Davey aussi, ne les laisse pas, ne les laisse pas entrer, s'il te plaît. Je les ai attendus, attendus, attendus, j'avais si peur, et maintenant, ils sont presque arrivés !

Elle dit cela d'une seule traite puis se mit à sangloter.

— Là, là, dit Jack en la serrant contre lui et en lui caressant les cheveux. Doucement, c'est fini.

Faye et Rebecca l'avaient suivi dans la chambre.

Rebecca, avec son calme et son efficacité habituels, était en train de rassembler les affaires des enfants.

— D'abord, Penny a crié qu'il y avait des rats dans sa chambre et puis elle a commencé à s'emballer sur les gobelins, elle est devenue presque hystérique. J'ai essayé de lui dire que ce n'était qu'un cauchemar.

— Ce n'était pas un cauchemar ! hurla Penny.

— Bien sûr que si, dit Faye.

— Ils m'ont guettée toute la journée, dit Penny. Il y en avait un dans notre chambre, la nuit dernière, papa. Et dans le sous-sol, à l'école, aujourd'hui, il y en avait plein. Ils ont dévoré le déjeuner de Davey. Et mes livres aussi. Je ne sais pas ce qu'ils veulent mais ils sont après nous, et ce sont des gobelins, des gobelins pour de vrai, je te le jure !

— Bien, dit Jack. Je veux que tu me racontes tout, en détail. Mais plus tard. Maintenant, il faut partir d'ici. Ce n'est pas la peine d'enlever vos pyjamas. Rhabillez-vous juste par-dessus.

Rebecca apporta les vêtements.

— Habillez-vous.

— Mais pourquoi diable... dit Faye.

— On doit emmener les gosses d'ici, dit Jack. Et vite.

— Mais, ma parole, on dirait que tu crois à cette histoire de gobelins, dit Faye interloquée.

— Je ne crois sûrement pas aux gobelins, dit Keith, mais je suis sûr, en revanche, qu'il y a bel et bien des rats.

— Non, non et non, dit Faye scandalisée. Ce n'est pas possible. Pas dans cet immeuble !

— Dans le système de ventilation, dit Keith. Je les ai entendus. C'est pour ça que j'étais en train de regarder avec la lampe électrique quand tu es arrivé, Jack.

— Chut ! dit Rebecca.

Les gosses continuèrent à s'habiller mais tout le monde se tut. D'abord, Jack n'entendit rien. Puis... un sifflement insolite, une rumeur, un grondement.

Ce n'est pas un rat, pensa-t-il.

A l'intérieur du mur, quelque chose s'agita. Puis un grattement furieux. On s'affairait, là-derrière : ça résonnait, ça tapait, ça raclait, ça cognait.

— Mon Dieu ! dit Faye.

Jack prit la lampe électrique des mains de Keith, s'approcha de la coiffeuse et braqua le faisceau de lumière vers la bouche de chaleur.

Un autre coup dans le mur.

Le sifflement et le grondement sourd s'amplifièrent.

Jack sentit sa nuque se hérisser.

Alors, chose incroyable, une voix sortit du conduit. C'était une voix rauque, grésillante, inhumaine, lourde de menaces.

— *Penny ? Davey ? Penny ?*

Faye poussa un cri et recula de deux pas. Même Keith, qui était un grand et solide gaillard, pâlit et s'éloigna de la bouche de chaleur.

— Bon Dieu ! Qu'est-ce que c'est que ça ?

Jack s'adressa à Faye.

— Où sont les manteaux et les bottes des gosses ? Et leurs gants ?

— Euh... dans... dans la cuisine. En train de sécher.

— Va les chercher.

Faye hocha la tête mais ne bougea pas.

Jack lui posa la main sur l'épaule.

— Va chercher leurs manteaux, leurs bottes et leurs gants et rejoins-nous dans l'entrée.

Elle ne pouvait détacher ses yeux du conduit d'aération.

Il la secoua.

— Faye ! Dépêche-toi !

Elle sursauta comme s'il l'avait giflée, tourna les talons et se précipita hors de la chambre.

Penny avait presque fini de s'habiller. Elle se comportait remarquablement bien, effrayée mais maîtresse d'elle-même. Davey, assis sur le bord du lit, faisait de gros efforts pour retenir ses larmes, s'essuyait les joues et jetait à Penny des regards d'excuse ; il se mordait les lèvres et essayait de toutes ses forces de suivre son exemple. Rebecca lui mettait ses chaussures.

— *Davey ? Penny ?*

— Jack, bon Dieu, qu'est-ce que c'est, là-dedans ? demanda Keith.

Jack n'avait ni le temps ni la patience de répondre aux questions ; il se contenta de diriger à nouveau sa torche électrique vers la bouche et vit quelque chose bouger à l'intérieur. Quelque chose d'argenté ; quelque chose qui rayonnait, scintillait comme un feu blanc — puis clignota et disparut, remplacé par une forme sombre, mouvante qui poussait contre la grille, comme pour la faire céder. Jack ne distinguait pas nettement l'animal.

— Jack, la vis, dit Keith.

Jack avait déjà vu. La vis tournait lentement et sortait de la plaque. L'animal, à l'intérieur, était en train de dévisser en marmottant, en sifflant, en grommelant.

— Allons-nous-en, dit Jack d'une voix qu'il s'efforçait de rendre calme. Venez. Venez. Sortons d'ici immédiatement.

La vis sauta. La grille bascula, retenue par la vis qui restait.

Rebecca poussa les gosses hors de la chambre.

Un cauchemar sortait en rampant du tuyau. Accroché au mur, au mépris des lois de la pesanteur, comme s'il avait des ventouses sous les pattes.

— Bon Dieu ! dit Keith, figé par la stupeur.

Jack frissonna à l'idée de cette horrible petite bête touchant Davey ou Penny.

L'animal avait la taille d'un rat. Sa forme aussi rappelait celle du rat : court sur pattes, corps allongé mais puissant et musclé pour sa taille. Mais là s'arrêtait la ressemblance et commençait le cauchemar. La chose n'avait pas de poils. Sa peau visqueuse était tachetée de vert-de-gris jaunâtre et avait l'aspect d'un champignon gluant. Et sa queue n'était pas du tout celle d'un rat ; longue d'une vingtaine de centimètres et large de deux à la base, à segments comme la queue d'un scorpion, effilée et recourbée. Les pattes étaient disproportionnées par rapport au corps ; les longs doigts étaient attachés entre eux et déformés, munis d'immenses griffes courbes et d'un dard barbelé coupant comme un rasoir. La tête était encore plus abominable : un crâne aplati, aux angles anormalement aigus, bosselé, comme façonné par un sculpteur inexpérimenté ; le museau long et pointu, curieux mélange d'une gueule de loup et de crocodile. Le petit monstre ouvrait la bouche et sifflait, révélant de nombreuses dents aiguës. Une langue noire, étonnamment longue et fourchue, pendait et luisait comme un lambeau de foie cru.

Mais, surtout, il y avait les yeux. Ils ne ressemblaient pas du tout à des yeux : sans pupilles ni iris. Seulement des orbites vides dans le crâne difforme de l'animal, des trous grossiers d'où irradiait une lumière crue, froide, brillante. Le rayonnement intense semblait émaner d'un feu brûlant à l'intérieur de la bête au crâne de mutant. C'était impossible. Et pourtant... Et la chose n'était pas aveugle, comme on aurait pu s'y attendre ; quand elle fixait ses « yeux » flamboyants sur Jack, il pouvait sentir ce regard démoniaque le transpercer aussi sûrement qu'un couteau s'enfonçant dans sa gorge. Ces yeux fous lui donnaient l'impression, quand il osait les croiser, du froid de la mort, de la haine brûlante, du dessèchement de l'âme. A regarder les yeux de cette chose, Jack se sentait littéralement malade.

Comme un insecte, la bête descendit en rampant le long du mur.

Une autre apparut à la bouche de ventilation. Qui ne ressemblait en rien à la première. Elle avait la forme d'un petit homme, d'une vingtaine de centimètres environ, tapie là-haut dans le trou béant. Malgré sa silhouette grossièrement humanoïde, elle n'avait rien d'humain. Ses mains et ses pieds ressemblaient à ceux de la première bête, griffus et munis de dards barbelés. La peau comme un champignon, d'aspect gluant. Des cercles noirs entouraient les yeux et des taches sombres, comme une chair en décomposition, s'étalaient à partir des narines. La tête était difforme, fendue d'une oreille à l'autre d'une bouche bien garnie de dents. Et les mêmes yeux infernaux, quoique plus petits. La bête à forme humaine tenait une arme. On aurait dit une lance miniature.

Jack se rappela les deux premières victimes de la croisade de Lavelle contre la famille Carramazza. Ils avaient été tous deux criblés de trous faits par une arme de la taille d'un canif qui avaient laissé perplexe le médecin légiste, et déconcerté les techniciens. Mais, naturellement, il ne leur serait jamais venu à l'esprit que ces meurtres aient pu être l'œuvre de démons vaudou de vingt centimètres et que les armes du crime puissent être des lances miniatures.

Des démons vaudou ? Des gobelins ? Des lutins ? Qu'était-ce exactement ?

Lavelle les avait-il façonnés avec de l'argile pour ensuite leur insuffler la vie ?

Ou bien les avait-il évoqués par des pentagrammes, des sacrifices et des chants rituels, comme les magiciens qui sont censés appeler les démons ?

Étaient-ce des démons ?

D'où venaient-ils ?

La bête à forme humaine ne descendit pas le long du mur mais sauta du conduit sur la coiffeuse et retomba sur ses pieds, rapide et agile. Elle regarda Jack et Keith.

— *Penny ? Davey ?* dit-elle.

Jack poussa Keith dans le vestibule, le suivit et ferma la porte. Un instant plus tard, une des bêtes, probablement celle à forme humaine, s'abattit de l'autre côté de la porte et se mit à la labourer frénétiquement.

Les gosses étaient dans le living. Jack et Keith se hâtèrent de les rejoindre.

— Jack ! Vite ! Ils arrivent par ici ! hurla Faye.

— Ils essayent de nous couper la route, dit Jack.

Bon Dieu, on ne va pas s'en tirer, ils sont partout, cet immeuble de merde en est infesté, ils nous encerclent...

Jack repoussa le découragement qui le gagnait, en se persuadant que le pessimisme et la peur étaient leurs pires ennemis car ils leur faisaient perdre la tête et les paralysaient.

Faye et Rebecca aidaient les enfants à enfiler manteau et bottes. Grondements et sifflements s'échappaient de la bouche de chaleur au-dessus du canapé, accompagnés d'un baragouin indistinct, impatient.

Derrière la grille, les yeux argentés flamboyaient dans le noir. Une des vis tournait déjà, manœuvrée de l'intérieur. Davey n'avait enfilé qu'une botte mais le temps pressait. Jack attrapa le gamin.

— Faye, prends l'autre botte et grouillons-nous.

Keith était déjà dans l'entrée. Il avait pris son manteau et celui de sa femme. Il saisit Faye par le bras et l'entraîna hors de l'appartement. Penny poussa un hurlement. Jack se retourna et s'accroupit instinctivement en serrant Davey encore davantage. La grille avait cédé et quelque chose commençait à émerger de l'obscurité, là-haut.

Mais ce n'était pas pour cela que Penny avait crié : une autre horrible bête était sortie de la cuisine et se dirigeait droit sur eux. Aussi répugnante que les autres mais pas de la même couleur : d'un blanc-jaune blafard, cloquée d'une vérole vert sombre ; comme les autres envoyés de Lavelle, elle semblait luisante, visqueuse. Elle était aussi beaucoup plus grosse, presque le triple du rat, dans la chambre. Elle rappelait vaguement un iguane cauchemardesque, avec une queue et une tête de lézard. Des yeux de feu, six pattes et un corps extrêmement mince. Ce petit monstre était pourvu aussi d'ailes atrophiées, inutiles, qu'elle déployait et agitait comme des battoirs, d'une manière sinistre. La chose fonça dans le living en fouettant de la queue. De sa gueule béante sortit un cri perçant, un cri de triomphe.

Rebecca mit un genou à terre et tira. Elle ne pouvait la manquer, la balle atteignit sa cible de plein fouet. Sous le choc, la bête décolla du sol comme un paquet de chiffons puis retomba pesamment. Elle aurait dû être pulvérisée. Elle aurait dû... Le plancher et les murs auraient dû être éclaboussés de sang... ou de ce qui en tenait lieu chez l'animal. Mais... rien.

La chose s'assit lourdement et se tortilla pendant quelques secondes puis se remit sur ses pattes en vacillant. Désorientée et étourdie, mais indemne. Elle se mit à tourner en rond après sa queue.

Quant à Jack, il ne pouvait détacher ses yeux de la chose immonde qui sortait du conduit d'aération, au-dessus du canapé. Accrochée au mur, elle piaillait. A peu près de la taille d'un rat, elle ne ressemblait cependant pas du tout à un rongeur. On aurait dit plutôt un oiseau sans plumes. Sa tête en forme d'œuf était perchée au bout d'un long cou maigre, comme celui d'un autruchon, et elle dardait méchamment un bec qui happait dans le vide. Ses yeux scintillants, féroces n'étaient pas ceux d'un oiseau, pas plus que les tentacules tronqués qui lui servaient de pattes. La bête était une abomination, une horrible aberration. Jack en avait la nausée. Et, derrière elle, sortait du tuyau en rampant un animal du même genre.

— Les armes ne servent à rien contre ces satanées choses, dit Jack.

Le monstre à forme d'iguane reprenait peu à peu ses sens. Dans un instant, il allait de nouveau foncer sur eux. Deux autres surgirent de la cuisine en rampant à toute vitesse.

Un cri aigu fit se retourner Jack. La chose à forme humaine était là, à l'autre bout du living, à couiner, tenant sa lance au-dessus de sa tête. Elle se précipitait sur eux, suivie d'une horde meurtrière de petits monstres grotesques à forme de reptile, de serpent, de chien, de chat, d'insecte, de rongeur ou d'araignée.

C'est à ce moment que Jack comprit vraiment : ils étaient sortis de l'Enfer; c'étaient des entités démoniaques que la sorcellerie de Lavelle avait tirées des abîmes infernaux.

Sifflant, jacassant, grognant, elles tombaient et roulaient les unes sur les autres tant leur impatience était grande d'atteindre leurs proies, Penny et Davey. Malgré leurs différences, elles présentaient deux points communs : les yeux de feu argenté comme le mica des fenêtres d'une chaudière, et de petites dents acérées, sanguinaires.

C'était comme si on avait ouvert toutes grandes les portes de l'Enfer.

Jack poussa Penny dans l'entrée et, portant toujours Davey, il suivit sa fille dans le couloir de l'étage, courut vers Keith et Faye qui les attendaient devant l'ascenseur ouvert avec le portier.

Rebecca, restée en arrière, tira trois coups de feu.

Jack s'arrêta, se retourna. Il voulait revenir mais il craignait de lâcher Davey.

— Papa! Vite! hurla Penny à la porte de l'ascenseur.

— Papa, allons-y, allons-y, dit Davey en s'accrochant à lui.

Au grand soulagement de Jack, Rebecca apparut, saine et sauve. Elle tira encore une fois puis ferma la porte de l'appartement des Jamison. Haletant, Jack déposa Davey, et tous les sept, y compris le portier, s'entassèrent dans la cabine. Keith appuya sur le bouton RC. Les portes ne se refermèrent pas immédiatement.

— Ils vont entrer, ils vont entrer! cria Davey, exprimant la pensée angoissante qui venait de frapper tout le monde.

Keith appuya de nouveau sur le bouton et y maintint le pouce. Les portes glissèrent enfin.

Mais Jack ne se sentait pas pour autant en sécurité. Comprimé dans l'étroite cabine, il se demandait si les monstres n'auraient pas l'intelligence de prendre les escaliers. Et s'ils arrêtaient l'ascenseur entre deux étages ? Et s'ils descendaient dans la cage d'ascenseur et atteignaient la cabine ? Et si la horde monstrueuse trouvait un moyen d'y pénétrer ? Bon Dieu, et si...

L'ascenseur commença à descendre. Jack regarda le plafond de la cabine. Il y avait une trappe de secours. Une issue. Et une *entrée*.

Mon Dieu, je vous en prie, ne les laissez pas entrer.

L'ascenseur glissait lentement le long des câbles. Neuvième... Huitième... Penny avait pris la botte de Davey des mains de Faye et aidait son frère à l'enfiler. Septième.

D'une voix cassée par l'épouvante mais qui conservait, cependant, son ton impérieux, Faye déclara :

— Qu'est-ce que c'est, Jack ? Ces choses, dans les tuyaux, qu'est-ce que c'est ?

— Vaudou, dit Jack, les yeux fixés sur les chiffres lumineux du tableau.

Sixième.

— C'est une blague ou quoi ? demanda le portier.

— Des démons vaudou, je crois, dit Jack en s'adressant à Faye. C'est tout ce que je sais.

Malgré le choc subi, malgré tout ce qu'elle avait vu et entendu dans l'appartement, Faye protesta :

— Tu as perdu l'esprit.

— J'aimerais bien que ce soit vrai.

Cinquième.

— Ce ne sont pas des démons vaudou, dit Faye. Ce n'est pas...

— Ferme-la, dit Keith. Tu ne les as pas vus. Tu as quitté la chambre avant qu'ils sortent du trou.

Quatrième.

— Et tu es partie avant qu'ils entrent dans le living, tante Faye. Tu ne les as pas vus... sinon tu y croirais.

— Troisième.

— Mrs Jamison, dit le portier, vous connaissez ces gens ? Est-ce qu'ils sont...

Rebecca l'interrompit et s'adressa à Keith et à Faye.

— Jack et moi nous occupons d'un cas bizarre. Un fou meurtrier. Il prétend tuer ses victimes en leur jetant des sorts vaudou.

Deuxième.

Peut-être qu'on va s'en tirer, pensa Jack. Peut-être qu'on ne va pas être bloqués entre deux étages. Peut-être qu'on va sortir de là sains et saufs.

Et peut-être pas.

— Et vous, vous ne croyez quand même pas au vaudou ? demanda Faye à Rebecca.

— Je n'y croyais pas, dit Rebecca. Mais maintenant... oui.

Avec un sursaut désagréable, Jack imagina que le rez-de-chaussée pouvait grouiller de ces petites bêtes hideuses. Quand les portes de l'ascenseur s'ouvriraient, la horde de cauchemar se précipiterait sur eux, toutes griffes et dents dehors.

— Si c'est une blague, je ne trouve pas ça drôle, dit le portier.

Premier étage.

Soudain, Jack ne voulait plus atteindre le rez-de-chaussée, ne voulait plus que les portes s'ouvrent. Il voulait seulement continuer à descendre en paix, des heures, jusqu'à la fin des temps.

Rez-de-chaussée.

Non, je vous en prie !

Les portes glissèrent. Le rez-de-chaussée était désert. Ils sortirent tous de l'ascenseur.

— Où allons-nous ? demanda Faye.

— Rebecca et moi avons une voiture... dit Jack.

— Par ce temps...

— On a des pneus-neige, l'interrompit brutalement Jack. On va prendre la voiture, emmener les gosses et rouler jusqu'à ce que je sache quoi faire.

— On va avec vous, dit Keith.

— Non, répondit Jack en poussant les gosses vers la porte d'entrée. C'est probablement dangereux de rester avec nous.

— On ne peut pas remonter. Pas avec ces... ces démons ou ces diables ou je ne sais quoi.

— Des rats, dit Faye, ayant apparemment décidé qu'elle préférait affronter la barbarie plutôt que le surnaturel. Ce ne sont que des rats. Bien sûr qu'on va remonter. Tôt ou tard, on devra bien y retourner, poser des pièges et les exterminer. Le plus tôt sera le mieux, d'ailleurs.

Sans prêter attention aux propos de Faye, Jack s'adressa à Keith :

— Je ne pense pas que ces foutus trucs vous en veuillent. Du moins, tant que vous ne vous dressez pas entre eux et les gosses. Ils tueront sûrement celui qui essayera de les protéger. C'est pour ça que je les emmène. Mais je n'y retournerais quand même pas cette nuit. Quelques-uns doivent être restés à guetter.

— On ne me fera pas revenir là-haut ce soir, affirma Keith.

— C'est absurde, dit Faye. Seulement quelques rats...

— Merde, femme ! dit Keith. Ce n'était pas un rat qui appelait Davey et Penny à travers le mur !

Faye était déjà pâle. Mais quand Keith lui rappela la voix dans le système de ventilation, elle devint blanche comme craie.

Ils s'arrêtèrent tous devant la porte.

— Keith, il y a quelqu'un qui peut vous accueillir ?

— Bien sûr, dit Keith. Un de mes associés, Anson Dorset, qui habite tout près d'ici. De l'autre côté de la rue. On peut aller passer la nuit chez sa femme et lui.

Jack poussa la porte. Et la neige s'engouffra dans le hall. Luttant contre le vent, Jack tint la porte aux autres.

Seul, le portier restait là, à se gratter la tête, les sourcils froncés.

— Hé, attendez ! Et moi, alors ?

— Vous ? Vous ne courez aucun danger, dit Jack, s'apprêtant à suivre les autres.

— Et les coups de feu, là-haut ?

Jack se tourna vers l'homme.

— Ne vous en faites pas. Vous avez vu nos cartes, hein ? On est des flics.

— Ouais, mais qui a été touché ?

— Personne, dit Jack.

— Mais alors, sur qui vous avez tiré ?

— Sur personne.

Et Jack sortit dans la tempête. Le portier resta dans le hall, le nez écrasé contre les vitres, à les regarder s'éloigner, comme un écolier mal aimé, exclu du jeu.

8

Le temps que Jack ait descendu les quelques marches de l'immeuble, Keith et Faye traversaient déjà l'avenue et disparaissaient derrière le voile phosphorescent de la tempête de neige.

Rebecca et les enfants étaient près de la voiture.

— Allez-y, allez-y. Rentrez. Partons d'ici.

C'est alors qu'il s'aperçut que quelque chose n'allait pas. Rebecca avait une main sur la poignée de la portière mais elle ne bougeait pas. Elle fixait quelque chose à l'intérieur de la voiture, pétrifiée. Jack s'approcha, regarda à son tour à travers la vitre et vit ce qu'elle avait vu. Deux bêtes. Sur le siège arrière. Dissimulées dans l'ombre, on ne les distinguait pas nettement mais leurs yeux d'argent ne laissaient subsister aucun doute. Si Rebecca avait ouvert la portière sans regarder, si elle n'avait pas remarqué les bêtes qui attendaient...

— En arrière ! dit Jack.

Ils s'écartèrent tous les quatre de la voiture, serrés les uns contre les autres, les sens en alerte.

Ils étaient seuls, à présent, dans la rue balayée par le vent. Pas de circulation, pas de piétons. Même le portier avait cessé de les observer.

C'est étrange, pensa Jack, de se sentir si isolés, si seuls au monde en plein cœur de Manhattan.

— Et maintenant ? demanda Rebecca, avec impatience, les yeux toujours fixés sur la voiture, tenant Davey par une main tandis que l'autre était enfouie dans son manteau, crispée sans doute sur le revolver.

— On continue, dit Jack d'un ton mal assuré, trop surpris et effrayé pour trouver une autre réponse.

Pas de panique.

— Jusqu'où ? demanda Rebecca.

— On va marcher le long de l'avenue.

Du calme. Tout doux. Si on panique, ce sera la fin.

— Dans la direction que Keith a prise ?

— Non. L'autre avenue. La Troisième Avenue. C'est plus près.

— J'espère qu'il y a du monde, là-bas.

— Peut-être même une voiture de police.

— Je crois qu'on est beaucoup plus en sécurité avec les gens, dehors, dit Penny.

— Je le pense aussi, ma chérie, dit Jack. Allons-y. Et restons les uns à côté des autres.

Penny saisit la main de Davey.

L'attaque les prit au dépourvu. La chose surgit de derrière leur voiture. En piaillant. En sifflant. Des yeux étincelant de lumière argentée. Sombre sur la neige. Rapide et agile. Sacrément rapide. Comme un lézard. Jack la vit mieux dans la clarté diffuse des réverbères ; il empoigna son revolver, se rappela que les balles ne pouvaient tuer ces choses-là, comprit aussi qu'ils étaient trop près les uns des autres pour prendre le risque de tirer. En une seconde, un quart de seconde, peut-être, la chose était déjà entre eux, montrait les dents, crachait. Davey poussa un hurlement. Il voulut s'écarter mais ne put éviter la bête qui fondit sur sa botte. Il secoua la jambe mais la chose s'accrochait. Jack écarta Penny et la plaqua contre le mur de l'immeuble, où elle se blottit, hoquetante. Le lézard avait commencé à grimper le long de la jambe de Davey. Le gamin se débattait. Trébucha, vacilla. Cria au secours. Glissa. Tomba. Une seconde, peut-être deux — *tic-tac* — Jack se crut dans un rêve fébrile, la notion du temps déformée comme elle ne peut l'être que dans un rêve. Il se précipita vers le gamin mais il avait l'impression de patauger dans un sirop épais. Le lézard s'étalait maintenant sur la poitrine de Davey, battait de la queue, labourait le manteau de ses pattes griffues, essayant de le mettre en lambeaux pour étriper l'enfant. Sa gueule grande ouverte était toute proche du visage de Davey. *Non !* Rebecca passa devant Jack. Elle arracha la chose ignoble de la poitrine du gamin. La bête vagit et lui mordit la main. Rebecca hurla de douleur et lança le lézard à toute volée dans la neige. Penny hurlait.

— Davey ! Davey, Davey !

Tic-tac. Davey se redressa. Le lézard s'abattait de nouveau sur lui. Cette fois, Jack le saisit à pleines mains. Et, frissonnant de dégoût, il l'arracha du garçonnet. Un bruit d'étoffe qui se déchire. Il le tint à bout de bras. L'animal était froid et visqueux. Il se tortillait. *Tic-tac.* Et faisait des efforts désespérés pour se libérer. Il avait de la force mais Jack était plus fort que lui. *Tic-tac.* Il battait l'air de ses affreuses pattes griffues. *Tic-tac. Tic-tac. Tic-tac...*

— Pourquoi n'essaie-t-il pas de te mordre ? dit Rebecca.

— Je ne sais pas, haleta-t-il.

— Pourquoi est-il différent avec toi ?

— Je ne sais pas.

Il se souvint alors de la conversation qu'il avait eue avec Nick Iervolino, dans la voiture de police, en revenant de la boutique de Carver Hampton. Et il se demanda si...

Le lézard avait une seconde bouche qui béait au milieu du ventre, une vraie bouche avec des petites dents acérées, qui s'ouvrait, se fermait, mais ne semblait pas non plus avoir l'intention de mordre Jack.

— Davey, ça va ? demanda Jack.

— Tue-le, papa, dit le gamin. (Il paraissait terrorisé mais il était indemne.) Je t'en prie, tue-le. Je t'en prie.

— Je voudrais bien.

Le petit monstre se tordait, se contorsionnait, faisait de son mieux pour se libérer des mains de Jack. Au bord de la nausée, celui-ci le serrait de toutes ses forces et ses doigts s'enfonçaient dans la chair froide et gluante.

— Rebecca, et ta main ?

— Une simple morsure.

— Penny ?

— Ça... ça va.

— Alors, filez tous les trois. Continuez sur l'avenue.

— Et toi ? demanda Rebecca.

— Je vais retenir cette chose pour vous donner de l'avance. (Le lézard se débattit violemment.) Puis je le balancerai le plus loin possible et je vous rejoindrai.

— On ne va pas te laisser tout seul, dit Penny avec désespoir.

— C'est pour deux minutes seulement, dit Jack. Je vous

rattraperai. Je cours plus vite que vous. Je n'aurai pas de mal à vous rattraper. Maintenant, allez-y. Filez d'ici avant qu'un autre de ces satanés monstres attaque encore. Partez !

Ils se mirent à courir.

Le lézard sifflait, crachait sur Jack.

Jack plongea son regard dans les yeux de feu.

Un feu qui flamboyait, intense, de flammes blanches, argentées. Un feu glacé.

Jack voulut pénétrer plus profondément dans ce feu étrange.

Il approcha la bête de son visage et scruta les orbites vides.

Flammes tourbillonnantes. Bondissantes.

Il avait l'impression que quelque chose d'important, de stupéfiant se cachait derrière ce feu.

Il approcha encore le lézard de son visage.

Une lumière cruelle, froide. Incandescente. Fascinante.

Il voulait comprendre le grand mystère.

Le mystère derrière ce voile ardent.

Il voulait comprendre, il fallait qu'il comprenne.

Flammes blanches. Flammes de neige, de glace.

Flammes qui recelaient un écrasant secret.

Flammes qui l'appelaient...

L'appelaient...

Il entendit à peine derrière lui s'ouvrir la portière de la voiture. Les « yeux » du lézard l'avaient happé, presque hypnotisé. Il avait perdu conscience de la rue cinglée par la neige. Quelques secondes de plus et il était perdu. Mais ils ouvrirent la portière une minute trop tôt et il l'entendit. Il se retourna et lança le lézard aussi loin qu'il put, dans les ténèbres de la tempête déchaînée. Il se mit à courir, sans regarder ce qui sortait de la voiture. Devant lui, Rebecca et les enfants avaient atteint l'avenue. Ils tournèrent à l'angle et disparurent de sa vue.

Jack s'élança dans la neige, le cœur cognant à toute volée ; il glissa, chancela, reprit son équilibre et se remit à courir. Il courait, courait comme dans un rêve, un cauchemar sans fin.

Jack tourna au coin et se retrouva sur l'avenue. Il ne regarda pas en arrière car il avait peur de voir les gobelins — comme Penny les appelait — sur ses talons.

Rebecca et les enfants étaient à trois mètres devant lui, environ. Il se dépêcha de les rattraper. A part eux, il n'y avait personne sur la large avenue. Quelques voitures vides étaient naufragées au milieu de la chaussée. Pas un piéton. Qui, en effet, à moins d'être fou, se risquerait à sortir par un temps pareil ?

Il n'eut aucune peine à rejoindre Rebecca et les enfants qui avançaient laborieusement. Penny et Davey étaient déjà à bout de forces. Jack jeta un coup d'œil en arrière. Pas de gobelins en vue. Mais ces bêtes aux yeux-lanternes n'allaient sûrement pas tarder à se montrer. Il ne pouvait croire qu'elles aient si vite abandonné.

Et quand elles arriveraient — car elles allaient revenir —, elles n'auraient plus qu'à cueillir leurs proies. Les gosses se traînaient, épuisés. Jack lui-même ne se sentait plus particulièrement vaillant.

Son cœur battait si fort, si douloureusement qu'il allait sûrement éclater. Le vent froid le mordait au visage et lui tirait des larmes. Ses mains engourdies lui faisaient mal car il n'avait pas remis ses gants. Il haletait et l'air glacial l'oppressait.

Il n'était pas en mesure de protéger efficacement les gosses, ce qui le rendait furieux et l'angoissait. Rebecca et lui étaient les seuls remparts entre les enfants et la mort.

Jack chercha des yeux un endroit qui pût leur servir d'abri. Devant lui, quelques immeubles de pierre brune à trois étages étaient pris en sandwich entre des bâtiments plus élevés, plus modernes.

— Il faut se cacher, dit-il à Rebecca.

Ils gravirent les quelques marches du premier immeuble brun, franchirent les portes en verre et se retrouvèrent dans le hall, chauffé, propre, chic, brillamment éclairé. Mais si agréable que l'entrée leur parût, ils ne pouvaient y rester car ils étaient facilement repérables.

La porte qui donnait accès aux étages était bloquée,

commandée par un interphone. En tout, seize appartements, quatre à chaque étage. Jack appuya sur le bouton de l'appartement de Mr et Mrs Evans, au troisième.

— Qui est là ? demanda une voix féminine.

— C'est l'appartement des Grofeld ? demanda Jack.

— Non, répondit la femme invisible. C'est une erreur. Les Grofeld, c'est le bouton voisin.

— Excusez-moi.

Il jeta un rapide coup d'œil dans la rue, à travers la porte vitrée.

La neige. Les arbres nus, sombres, grelottant dans le vent. La clarté fantomatique des réverbères.

Mais rien d'autre. Ni yeux argentés. Ni petites dents pointues.

Pas encore.

Jack appuya sur le bouton des Grofeld, demanda si c'était bien l'appartement des Santini et se vit répondre sèchement que c'était le bouton voisin. Il sonna chez les Santini et s'apprêtait à demander si c'était bien l'appartement des Porterfield. Mais sans doute les Santini attendaient-ils quelqu'un car, beaucoup moins prudents que leurs voisins, ils ne posèrent aucune question et la porte s'ouvrit.

Rebecca poussa les enfants et Jack la suivit rapidement en refermant derrière lui. Il aurait pu se servir de sa qualité de policier pour se faire ouvrir mais c'eût été se lancer dans d'interminables explications. Et Jack répugnait à mêler d'autres personnes à tout cela et à leur faire courir des risques en cas d'attaque des gobelins.

Rebecca semblait partager ce point de vue car, en accompagnant les enfants dans un coin sombre sous l'escalier, elle leur recommanda de faire le moins de bruit possible. Ils s'enfoncèrent dans le recoin et se pressèrent les uns contre les autres. On ne pouvait les voir ni de la rue ni des escaliers, même en se penchant par-dessus la rampe.

Une minute ne s'était pas écoulée qu'une porte s'ouvrit un ou deux étages au-dessus. Des pas. Puis quelqu'un, peut-être Mr Santini, demanda :

— Alex, c'est toi ?

Sous les escaliers, ils retinrent leur souffle, sans bouger. Mr Santini attendit un moment.

Dehors, le vent hurlait.

Mr Santini descendit quelques marches.

— Il y a quelqu'un ici ?

Va-t'en, pensa Jack. Tu ne sais pas dans quoi tu pourrais te fourrer. *Va-t'en !*

Comme s'il avait reçu par télépathie l'avertissement de Jack, l'homme regagna son appartement et ferma la porte. Jack soupira.

— Comment est-ce qu'on saura quand on pourra sortir sans danger ? chuchota alors Penny d'une voix tremblante.

— On va attendre un petit moment et, si tout paraît normal... je me glisserai dehors et j'irai jeter un coup d'œil.

Davey grelottait comme s'il faisait plus froid que dans la rue. Son nez coulait et il s'essuyait du revers de sa manche.

— On va attendre combien de temps ? dit-il.

— Cinq minutes, lui murmura Rebecca. Dix, tout au plus. Ils seront partis alors.

— Partis ?

— Bien sûr. Ils sont peut-être déjà partis.

— Vous croyez vraiment ? demanda Davey. Déjà ?

— Bien sûr, dit Rebecca. Il y a de grandes chances qu'ils ne nous aient pas suivis. Et même s'ils ont couru après nous, ils ne vont pas rôder dans le coin toute la nuit.

— Vous croyez ? demanda Penny, dubitative.

— Mais oui, dit Rebecca. J'en suis sûre. Même les gobelins peuvent en avoir assez, tu sais.

— C'est vraiment des gobelins ? demanda Davey.

— Eh bien, c'est difficile de savoir exactement comment on devrait les appeler, dit Rebecca.

— C'est le mot qui m'est venu tout de suite à l'esprit quand je les ai vus, dit Penny.

— Et c'est tout à fait le mot qui convient, assura Rebecca. Si tu veux mon avis, on n'aurait pas pu dire mieux. Et tu sais, si tu repenses à tous les contes de fées que tu connais, les gobelins sont moins méchants qu'ils n'en ont l'air. Tout ce qu'ils font, c'est effrayer les gens. Alors, si on a de la patience et si on fait très attention, tout ira bien.

Jack fut rempli d'admiration et de gratitude pour la façon dont Rebecca se comportait avec les enfants, en apaisant leur angoisse. Elle les calmait de la voix et du geste en les caressant.

Jack consulta sa montre.

Dix heures quatorze.

Tassés les uns contre les autres, dans l'ombre, sous les escaliers, ils attendaient.

Attendaient.

CHAPITRE SIX

1

Dix heures quinze.

Dix heures seize.

Jack examina la morsure de Rebecca. Trois trous disposés en cercle du diamètre d'une pièce de monnaie, sur la partie la plus charnue de la paume ; la peau était légèrement écorchée mais le lézard n'avait pas mordu profondément. La plaie ne saignait plus, elle était seulement un peu enflée.

— Qu'est-ce que tu ressens ?

— Ça brûle légèrement.

— C'est tout ?

— Ça va aller. Je vais enfiler mon gant ; ça devrait l'empêcher de se rouvrir et de se remettre à saigner.

— Tu y fais attention, d'accord ? Si ça change de couleur ou si ça enfle, peut-être qu'il faudra aller à l'hôpital.

— Et au docteur, qu'est-ce que je lui dirai ?

— Tu n'auras qu'à lui dire que tu as été mordue par un gobelin. Qu'est-ce que tu veux lui dire d'autre ?

— Ça vaudrait peut-être le coup, histoire de voir sa tête.

Dix heures dix-sept.

Jack examina ensuite le manteau de Davey que le lézard avait labouré frénétiquement de ses griffes. La doublure ouatinée était épaisse et de bonne qualité. Mais les griffes l'avaient déchirée en trois endroits. Un vrai miracle que Davey n'eût pas été blessé. La bête avait lacéré le manteau comme s'il avait été en gaze mais pas le chandail ni la chemise du gamin; il n'y avait même pas la moindre égratignure sur sa peau.

Jack se prit à penser qu'il avait été bien près de perdre Davey et Penny; il savait, avec une conscience aiguë, qu'il pouvait encore les perdre tant que l'affaire n'était pas terminée. Il posa sa main sur la tête de son fils. Le pressentiment d'une perte atroce l'envahit et le glaça, semant en lui les pétales gelés de la terreur et du désespoir. Sa gorge se serra. Il lutta pour retenir ses larmes. Il ne fallait pas qu'il pleure. Pas devant les enfants. D'ailleurs, se laisser aller au désespoir maintenant, c'était capituler devant Lavelle. Lavelle, le mal incarné; pas un simple criminel pervers, mais l'incarnation du mal. Le mal ne se nourrit-il pas de désespoir? Les meilleures armes contre le mal, c'est l'espoir, l'optimisme, la volonté et la foi. Leurs chances de s'en sortir vivants dépendaient de leur capacité à espérer, à croire que la vie — et non la mort — était leur destin, à croire que le bien triompherait du mal, à *croire,* simplement. Il ne perdrait pas ses gosses. Il ne laisserait pas Lavelle lui prendre ses gosses.

— Eh bien, dit-il à Davey, c'est un peu aéré pour un manteau d'hiver mais je crois qu'on va pouvoir arranger ça.

Il retira sa longue écharpe, en entoura deux fois la poitrine du gamin et la noua solidement à la taille.

— Là. Ça devrait boucher un peu les trous. Ça va, capitaine?

Davey hocha la tête, essayant de toutes ses forces de paraître brave.

— Papa, tu ne crois pas que ce qu'il te faudrait, c'est une épée magique?

— Une épée magique?

— Ben, c'est pas ce que tu devrais avoir si tu veux tuer un tas de gobelins? demanda le gamin sur un ton empreint du plus grand sérieux. Dans toutes les histoires, ils ont tous une épée ou un bâton magiques, tu vois, ou peut-être juste une poudre magique et c'est toujours avec ça qu'ils tuent les gobelins ou les sorcières ou les ogres ou tout ce qu'ils doivent tuer. Et des fois, ce qu'ils ont... c'est un bijou magique, tu sais, ou un anneau ensorcelé. Alors, puisque Rebecca et toi, vous êtes des policiers, ça doit peut-être être un pistolet à gobelins. Tu sais pas si la police a quelque chose comme ça? Un pistolet à gobelins?

— Je n'en sais rien, dit Jack solennellement, avec la folle envie de serrer son fils très fort dans ses bras. Mais c'est une drôlement bonne idée, mon fils. Je vais étudier ça.

— Et s'ils en ont pas, dit Davey, tu pourrais peut-être demander à un prêtre de bénir ton pistolet, celui que tu as déjà, et alors tu pourrais le charger avec plein de balles d'argent. C'est ce qu'on fait avec les loups-garous, tu sais.

— Je sais. C'est aussi une bonne idée. Je suis vraiment content que tu réfléchisses à la façon dont on peut combattre ces choses. Je suis content que tu tiennes bon. C'est ça l'important ; tenir bon.

— Bien sûr, dit Davey en redressant le menton. Je sais.

Penny dévisageait son père, par-dessus l'épaule de Davey. Elle lui sourit et lui fit un clin d'œil. Jack lui retourna son clin d'œil.

Dix heures vingt.

Chaque minute qui passait rassurait Jack.

Pas délivré. Mais rassuré.

Penny lui raconta brièvement ses rencontres avec les gobelins. Quand elle eut achevé son récit, Rebecca jeta un regard à Jack.

— Il les surveillait. Pour savoir toujours où ils se trouvaient au moment venu.

— Mais, mon bébé, pourquoi ne m'as-tu pas réveillé la nuit dernière, quand cette chose était dans ta chambre ?

— Je ne l'ai pas vraiment vue...

— Mais tu l'as entendue.

— C'est tout.

— Et la batte de base-ball...

— J'avais peur que tu croies que... j'étais... encore folle, dit-elle en évitant le regard de son père, avec une soudaine et inhabituelle timidité.

— Hein ? Encore ? dit Jack en battant des paupières. Qu'est-ce que ça veut dire encore ?

— Ben... tu sais, après la mort de maman, comme j'étais... quand j'avais mes... ennuis.

— Mais tu n'étais pas folle, dit Jack. Tu avais juste besoin que quelqu'un te conseille un peu ; c'est tout, ma chérie.

— C'est comme ça que tu l'as appelé, dit la fillette d'une toute petite voix, un conseiller.

— Oui. Le Dr Hannaby.

— Tante Faye et oncle Keith, tout le monde l'appelait conseiller. Ou, des fois, docteur.

— C'est ce qu'il était. Il était là pour te conseiller, te montrer comment surmonter ton chagrin.

La fillette fit non de la tête.

— Un jour, quand j'étais dans son bureau, je l'attendais... et j'ai regardé ses diplômes, sur le mur.

— Et alors ?

— J'ai découvert qu'il était psychiatre, dit Penny visiblement embarrassée. Les psychiatres, ça soigne les fous. C'est comme ça que j'ai compris que j'étais un peu... folle.

Jack était stupéfait et consterné de ce malentendu.

— Mais non, non. Tu t'es complètement trompée, mon chou.

— Penny, dit Rebecca, la plupart du temps, les psychiatres soignent des gens ordinaires qui ont des problèmes ordinaires. Des problèmes qu'on a tous à un moment ou à un autre, dans notre vie. Des problèmes affectifs, le plus souvent. C'était comme ça pour toi. Des problèmes *affectifs*.

Penny lui lança un regard timide. Elle fronça les sourcils. A l'évidence, elle avait envie de la croire.

— Ils soignent des maladies mentales aussi, naturellement, dit Rebecca. C'est rare cependant quand ils ont dans leur cabinet des gens vraiment dingues. Ceux-là sont hospitalisés ou mis dans des asiles.

— Bien sûr, dit Jack en prenant les mains de Penny.

La fragilité de ses doigts, la vulnérabilité de cette fille de onze ans qui se croyait adulte lui firent mal.

— Chérie, tu n'as jamais été folle. Et jamais près de l'être. C'est terrible d'avoir pensé ça pendant tout ce temps.

Le regard de Penny allait de Jack à Rebecca.

— C'est vrai ? C'est vraiment vrai que des tas de gens ordinaires, des gens de tous les jours vont chez le psychiatre ?

— Absolument, dit Jack. Chérie, c'est un coup salement moche que ta mère soit morte si jeune, et j'avais trop de chagrin moi-même pour pouvoir t'aider à l'affronter. Peut-être... aurais-je dû faire ce très gros effort. Mais je me sentais si mal, si perdu, si vulnérable, j'avais tant de peine que je n'étais pas capable de m'occuper des deux à la fois, de toi et de moi. C'est pour ça que je t'ai adressée au Dr Hannaby quand tu as commencé à avoir des problèmes. Pas parce que tu étais folle. Mais parce que tu avais besoin de parler à quelqu'un qui ne se mettait pas à pleurer sur ta mère à chaque fois que toi, tu commençais à pleurer. Tu comprends ?

— Oui, dit Penny doucement, avec des larmes plein les yeux.

— Sûr ?

— Oui. C'est sûr, papa. Je comprends, maintenant.

— Alors, tu aurais dû venir me réveiller hier soir, quand la chose était dans ta chambre. Surtout quand tu as vu les trous dans la batte de base-ball. Je n'aurais jamais pensé que tu étais folle.

— Moi non plus, dit Davey. J'aurais jamais pensé, au grand jamais, que tu étais folle, Penny. Tu es sûrement la personne la moins folle que je connaisse.

Penny se mit à glousser et Jack et Rebecca ne purent réprimer un large sourire. Quant à Davey, il ne comprenait pas ce qu'il avait dit de si drôle.

Jack étreignit sa fille avec force. Il l'embrassa sur le visage et les cheveux.

— Je t'aime, petite gourde.

Puis il embrassa Davey et lui dit aussi qu'il l'aimait. Il consulta, à nouveau, avec répugnance, sa montre-bracelet.

Dix heures vingt-quatre.

Dix minutes s'étaient écoulées depuis qu'ils avaient pénétré dans l'immeuble et qu'ils s'étaient abrités sous la cage d'escalier.

— On dirait qu'ils ne nous ont pas suivis, dit Rebecca.

— Ne soyons pas trop pressés, dit Jack. Donnons-nous encore deux minutes.

Dix heures vingt-cinq.

Dix heures vingt-six.

Ça ne lui disait rien de sortir et d'aller jeter un coup d'œil alentour. Il attendit encore une minute.

Dix heures vingt-sept.

Il ne pouvait tarder davantage. Il se glissa doucement hors de la cage d'escalier. Il fit deux pas, posa la main sur la poignée de cuivre de la porte du hall et... s'immobilisa.

Ils étaient là. Les gobelins.

L'un d'eux escaladait la paroi de verre. Soixante-dix centimètres de long ; il ressemblait à un ver avec un corps à segments et peut-être une vingtaine de pattes. Une bouche de poisson : ovale, des rangées de dents derrière des lippes tordues et animées de mouvements de succion. Ses yeux flamboyants étaient fixés sur Jack.

Celui-ci se détourna immédiatement du regard chauffé à blanc car il se rappelait comment il avait été hypnotisé par le lézard.

Derrière le ver, l'entrée grouillait d'autres démons, tous petits mais d'apparence si incroyablement méchante et grotesque que Jack fut pris de tremblements. Ses intestins étaient en compote. Il y avait des choses-lézards, de tailles et de formes différentes. Des choses-araignées. Des choses-rats. Deux bêtes à forme humaine, l'une avec une queue, l'autre avec une espèce de crête de coq sur le crâne et le dos. Des choses-chiens. Des choses en forme de crabe, de chat, de serpent, de scarabée, de scorpion, de dragon, avec des crocs et des griffes, pointes et dards et cornes acérés. Peut-être une vingtaine. Non. Plus. Une trentaine, au moins. Elles rampaient, avançaient à toute vitesse sur le sol de mosaïque, grimpaient le long des murs, dardant leurs langues immondes, grinçant des dents, les yeux étincelants.

Bouleversé et dégoûté, Jack retira vivement la main. Il se retourna vers Rebecca et les enfants.

— Ils nous ont trouvés. Ils sont là. Venez. Sortons de là. Vite. Avant que ce ne soit trop tard.

Ils quittèrent leur abri. Ils virent la chose-ver sur la porte et la horde, dans l'entrée. Rebecca et Penny fixaient, hébétées, la meute surgie de l'Enfer, incapables du moindre cri. Davey fut le seul à hurler. Il s'agrippa au bras de son père.

— Ils doivent être dans l'immeuble, maintenant. A l'intérieur des murs.

Tous les yeux se portèrent vers les bouches de chaleur du hall.

— Comment va-t-on sortir ? demanda Penny.

Comment, en effet ?

Le silence, durant un bref instant.

D'autres bêtes avaient rejoint la chose-ver sur la porte vitrée.

— Est-ce qu'il y a une entrée par-derrière? demanda Rebecca.

— Probablement, dit Jack. Mais ces choses doivent nous y attendre.

A nouveau, un silence.

Un silence oppressant, terrifiant. Comme celui qui précède la chute du couperet de la guillotine.

— Alors, on est piégés, dit Penny.

Jack sentit les battements de son cœur. Et cela le secoua.

Réfléchis!

— Papa, ne les laisse pas m'attraper, je t'en prie, ne les laisse pas, dit le pauvre Davey.

Jack jeta un coup d'œil vers l'ascenseur, en face de l'escalier. Et si les portes s'ouvraient brusquement, vomissant une vague de mort hurlante, grondante, hargneuse...

Réfléchis!

Il saisit la main de Davey et l'entraîna jusqu'au pied des escaliers.

— Où vas-tu? dit Rebecca, Penny sur ses talons.

— Par là.

Ils grimpèrent jusqu'au premier étage.

— Mais s'ils sont dans les murs, ils seront partout dans l'immeuble.

— Vite! répondit Jack brièvement.

Et ils montèrent le plus vite qu'ils purent.

2

A Harlem, dans l'appartement de Carver Hampton, au-dessus de sa boutique, toutes les lumières étaient allumées. Les plafonniers, les lampes sur les tables et les lampadaires. Dans les coins que la lumière ne pouvait éclairer, brûlaient des bougies, fichées dans des plats, des poêles ou des moules à gâteaux.

Carver était assis à la petite table de la cuisine, à côté de la fenêtre, tenant dans ses puissantes mains brunes un verre de Chivas Regal. Il regardait fixement la neige qui tombait et, de temps à autre, avalait une gorgée de whisky. Le néon, au plafond, était allumé, ainsi que la lumière, au-dessus de la cuisinière. Et celle de l'évier, aussi. Sur la table, à portée de la main, des boîtes d'allumettes, trois paquets de bougies et deux lampes électriques en cas de panne de secteur causée par la tempête.

Cette nuit, il ne ferait pas bon rester dans les ténèbres.

Des choses monstrueuses étaient lâchées dans la ville.

Elles se *nourrissaient* de ténèbres.

Bien que les chasseurs nocturnes n'eussent pas été envoyés aux trousses de Carver, il les sentait, là-bas, dehors, qui rôdaient, affamés, dans les rues en proie à la tempête. Ils émettaient des ondes maléfiques, le mal brut, primitif. L'immonde et indicible présence des êtres lâchés dans la tourmente ne pouvait échapper à un homme comme Carver Hampton. Chez quelqu'un possédant comme lui le don de détecter l'intrusion des forces surnaturelles dans le monde, leur existence était une insupportable torture pour les nerfs, pour l'âme. Il savait qu'ils étaient les émissaires infernaux de Lavelle, chargés d'exterminer la famille Carramazza. Car, pour autant qu'il le sût, il n'y avait aucun autre *boko* à New York qui pût commander à ces êtres d'outre-tombe.

Il buvait son whisky à petites gorgées. Il voulait se saouler à mort. Mais il n'était guère buveur. D'ailleurs, cette nuit, entre toutes les nuits, il devait rester sur ses gardes. Garder un total contrôle de lui-même. Il s'accordait cependant quelques lampées de whisky.

Les Portes s'étaient ouvertes. Les Portes mêmes de l'Enfer. Seulement entrebâillées. Le verrou avait été poussé. Et Lavelle, grâce à son redoutable pouvoir de *boko,* s'arc-boutait pour repousser les Portes contre lesquelles se pressait la foule des entités démoniaques.

Carver sentait toutes ces choses dans les courants de l'éther, dans les marées invisibles et silencieuses des énergies favorables ou malignes qui fluaient et refluaient sur la grande cité. L'ouverture des Portes, acte follement téméraire. Rares étaient les *boko* qui en eussent été capables. Plus rares encore ceux qui l'auraient osé... Parce que Lavelle était, à l'évidence, un des plus puissants *boko* qui aient jamais dessiné un *vévé*, il avait de bonnes raisons pour croire qu'il serait capable de contrôler les Portes et de faire rentrer à temps les créatures, quand elles auraient achevé leur mission. Mais s'il faiblissait, ne fût-ce qu'un seul instant...

Que Dieu nous vienne en aide, alors, pensa Carver.

S'Il *veut* nous aider.

S'Il le *peut*.

Un véritable ouragan ébranla la maison et fit gémir les gouttières. La fenêtre, en face de Carver, se mit à trembler comme si quelqu'un, dehors, qui cherchait à entrer, la secouait. Un tourbillon de neige gifla les vitres. Ces milliers de flocons frémissants semblaient former un visage sournois qui fixait Hampton. Le vent avait beau souffler, cogner, tourbillonner, tournoyer, le visage impossible ne s'évanouissait pas ; il restait là, accroché à la vitre, immobile, comme un tableau.

Carver baissa les yeux. Un moment d'accalmie.

Quand le hurlement se fit gémissement, Carver osa regarder de nouveau. Le visage de neige avait disparu.

Il avala une gorgée de whisky. Cela ne le réchauffa pas. Cette nuit, rien ne pourrait le réchauffer.

Il se sentait coupable et c'était une des raisons qu'il avait de vouloir se saouler. Il était rongé par le remords d'avoir refusé d'aider le lieutenant Dawson. Il avait commis une erreur. La situation était trop terrible pour ne penser qu'à soi. Les Portes étaient ouvertes, après tout. Le monde était au bord du précipice Armageddon parce qu'un *boko*, fou d'orgueil, assoiffé de sang, était prêt à courir tous les risques, même les plus insensés, pour assouvir une rancune personnelle. En de pareilles circonstances, un *hougan* avait certaines responsabilités. L'heure du courage avait sonné. Le remords le tenaillait parce qu'il ne pouvait oublier le serpent noir que Lavelle lui avait envoyé ; ce souvenir le torturait et annihilait l'énergie dont il avait besoin pour accomplir la tâche qui l'appelait. Même ivre, il aurait à supporter ce terrible poids du remords. Fardeau bien trop lourd pour que l'alcool seul pût l'en soulager.

Pourtant, il buvait dans l'espoir de trouver du courage. Le whisky a ceci de particulier qu'à dose modérée, il peut aussi bien transformer un homme en bouffon qu'en héros.

Il fallait qu'il trouve le courage d'appeler Dawson pour lui dire : *Je veux vous aider.*

C'était une quasi-certitude : Lavelle l'anéantirait s'il se mêlait de tout cela. Et quelle que soit la mort que Lavelle lui choisirait, ce ne serait sûrement pas une mort douce.

Il avala encore une gorgée.

Il jeta un regard au téléphone mural.

Appelle Dawson.

Il ne bougea pas.

Il regardait la nuit dévastée par la tempête de neige.

Il frissonna.

3

Hors d'haleine, Jack, Rebecca et les enfants atteignirent le palier du dernier étage. Jack se retourna pour regarder dans l'escalier qu'ils venaient de gravir. Jusque-là, rien derrière eux.

Bien sûr, à tout moment, quelque chose pouvait apparaître, surgir du mur. Le monde entier était devenu un pandémonium.

Quatre appartements donnaient sur le couloir. Jack les dépassa sans frapper aux portes, sans sonner. Ces gens ne pouvaient rien pour eux. Ils étaient seuls.

Au bout du couloir, une porte anonyme. Jack pria Dieu de ne pas se tromper. Il fit jouer la poignée. La porte n'était pas fermée à clé. Il l'ouvrit d'un geste hésitant, craignant que les gobelins ne les attendent de l'autre côté. L'obscurité. Rien ne s'abattit sur lui. Il tâtonna à la recherche d'un commutateur, s'attendant presque à poser la main sur une chose hideuse. Mais pas de gobelins. Le commutateur, simplement. *Clic.* C'était bien ce qu'il avait espéré : une volée de marches, plus étroites et plus raides que l'escalier, menaient à une porte grillagée.

— Venez, dit-il.

Sans poser aucune question, Davey, Rebecca et Penny grimpèrent bruyamment, épuisés mais aiguillonnés par l'épouvante. La porte était munie de deux pênes renforcés d'une barre de fer. Aucun cambrioleur n'aurait pu pénétrer dans l'immeuble par le toit. Jack poussa les verrous et retira la barre de fer. Le vent exerçait une forte pression et Jack dut donner un grand coup d'épaule pour ouvrir la porte qui s'arracha littéralement et alla claquer avec grand fracas contre le mur extérieur. Il franchit le seuil et se retrouva sur le toit plat.

Là-haut, le vent était un vrai fauve. Comme un lion féroce, il bondissait de la nuit, par-dessus le parapet, rugissant, reniflant, renâclant. Il tirait sur le manteau de Jack. Il ébouriffait ses cheveux puis les plaquait en arrière. Il lui soufflait son haleine glaciale au visage et lui glissait sous le col ses pattes froides.

Jack fit quelques pas vers le bord du toit qui jouxtait l'immeuble voisin. Le parapet crénelé lui arrivait à la taille. Il se pencha et regarda en bas. Comme il s'y attendait, l'espace entre les deux immeubles n'excédait pas un mètre vingt. Rebecca et les enfants le rejoignirent.

— On va passer de l'autre côté, dit-il.

— Avec quoi va-t-on faire le pont ? demanda Rebecca.

— Il doit bien y avoir quelque chose qui fera l'affaire dans le coin.

Il se retourna et inspecta le toit ; l'obscurité n'était pas complète à cause de la clarté lunaire diffusée par la couche de neige. Mais il n'y avait rien, apparemment, qui fût susceptible de leur servir de pont. Peut-être sous la neige mais il aurait fallu, auparavant, déblayer entièrement le toit. Penny et Davey s'étaient accroupis contre le parapet pour s'abriter du vent mordant.

— Il va falloir sauter, dit-il.

— Quoi ?

— Il faut qu'on saute de l'autre côté.

— Ce n'est pas possible, dit-elle.

— Ça fait moins d'un mètre vingt de large.

— Mais on ne peut pas prendre d'élan.

— Pas besoin. C'est juste un petit saut.

— Pour sauter, il va falloir monter là-dessus, dit-elle en touchant le parapet.

— Ouais.

— Et, avec ce vent, sûr et certain qu'on va perdre l'équilibre, avant même d'avoir sauté... Une rafale et on tombe.

— On y arrivera, dit Jack en essayant de stimuler son propre enthousiasme.

Elle secoua la tête. Ses cheveux se plaquèrent sur son visage. Elle repoussa une mèche qui l'aveuglait.

— Peut-être, avec de la chance, on pourrait le faire, toi et moi. Peut-être. Mais pas les gosses.

— D'accord. Alors l'un de nous va sauter sur le toit, l'autre restera là et on fera traverser les gosses en les tenant chacun d'un côté.

— Pour les faire passer ?

— Oui.

— Au-dessus d'un trou de quinze mètres ?

— Ce n'est pas vraiment dangereux, dit-il, mal assuré. D'un toit à l'autre, on peut se toucher et se tenir les mains.

— Se tenir les mains, c'est une chose. Mais faire passer un enfant, c'est lourd...

— Je vais m'assurer avant que tu peux supporter leur poids. Tu peux te tenir au parapet de l'autre main. Pas de problème.

— Penny n'est plus une petite fille.

— Elle n'est pas si grande que ça. On peut la tenir.

— Mais...

— Rebecca, ces *choses* sont dans la maison, sous nos pieds, à nos trousses.

— Qui y va le premier ?

— Toi.

— Eh bien, merci !

— Je pourrai t'aider à monter sur le parapet et te tenir jusqu'à ce que tu sautes. Comme ça, tu ne risqueras pas de perdre l'équilibre.

— Mais quand j'aurai sauté et qu'on aura fait passer les gosses, qui va t'aider, *toi*, à monter sur le mur et à ne pas perdre l'équilibre ?

— On verra ça à ce moment-là.

Sur le toit, comme un train de marchandises, le vent se mit à siffler.

4

La neige ne tenait pas sur le hangar métallique, derrière la propriété de Lavelle. Les flocons fondaient en touchant le toit et les murs. Sous le vent, des rubans de vapeur se déroulaient de dessous la pente du toit, et se tordaient, pâles serpentins, jusqu'à ce qu'ils soient balayés.

A l'intérieur du hangar régnait une chaleur suffocante.

Seules bougeaient les ombres. S'élevant de la fosse creusée dans le sol, la lumière orangée aux pulsations irrégulières brillait plus intensément que tout à l'heure. Son clignotement faisait vaciller les ombres et animait d'une vie illusoire les objets gisant sur la terre battue. La nuit froide était impuissante à traverser les murs métalliques du hangar ; les cris déchirants et les profonds soupirs de la tempête y étaient eux aussi inaudibles. Dans la pièce pesait une atmosphère anormale, surnaturelle, inquiétante, comme si la construction métallique flottait hors du temps et de l'espace, suspendue au-dessus du vide.

Des profondeurs du trou montait un bruit. Un vague murmure-sifflement-chuchotement-grognement, comme dix mille voix, la rumeur lointaine d'une foule furieuse. Soudain, le bruit s'amplifia. Presque imperceptiblement. Au même moment, la lumière orangée s'intensifia. Presque imperceptiblement. Comme si une porte de chaudière, déjà entrebâillée, s'était ouverte de quelques centimètres.

La chaleur monta encore de quelques degrés.

La vague odeur de soufre devint plus âcre.

Et un phénomène étrange se produisit autour de la fosse : des fragments de terre se détachèrent du rebord, tombèrent et disparurent dans la lumière surnaturelle. Le diamètre ne se modifia que de quelques centimètres. Puis la poussière cessa de tomber. Les rebords se stabilisèrent.

De nouveau, tout était parfaitement tranquille, dans le hangar.

Mais le trou s'était élargi.

5

Le parapet était large de vingt-cinq centimètres et semblait à Rebecca comme une corde raide. Heureusement, il n'était pas gelé. L'étroite surface, sans cesse balayée par le vent, était parfaitement lisse et sèche.

Aidée de Jack, Rebecca grimpa sur le mur et s'accroupit à demi. Frappée de plein fouet par les rafales, elle aurait basculé si Jack n'avait pas été là.

Elle essaya d'oublier le vent et la neige qui lui cinglaient le visage, d'oublier le précipice, et elle concentra son esprit et son regard sur le toit de l'immeuble voisin. Il fallait qu'elle saute assez loin pour atterrir au-delà du parapet de l'autre toit. Si le saut était trop court, elle retomberait sur le muret et elle perdrait l'équilibre. En ces secondes d'extrême vulnérabilité, le vent l'empoignerait et elle pourrait tomber aussi bien du côté du toit qu'en arrière, dans le vide, entre les deux bâtiments. Elle s'interdit de penser à cette éventualité et de regarder en bas.

Elle banda ses muscles, colla les bras au corps et dit :

— Prête !

Jack la lâcha et elle bondit dans la nuit de vent et de neige.

En l'air, elle sut instantanément qu'elle n'avait pas pris un élan assez puissant, qu'elle n'atteindrait pas le toit, qu'elle allait s'écraser sur le parapet, tomber à la renverse, elle sut qu'elle allait se tuer.

Mais l'inéluctable ne se produisit pas. Elle passa par-dessus le muret, atterrit sur le toit, glissa et retomba brutalement sur son séant, indemne. En se redressant, elle aperçut une vieille cage à pigeons, longue d'environ un mètre quatre-vingts. Au premier coup d'œil, elle constata que la cage était inutilisée depuis des années, en si piteux état qu'elle ne serait bientôt plus qu'un tas de ferraille.

Elle hurla à Jack qui l'observait depuis l'autre bâtiment :

— Je crois que j'ai trouvé notre pont !

Consciente que le temps pressait, elle balaya hâtivement la neige qui recouvrait le toit de la cage et s'aperçut qu'il était fait d'une simple plaque de contre-plaqué d'un mètre quatre-vingts de long et deux centimètres et demi d'épaisseur, ce qui dépassait ses espérances : ils n'auraient pas à se débrouiller avec plusieurs planches. Le contre-plaqué avait reçu de nombreuses couches de peinture qui l'avaient protégé de la pourriture et il paraissait assez solide pour pouvoir supporter les enfants et même Jack. Un côté entier était décloué, ce qui lui fut d'une grande aide. Elle empoigna le côté qui pendait et tira pour le détacher complètement. Les derniers clous sautèrent.

Elle traîna la plaque de contre-plaqué jusqu'au parapet. Si elle essayait de pousser la plaque jusqu'à Jack, le vent allait l'envelopper, et la lui arracher des mains. Il fallait attendre une accalmie. Alors, elle souleva rapidement la planche, la fit basculer par-dessus le muret et la poussa vers Jack. Quelques secondes plus tard, le vent se remit à cingler mais le pont était en place. Et, maintenu aux deux extrémités par Jack et Rebecca, il tiendrait, même sous l'assaut d'une violente bourrasque.

Penny effectua le bref trajet pour montrer l'exemple à Davey. Elle rampa sur le ventre en s'agrippant aux rebords de la planche. Rassuré, Davey la suivit aussitôt. Jack passa le dernier. Le pont n'était plus maintenu qu'à un seul bout mais Jack faisait contrepoids et, le vent étant de nouveau tombé, la plaque ne bougea pas. Il aida Rebecca à retirer la planche.

— Et maintenant? demanda-t-elle.

— Ça ne suffit pas. Il faut mettre le plus de distance possible entre eux et nous.

Toujours grâce à leur pont de fortune, ils passèrent ainsi sur le deuxième puis sur le troisième immeuble, du troisième au quatrième, et du quatrième au dernier. L'immeuble suivant était plus élevé que les autres d'une dizaine d'étages. Leur promenade sur les toits s'achevait et c'était heureux car ils avaient les bras douloureux à force de tirer la lourde plaque.

Rebecca se pencha par-dessus le parapet et regarda trois étages plus bas. La rue était vaguement éclairée par un réverbère à chaque coin du bloc d'immeubles et par les fenêtres illuminées des appartements du rez-de-chaussée. Elle ne distingua pas le moindre gobelin dans la ruelle, pas âme qui vive. Seulement la neige, des couches, des monceaux de neige, la neige en tourbillons fugaces, la neige en draps blancs doucement phosphorescents, qui évoquaient des fantômes courant dans le vent. Peut-être étaient-ils là, les gobelins, tapis quelque part dans le noir.

Un escalier de secours, en fer, descendait en zigzag jusqu'à l'impasse, à l'arrière du bâtiment. Jack ouvrit la marche, en s'arrêtant à chaque étage pour attendre Penny et Davey, prêt à tout moment à les retenir s'ils venaient à glisser sur les marches verglacées.

Rebecca quitta le toit la dernière. A chaque palier, elle

s'arrêtait pour regarder dans la rue, s'attendant, à chaque fois, à voir des bêtes étranges et menaçantes bondir dans la neige jusqu'au pied de l'escalier de fer. Mais rien.

Une fois arrivés en bas, ils prirent à droite, dans la ruelle, pour s'éloigner du bloc d'immeubles en pierre brune et s'élancèrent en courant vers la rue. Puis ils ralentirent l'allure et, en marchant, ils laissèrent la Troisième Avenue derrière eux. Ils se dirigeaient vers le centre de la ville.

Ils n'étaient pas suivis.

Rien ne surgit des porches sombres.

Pour le moment, il semblait qu'ils fussent en sécurité. Mais... ils étaient seuls, dans la cité tout entière, comme quatre survivants de la fin du monde.

Rebecca n'avait jamais vu la neige tomber aussi dru. Une tempête déchaînée, cinglante, acharnée, plus digne des sauvages étendues polaires que de New York. Le visage de Rebecca était gelé, ses yeux larmoyaient et chaque muscle de son corps se crispait douloureusement dans les efforts qu'elle déployait pour résister au vent.

Aux deux tiers du chemin qui les menait à Lexington Avenue, Davey trébucha et tomba, épuisé. Jack le souleva dans ses bras et le porta. Penny, elle aussi, paraissait à bout de forces. Bientôt, Rebecca prendrait Davey et Jack pourrait porter Penny.

Jusqu'où iraient-ils ainsi ? Et à quelle allure ? Pas loin. Et sûrement pas très vite. Il devenait urgent de trouver un moyen de transport. Ils atteignirent l'avenue et Jack laissa les enfants et Rebecca près d'une grande grille d'acier fixée au trottoir d'où s'échappaient des nuages de vapeur. C'était une bouche d'aération de tunnel, probablement du métro. Jack déposa Davey. Le gamin semblait pouvoir tenir sur ses jambes mais il était évident qu'il faudrait le porter quand ils repartiraient. Il avait une mine inquiétante ; son petit visage était tiré, pincé, très pâle avec d'énormes cernes noirs sous les yeux. Rebecca sentit son cœur se serrer en le regardant ; elle aurait tant voulu pouvoir le réconforter mais elle-même ne se sentait pas très brillante. Le froid était trop vif pour que la vapeur s'élevant de la grille suffît à la réchauffer.

— Comment ça va, mon chou ? demanda-t-elle à Penny.

— Ça va, dit la fillette, l'air hagard. C'est Davey qui m'inquiète.

Rebecca était stupéfiée par la résistance et le cran de Penny.

— Il faut trouver une voiture, dit Jack. Je ne me sentirai en sécurité que dans une voiture, à rouler, à bouger ; tant qu'on bouge, ils ne peuvent pas nous attraper.

— Et y f-f-fera chchaud dans une voi-voi-ture, dit Davey.

Mais, dans la rue, il n'y avait que des voitures garées le long du trottoir, recouvertes par les chasse-neige d'une montagne blanche.

— Même si on arrive à en trouver une, qui ne soit pas ensevelie, dit Rebecca, il y a peu de chances pour qu'on ait laissé les clés dessus ou qu'il y ait des chaînes aux pneus.

— Je ne pensais pas à ces voitures-là, dit Jack. Si on pouvait dénicher un téléphone, on appellerait le Q.G. et ils nous en enverraient une.

— C'est pas un téléphone, là-bas ? dit Penny en pointant le doigt.

— La neige est si épaisse, je ne vois pas bien. Ça pourrait être ça.

— Allons voir, dit Rebecca.

Elle n'avait pas achevé sa phrase qu'une petite main aux griffes acérées sortit de la grille, entre deux barreaux.

Davey fut le premier à l'apercevoir ; il cria, recula et s'écarta du rideau de vapeur.

Une main de gobelin.

Puis une autre, agrippée à la botte de Rebecca. Celle-ci posa le pied dessus, entrevit des yeux argentés qui brillaient dans le noir, sous la grille, et fit un bond en arrière.

Une troisième main surgit, puis une quatrième. Penny et Jack s'écartèrent à leur tour et, soudain, la grille se mit à vibrer. Elle se souleva, retomba brutalement, se souleva à nouveau, retomba, branla, rebondit. La horde, en dessous, essayait de la faire basculer. Bien qu'elle fût immense et très lourde, Rebecca était persuadée que les bêtes parviendraient à l'enlever et s'échapperaient à gros bouillons des ténèbres de la vapeur. Jack devait partager cette certitude car il attrapa Davey et s'élança en courant. Rebecca saisit la main de Penny et elles volèrent sur les talons de Jack, dans la rue battue par la tourmente. Ils couraient, oui, mais pas assez vite. Ils n'osèrent, ni les uns ni les autres, regarder en arrière.

Devant eux, de l'autre côté du carrefour, une jeep tourna en faisant crisser ses pneus sur la neige. Une jeep de la voirie municipale. Elle roulait en sens inverse du leur. Jack se précipita pour lui barrer la route avant qu'elle ne les dépasse. Rebecca et Penny le suivirent. Rien n'indiquait que le conducteur les eût aperçus. Il ne ralentit pas. Rebecca faisait des gestes désespérés de la main tout en continuant à courir; Penny se mit à hurler, imitée bientôt par Rebecca et Jack; ils hurlaient tous comme des fous, car la jeep était leur seule chance de salut.

6

Attablé dans la cuisine brillamment éclairée, Carver Hampton faisait des réussites. Il espérait que le jeu le distrairait, lui ferait oublier le mal lâché dans la nuit d'hiver, l'aiderait à surmonter le remords, la honte qui le tourmentaient parce qu'il n'avait rien tenté pour empêcher le mal de faire son chemin dans le monde. Mais les cartes étaient impuissantes à le distraire. Il tenait son regard fixé sur la fenêtre, obsédé par l'indicible présence, dehors, dans les ténèbres.

Le remords taraudait, rongeait sa conscience.

Il était un *hougan*.

Il avait des responsabilités.

Il ne pourrait jamais racheter cette faute monstrueuse.

Il serait damné.

Il essaya la télévision.

Dynastie. Un tas de gens riches, machiavéliques, la licence, le vice; Carver se demanda, comme à chaque fois qu'il lui arrivait de jeter un coup d'œil sur *Dynastie* ou sur *Dallas* ou leurs succédanés, si les vrais riches, dans la vie réelle, étaient ainsi obsédés par le sexe, la vengeance, les coups de poignard dans le dos et les jalousies mesquines; le temps et l'intelligence nécessaires pour gagner de l'argent, où les prenaient-ils? Il éteignit le poste.

Il était un *hougan*.

Il avait des responsabilités.

Il prit un livre dans la bibliothèque du living; il en lut

deux pages sans en comprendre une ligne, incapable de se concentrer. Il replaça le livre sur l'étagère.

Il était un *hougan*.

Il revint dans la cuisine, s'approcha du téléphone. Il posa la main sur le combiné, hésita.

Il jeta un coup d'œil vers la fenêtre et frissonna : la nuit immense elle-même semblait animée d'une vie démoniaque.

Il décrocha le combiné. Et resta un moment à écouter la tonalité.

Les numéros de téléphone du lieutenant Dawson, chez lui et à son bureau, étaient inscrits sur un bout de papier, à côté de l'appareil. Il composa le numéro de son domicile. Il y eut plusieurs sonneries et Hampton allait renoncer quand, à l'autre bout du fil, on décrocha. Mais personne ne répondit.

Il attendit quelques secondes puis finit par dire :

— Allô !

Pas de réponse.

— Il y a quelqu'un ?

Pas de réponse.

Il crut d'abord qu'il y avait un problème sur la ligne. Mais, alors qu'il allait raccrocher, une sensation nouvelle et effrayante l'envahit. Il sentait une présence mauvaise, au bout du fil, une entité terriblement malfaisante, dont l'énergie maléfique se transmettait le long du câble téléphonique.

Il se couvrit de sueur. Il se sentait souillé. Son cœur battait à coups précipités. Une nausée lui tordit l'estomac.

Il reposa brutalement le combiné. Il essuya ses mains moites sur son pantalon puis les lava soigneusement dans l'évier, comme si le seul fait d'avoir tenu l'appareil avait établi un contact physique avec la bête immonde.

La chose, chez Dawson, était sûrement une des entités évoquées par Lavelle pour accomplir son sale boulot. Mais que faisait-elle chez Dawson ? Qu'est-ce que cela signifiait ? Lavelle était-il assez fou pour diriger les puissances des ténèbres non plus seulement sur les Carramazza mais aussi sur la police ? S'il arrive quelque chose au lieutenant Dawson, pensa Hampton, j'en serai responsable car j'ai refusé de l'aider.

Il épongea la sueur qui inondait son visage et coulait le long de son cou avec une serviette en papier tout en réfléchissant à ce qu'il lui restait à faire.

Il n'y avait que deux hommes dans la jeep, ce qui laissait de la place pour Penny, Davey, Rebecca et Jack.

Le chauffeur était un type rougeaud, à l'air jovial, avec un nez aplati et de grandes oreilles ; il leur dit s'appeler Burt. Il examina de près la carte de police de Jack et, rassuré sur l'authenticité du document, se mit volontiers à leur disposition et les conduisit jusqu'au Q.G. où ils pourraient prendre une autre voiture.

A l'intérieur, il faisait délicieusement chaud et sec.

Jack ne respira que lorsque la jeep démarra, toutes portières verrouillées.

Mais, au moment où ils amorçaient un demi-tour dans l'avenue déserte, le compagnon de Burt, un jeune type nommé Léo, au visage semé de taches de rousseur, aperçut quelque chose qui bougeait dans la neige et qui traversait la rue dans leur direction.

— Hé, Burt, attends une minute. C'est pas un chat, là-bas ?

— Et alors ? demanda Burt.

— Il devrait pas être dehors par un temps pareil.

— Les chats font ce qu'ils veulent, dit Burt. T'es amateur de chats ; tu devrais bien savoir qu'ils sont indépendants.

— Mais il va mourir de froid, dit Léo.

La jeep achevait son demi-tour et Burt ralentit pour se rendre compte par lui-même. Jack loucha sur la forme sombre qui bondissait dans la neige ; elle se déplaçait avec une grâce féline. Là-bas, dans la tempête, derrière les voiles de neige, ils étaient peut-être nombreux à avancer dans leur direction ; peut-être même la meute cauchemardesque s'apprêtait-elle pour la curée mais il était difficile de l'affirmer. Cependant, le premier gobelin, la chose-chat qui avait attiré l'attention de Léo, était là, sans aucun doute possible, à une dizaine de mètres, et se rapprochait rapidement.

— Arrête-toi une minute, dit Léo. Je vais aller cueillir notre pauvre petit copain.

— Non ! dit Jack. Foutons le camp d'ici. Ce n'est pas un chat, bon Dieu !

Interloqué, Burt jeta un coup d'œil à Jack. Penny se mit à

hurler, répétant toujours la même chose, et Davey l'accompagna.

— Ne les laissez pas rentrer, ne les laissez pas rentrer, ne les laissez pas rentrer !

Le visage écrasé contre la vitre, Léo s'exclama :

— Bon Dieu ! Vous avez raison ! C'est pas un chat du tout.

— Magne-toi ! hurla Jack.

La chose bondit et vint s'aplatir sur la vitre de Léo. Le verre se craquela mais tint bon. Léo glapit et se précipita en arrière en bousculant Burt, qui écrasa la pédale de l'accélérateur. La voiture se mit à déraper.

L'horrible chose-chat s'accrochait à la vitre étoilée.

Penny et Davey hurlaient. Rebecca essayait de les empêcher de voir.

Le gobelin les scrutait de ses yeux de feu.

Jack pouvait presque sentir la chaleur de ce regard inhumain. Il voulut vider son revolver sur la chose, la transpercer d'une demi-douzaine de balles, bien qu'il sût qu'il ne pouvait la tuer.

La jeep cessa de déraper et, après une embardée, repartit en vibrant. Burt tenait le volant d'une main tandis que, de l'autre, il tentait de repousser Léo. Mais celui-ci ne bougeait pas d'un pouce, peu désireux de se rapprocher de la vitre cassée à laquelle était collée la chose-chat.

Le gobelin lécha le verre de sa langue noire.

La voiture pencha sur le côté et recommença à déraper.

— Merde ! Tiens bon !

— Je ne peux pas conduire avec lui sur les genoux ! dit Burt.

Il fila à Léo un grand coup dans les côtes qui se révéla plus efficace que les cris et les poussées ; Léo se déplaça légèrement.

La chose-chat grimaçait et leur montrait une double rangée de dents aiguës, pointues, luisantes. Burt parvint à redresser la jeep juste avant qu'elle n'aille heurter un poteau. Puis il accéléra de nouveau.

Le moteur gémit.

La neige s'envolait autour d'eux.

Léo émettait d'étranges gargouillis, les enfants pleuraient,

Burt appuyait sur l'avertisseur comme s'il espérait que le vacarme allait effrayer et chasser la chose.

Rebecca regarda Jack qui se demanda s'il avait l'air aussi désespéré qu'elle.

Le gobelin, enfin, lâcha prise, dégringola et roula dans la rue enneigée.

— Merci, mon Dieu! dit Léo en se rabattant dans son coin.

Jack se retourna vers la vitre arrière. D'autres bêtes nocturnes surgissaient des tourbillons blancs de la tempête. Elles bondissaient derrière la jeep sans toutefois la rattraper. Bientôt, elles se raréfièrent puis disparurent.

Mais elles étaient toujours là, dehors.

Quelque part.

Partout.

8

Le hangar.

L'air brûlant, sec.

La pestilence de l'Enfer.

La lumière orangée s'intensifia encore, imperceptiblement; la chaleur monta à nouveau; la rumeur qui s'échappait de la fosse augmenta, hargneuse.

De nouveau, autour du trou, la terre s'effrita d'elle-même, tomba et disparut dans la lumière aux pulsations orangées, agrandissant le diamètre de cinq centimètres.

Le trou s'était encore élargi.

TROISIÈME PARTIE

Mercredi 23 h 20 — jeudi 2 h 30

*Vous savez, Tolstoï, comme moi-même, n'était pas supersti-
tieux : il ne croyait ni en la science ni en la médecine.*

George Bernard SHAW

C'est être superstitieux que fuir la superstition.

Francis BACON

CHAPITRE SEPT

1

Au Q.G., l'éclairage du garage souterrain n'était pas suffisant pour dissiper les ombres tapies dans les coins, étalées sur les murs comme une sombre moisissure, stagnant entre les roues des voitures et autres véhicules; elles s'accrochaient au plafond et observaient ce qui se passait sous elles.

Cette nuit, Jack avait peur du garage. Cette nuit, les ombres omniprésentes lui semblaient vivantes. Pire — il les imaginait qui rampaient et se rapprochaient furtivement, sournoisement. Rebecca et les gosses ressentaient la même chose, à l'évidence. Ils restaient groupés et jetaient autour d'eux des regards inquiets, angoissés.

Tout va bien, se disait Jack. Les gobelins ne peuvent pas savoir où nous sommes. Pour le moment, ils ont abandonné la poursuite. Pour le moment, du moins, nous sommes sains et saufs.

Mais il ne se *sentait* pas en sécurité.

Le vigile, un certain Ernie Tewkes, avait des cheveux noirs et épais, soigneusement peignés en arrière, et il arborait une fine moustache qui ornait de façon incongrue sa lèvre charnue.

— Mais vous aviez chacun une voiture, dit-il en tapotant sur son registre.

— Eh bien, on en a encore besoin de deux autres, dit Jack.

— C'est contre le règlement et je...

— On se fout du règlement, dit Rebecca. Donnez-nous les voitures. Immédiatement.

— Où sont les deux autres ? demanda Ernie. Vous ne les avez pas bousillées toutes les deux, hein ?

— Bien sûr que non, dit Jack. Elles sont bloquées.

— Ennuis de moteur ?

— Non, bloquées par les congères, mentit Jack.

Ils avaient renoncé à aller chercher celle de Rebecca garée près de chez elle et à retourner à l'immeuble des Jamison, persuadés que les choses démoniaques les y attendaient.

— Des congères ? dit Ernie. C'est tout ? On va envoyer une dépanneuse et les sortir de là. Vous pourrez les reprendre.

— On n'a pas le temps, dit Jack avec impatience, jetant des regards vers les recoins sombres du garage. On a besoin de deux voitures immédiatement.

— Le règlement dit...

— Ecoutez, dit Rebecca, il n'y a pas de voitures allouées à la force d'intervention pour Carramazza ?

— Si, dit Ernie, mais...

— Il en reste dans le garage ?

— Eh bien, pour le moment, personne ne s'en sert, admit-il. Mais peut-être...

— Qui est chargé de la force d'intervention ? demanda Rebecca.

— Eh bien... vous. Vous deux.

— C'est un cas d'urgence se rapportant à l'affaire Carramazza et on a besoin de ces voitures.

— Mais vous avez déjà eu des voitures et le règlement dit que vous devez faire un rapport d'accident ou de perte avant de...

— Oubliez ces conneries administratives, dit Rebecca furieuse. Donnez-nous ces bagnoles immédiatement, à la minute, ou je vous jure que je vous arrache votre petite moustache ridicule et je vous prends les clés sur le tableau.

Ernie la regarda les yeux ronds, abasourdi à la fois par la menace et le ton véhément sur lequel elle avait été proférée.

Cette fois-ci, Jack n'était pas fâché de voir Rebecca se

glisser à nouveau dans sa peau d'amazone implacable et de dure à cuire.

— Grouille-toi ! dit-elle en faisant un pas vers Ernie.

Ernie se grouilla.

Tandis qu'ils attendaient la première voiture, Penny scrutait méthodiquement tous les endroits obscurs. Elle voyait sans cesse des choses bouger dans le noir : les ombres se glissaient et se confondaient. Ça ondulait entre deux voitures de police, ça vibrait derrière une camionnette de police secours. Une forme malfaisante se déplaçait dans la poche de ténèbres dans le coin, là-bas ; une tache sombre, avide, guettait, dissimulée sous de vagues et banals contours, dans l'autre coin ; un mouvement sous l'escalier, un autre près de l'ascenseur, un autre encore, furtif, au plafond et...

Arrête !

Imagination, se dit-elle. Si l'endroit grouillait de gobelins, ils nous auraient déjà attaqués.

Le type du garage revint dans une Chevrolet bleue banalisée mais surmontée d'une grande antenne, à cause de la radio. Puis il se dépêcha d'aller chercher la seconde.

Jack et Rebecca vérifièrent que des gobelins ne se cachaient pas sous les sièges. Penny ne voulait pas se séparer de son père, même en sachant que cela faisait partie du plan ; même après avoir entendu toutes les bonnes raisons qui rendaient la séparation nécessaire ; même si le moment était venu de se quitter. Davey et elle iraient avec Rebecca et passeraient la nuit à rouler le long des artères principales sillonnées par les chasse-neige, pour ne pas risquer de se trouver bloqués ; car ils devenaient vulnérables dès lors qu'ils restaient trop longtemps au même endroit. C'est seulement en roulant qu'ils seraient en sécurité : les gobelins n'auraient ainsi aucune possibilité de les coincer. Pendant ce temps, papa se rendrait à Harlem, chez un certain Carver Hampton, qui pourrait peut-être l'aider dans sa recherche de Lavelle. Alors, il irait trouver ce sorcier. Papa ne courait pas vraiment de danger. Il disait que, pour une raison encore obscure, la magie de Lavelle n'agissait pas sur lui. Il disait que passer les menottes à Lavelle, ce ne serait pas plus difficile et dangereux que d'attraper un quelconque criminel. Et il avait bien l'intention de le faire.

Penny voulait croire que son père ne se trompait pas. Mais, au fond d'elle-même, elle était persuadée qu'elle ne le reverrait jamais. Néanmoins, elle ne pleura pas trop, elle ne s'accrocha pas trop à lui et elle monta dans la voiture avec Rebecca et Davey.

Alors qu'ils sortaient du garage, elle se retourna. Papa leur fait signe de la main. Puis voilà la rue. On tourne à droite. Il a disparu.

Pour Penny, à cette minute, c'était comme s'il était déjà mort.

2

Peu de temps après minuit ; à Harlem, Jack se gara près de *Rada*. Il savait que Hampton vivait au-dessus de la boutique, aussi fit-il le tour de l'immeuble à la recherche d'une entrée privée. Il finit par découvrir une porte avec un numéro.

Beaucoup de lumière au premier étage. Toutes les fenêtres étaient illuminées. Tournant le dos au vent furieux, Jack appuya sur la sonnette qui retentit faiblement. Il y maintint son pouce avec tant de force qu'il se fit mal. Même à travers la porte, la sonnerie devint rapidement énervante. A l'intérieur, elle devait être dix fois plus stridente. Si, après avoir regardé par le judas, Hampton avait décidé de ne pas ouvrir, il avait sûrement une satanée paire de tympans. La sonnerie lui flanquerait un bon mal de tête. Dans dix minutes, ce serait comme un marteau-piqueur dans ses oreilles. Si ça ne marchait pas, alors Jack était décidé à mettre le paquet. Il trouverait ici ou là des briques ou des bouteilles vides ou d'autres débris lourds qu'il lancerait dans les fenêtres de Hampton.

A sa grande surprise, il ne s'écoula pas plus de trente secondes avant que la porte ne s'ouvrît et Carver Hampton apparut, plus grand et plus impressionnant encore que dans le souvenir de Jack ; il n'avait pas l'air renfrogné auquel Jack s'attendait. Il souriait ; il n'avait pas non plus l'air furieux mais enchanté, au contraire.

Avant que Jack ait pu ouvrir la bouche, Hampton déclara :

— Vous n'avez rien ! Dieu soit loué ! Merci, mon Dieu ! Entrez. Vous ne pouvez pas savoir comme je suis content de vous voir. Entrez, entrez.

La porte s'ouvrait sur un petit vestibule et quelques marches. Jack entra et Hampton referma sans cesser de parler.

— Mon Dieu ! J'étais mort d'inquiétude, mon vieux. Ça va ? Vous n'avez rien ? Pour l'amour de Dieu, dites-moi que vous allez bien, je vous en prie.

— Ça va, dit Jack. Mais c'était moins une. J'ai tant de questions à vous poser, tant...

— Venez, montons, dit Hampton en lui montrant le chemin. Vous allez me raconter ce qui s'est passé, tout ce qui s'est passé, en détail. Ça a été une nuit mouvementée, capitale, je le sais, je le sens.

Jack retira ses bottes couvertes de neige et suivit Hampton dans l'escalier étroit.

— Je vous préviens, je suis venu vous demander de m'aider et, bon Dieu ! vous allez m'aider, que vous le vouliez ou non !

— Avec joie, dit Hampton — et la surprise de Jack ne fit que croître. Je ferai tout ce que je peux. Tout.

Ils pénétrèrent dans un living confortablement meublé, avec des étagères chargées de livres qui couraient le long d'un mur, une tapisserie et un beau tapis d'Orient dans les tons beige et bleu. Quatre lampes en verre soufflé frappaient par la beauté de leurs coloris : bleu, vert, jaune et deux autres lampes plus fonctionnelles à côté de chacun des deux grands fauteuils. Toutes étaient allumées.

Et, pourtant, des bougies brûlaient. Au moins une cinquantaine. Hampton remarqua l'étonnement de Jack.

— Cette nuit, il y a deux sortes de ténèbres dans la ville, lieutenant. Les premières, ce sont les ténèbres qui correspondent simplement à l'absence de lumière. Et puis il y a ces ténèbres qui sont la présence physique — la matérialisation véritable — de Satan. Ces ténèbres maléfiques se nourrissent des ténèbres ordinaires, se revêtent de leur manteau qu'elles ont l'intelligence d'utiliser comme déguisement. *Mais c'est dehors !* Et c'est pour cela que, cette nuit, je ne veux pas d'obscurité près de moi, si je peux l'éviter, car on n'est jamais sûr qu'une ombre innocente ne va pas se transformer.

Au début de cette enquête, Jack n'aurait pas pris les paroles de Carver Hampton au sérieux, malgré son excessive ouverture d'esprit. Au mieux, il aurait jugé l'homme original ; au pire, un peu fou. Mais, à présent, il ne douta pas un seul instant de la sincérité ni de l'exactitude des déclarations du *hougan*. Jack ne craignait pas, comme Hampton, que les ombres ne se jettent sur lui et l'étreignent de leurs mains immatérielles et cependant mortelles ; mais, après ce qu'il avait vu cette nuit, il ne pouvait nier tout à fait que ce fût possible. En tout cas, il préférait, lui aussi, la pleine lumière.

— Vous avez l'air gelé, dit Hampton. Donnez-moi votre manteau. Je vais le mettre à sécher sur le radiateur. Vos gants aussi. Maintenant, asseyez-vous. Je vous apporte un peu de cognac.

— Je n'ai pas le temps de boire du cognac, dit Jack sans se déshabiller. Il faut que je trouve Lavelle. Je...

— Pour trouver Lavelle et pour le neutraliser, il faut vous préparer convenablement. Ça va prendre du temps. Seul un idiot se précipiterait tête baissée en plein orage, sans trop savoir où aller ni que faire. Et vous n'êtes pas un idiot, lieutenant. Alors, donnez-moi votre manteau. Je peux vous aider mais pas en deux minutes.

Jack soupira, se débarrassa de son épais pardessus et le tendit au *hougan*.

Quelques minutes plus tard, Jack était installé dans un fauteuil, réchauffant un verre de Rémy Martin dans ses mains. Il avait retiré ses chaussures et ses chaussettes et les avait placées à côté du radiateur. Hampton alluma les brûleurs du poêle à gaz dans la cheminée et les flammes s'élancèrent. Hampton tourna le bouton au maximum.

— Pas tant pour la chaleur que pour éclairer le conduit de cheminée, dit-il.

Puis il s'assit dans l'autre fauteuil, en face de Jack, devant une petite table sur laquelle étaient posés deux objets en cristal Lalique. Une coupe à anses en forme de lézard et un grand vase dépoli au col gracieux.

— Pour savoir comment procéder, j'ai besoin que vous me racontiez tout ce que...

— D'abord, j'ai quelques questions à vous poser, dit Jack.

— Très bien.

— Pourquoi avez-vous refusé de m'aider, tout à l'heure ?

— Je vous l'ai dit. J'avais peur.

— Et vous n'avez plus peur, maintenant ?

— Plus que jamais.

— Alors, pourquoi désirez-vous m'aider, maintenant ?

— Le remords. J'ai eu honte.

— Il y a autre chose.

— Eh bien, oui. Voyez-vous, en tant que *hougan*, j'ai l'habitude de demander aux esprits *Rada* d'accomplir des prouesses, d'exaucer les vœux de mes clients ou de ceux que je désire aider. Et, naturellement, ce sont les esprits qui font agir mes potions magiques. En retour, il est de mon devoir de résister au mal, de lutter contre les agents *Congo* et *Pétro* à chaque fois que je les rencontre. Au lieu de ça, j'ai essayé de fuir mes responsabilités.

— Si vous aviez persisté dans votre refus de m'aider... ces esprits bienveillants *Rada* auraient-ils continué à accéder à vos demandes ? Ou vous auraient-ils abandonné et retiré votre pouvoir ?

— Probablement pas.

— Mais c'est possible ?

— Peu probable mais possible.

— Alors, d'une certaine façon, vous avez aussi intérêt à m'aider. Bien. J'aime mieux ça. Je me sens plus à l'aise ainsi.

Hampton baissa les yeux, fixa un moment son ballon de cognac, regarda Jack à nouveau.

— Il y a une autre raison. Les enjeux sont plus importants que je ne le croyais cet après-midi quand je vous ai mis dehors. Voyez-vous, pour anéantir les Carramazza, Lavelle a ouvert les Portes de l'Enfer ; il a fait sortir une armée d'entités démoniaques pour leur faire accomplir ses meurtres. C'est d'un orgueil fou, dément, terrible, stupide, même s'il est peut-être le plus puissant *boko* du monde. Il aurait pu évoquer un démon, l'envoyer aux Carramazza ; alors, il n'aurait pas eu besoin d'ouvrir les Portes, pas besoin de donner un corps matériel à ces immondes créatures. Folie ! Maintenant, les Portes sont entrouvertes. Lavelle les contrôle encore, pour le moment. Je sens d'ailleurs que c'est davantage grâce à mon pouvoir. Mais Lavelle est fou et, dans un accès de démence, il peut décider d'ouvrir les Portes toutes grandes pour s'amuser. Ou bien il se peut qu'il se fatigue et s'affaiblisse ; s'il s'affaiblit trop, et malgré lui, les Portes vont céder. Alors, une immense multitude de bêtes monstrueuses sortiront pour massacrer l'innocent, le doux, le bon et le juste. Seul le vice sera épargné et la Terre deviendra leur royaume, l'Enfer.

3

Rebecca remonta l'Avenue des Amériques jusqu'à Central Park puis opéra un demi-tour peu orthodoxe au carrefour désert et redescendit en sens inverse sans avoir à s'inquiéter de la circulation. Quelques véhicules — des chasse-neige, une ambulance et même deux ou trois taxis-radio — mais dans l'ensemble, il n'y avait rien d'autre, dans les rues, que la neige. Il était tombé une quarantaine de centimètres et ce n'était pas fini. L'épuisement de Davey avait eu raison de sa peur. Il dormait à poings fermés sur le siège arrière.

Penny, elle, ne dormait pas mais ses yeux étaient rouges et larmoyants. Elle luttait désespérément contre le sommeil parce qu'elle avait un besoin irrépressible de parler, comme si parler pouvait maintenir les gobelins à distance. Elle semblait vouloir aussi aborder une question importante sans cependant pouvoir s'y résoudre.

Rebecca n'était pas sûre de deviner ce qui la tracassait mais quand, enfin, la fillette se décida, Rebecca fut surprise par sa perspicacité.

— Vous aimez bien mon père ?

— Bien sûr, dit Rebecca. Nous sommes collègues.

— Je veux dire, est-ce que vous l'aimez plus qu'un collègue ?

— Nous sommes amis. Je l'aime beaucoup.

— Plus qu'un ami ?

Rebecca croisa le regard de Penny.

— Pourquoi cette question ?

— Je me demandais, dit Penny.

Ne sachant que répondre, Rebecca détourna le regard vers la rue.

— Eh bien, vous êtes plus que des amis ?

— Cela t'embêterait ?

— Mince alors, non !

— Vraiment ?

— Vous voulez dire que, peut-être, ça pourrait m'embêter parce que je penserais que vous voulez prendre la place de ma mère ?

— Eh bien, parfois, c'est un problème.

— Pas pour moi. J'aimais ma maman et je ne l'oublierai jamais mais je sais qu'elle aurait voulu que Davey et moi, on soit heureux et s'il y a une chose qui nous rendrait vraiment heureux, ce serait d'avoir une autre maman avant qu'on soit trop vieux pour en profiter.

Rebecca faillit éclater de rire, enchantée par la manière délicieuse, innocente et pourtant curieusement subtile dont la fillette s'exprimait. Mais elle se mordit la langue et conserva un visage impassible, craignant que son rire ne fût mal interprété. Penny était si sérieuse.

— Je crois que ce serait formidable... vous et papa. Il a besoin de quelqu'un. Vous savez... quelqu'un... à aimer.

— Il vous aime, Davey et toi, beaucoup. Je n'ai jamais connu un père qui aime autant ses enfants. Qui les chérisse autant.

— Oh, je sais bien. Mais il a besoin de quelqu'un d'autre. (La fillette marqua une pause, plongée dans ses pensées. Puis :) Voyez-vous, il y a trois sortes de gens. D'abord, il y a ceux qui donnent, des gens qui ne font que donner, donner et n'attendent jamais rien en retour. Ils ne sont pas nombreux. C'est le genre de personnes qui finissent par devenir des saints, cent ans après leur mort. Et puis, il y a ceux qui donnent-et-qui-prennent comme la plupart des gens ; j'en fais partie, je crois. Et, à l'autre bout, vous avez ceux qui prennent, qui ne font que prendre, prendre sans jamais rien donner à personne. Maintenant, je ne dis pas que papa est complètement un donneur. Je sais qu'il n'est pas un saint. Mais il n'est pas non plus exactement un donneur-preneur. Il est entre les deux. Il donne beaucoup plus qu'il ne prend. Et vous savez, il a plus de plaisir à donner qu'à recevoir. Il a besoin de quelqu'un à aimer, en plus de Davey et de moi... parce qu'il a en lui beaucoup d'amour à donner. (Elle soupira et hocha la tête, apparemment insatisfaite.) Est-ce que vous avez compris ce que je voulais dire ?

— Tout à fait, dit Rebecca. Je vois exactement ce que tu veux dire mais je suis stupéfaite d'entendre une petite fille de onze ans parler comme ça.

— Presque douze.

— Tu es très mûre pour ton âge.

— Merci, dit Penny avec gravité.

Devant elles, dans une rue transversale, une rafale de vent souleva une telle masse de neige qu'il semblait que l'Avenue des Amériques s'arrêtait là, devant un mur blanc. Rebecca ralentit, alluma les pleins phares et traversa le mur.

— J'aime ton père, dit-elle à Penny, en se rendant compte qu'elle n'avait pas encore prononcé ces mots devant Jack.

Ils lui étaient venus plus facilement qu'elle n'aurait cru.

— Je l'aime et il m'aime.

— C'est fabuleux, dit Penny, souriant jusqu'aux oreilles.

— C'est plutôt fabuleux, hein ? dit Rebecca en souriant aussi.

— Vous allez vous marier ?

— J'ai dans l'idée que oui.

— Doublement fabuleux.

— Triplement.

— Après votre mariage, je vous appellerai maman, au lieu de Rebecca... si ça vous va.

Rebecca fut surprise par les larmes qui lui montèrent brusquement aux yeux et elle sentit sa gorge se serrer.

— J'aimerais bien.

Penny poussa un soupir et s'enfonça dans son siège.

— J'étais inquiète pour papa. J'avais peur que ce sorcier le tue. Mais, maintenant que je sais, pour lui et pour vous... eh bien, il a encore une raison de plus pour vivre. Je crois que ça va l'aider. Je crois que c'est vraiment important qu'il ne rentre pas à la maison seulement pour nous mais aussi pour vous. J'ai encore peur pour lui mais pas autant qu'avant.

Un moment plus tard, Penny s'endormait.

Rebecca roulait dans les tourbillons de neige.

— Rentre à la maison, Jack. Bon Dieu, tu ferais mieux de rentrer, dit-elle doucement.

4

Jack raconta tout à Carver Hampton, depuis le coup de téléphone de Lavelle, dans la rue, jusqu'à leur sauvetage par Burt et Léo, le trajet jusqu'au garage et la décision de se séparer et de rouler sans cesse pour protéger les gosses. Hampton était visiblement secoué et bouleversé. Il demeura parfaitement immobile pendant le récit, sans même toucher à son cognac. Puis, quand Jack eut terminé, Carver Hampton battit des paupières, frissonna et vida d'un seul coup son ballon de Rémy Martin.

— Alors, voyez-vous, dit Jack, quand vous me dites que ces choses sortent de l'Enfer, il y a peut-être des gens qui se moqueraient de vous mais pas moi. Je n'ai aucun mal à vous croire. Même si je ne suis pas sûr de la façon dont elles sont sorties.

Après cette longue immobilité, Hampton éprouva le besoin soudain de bouger. Il se leva et se mit à arpenter la pièce.

— Je connais un peu le rituel qu'il a employé. Seul un maître, un *boko* de premier ordre peut faire ça. Les Anciens n'auraient pas répondu, s'il avait été moins puissant. Pour faire ça, le *boko* doit d'abord creuser un trou dans la terre, comme un cratère de météorite, d'un mètre environ de profondeur. Le *boko* récite alors certaines incantations... utilise certaines herbes... Et il verse trois sortes de sang dans le trou : du sang de chat, de rat et du sang humain. Puis il termine par une très longue incantation. Et le fond du trou se transforme miraculeusement, d'une façon... impossible à expliquer, à comprendre ; le trou s'approfondit tout seul d'encore un mètre. Il est relié aux Portes de l'Enfer et devient une sorte de passage entre ce monde et le monde d'en bas. La chaleur monte, et aussi la puanteur de l'Enfer et, au fond, on dirait du métal en fusion. Quand le *boko* a enfin évoqué les entités de son choix, celles-ci franchissent les Portes et montent par le trou. Durant l'ascension, elles acquièrent un corps physique, comme des golems faits avec la terre dont ils surgissent ; des corps d'argile mais qui n'en sont pas moins souples, animés, *vivants*. D'après votre description des bêtes que vous avez vues cette nuit, je dirais qu'elles sont les incarnations de démons mineurs, mortels condamnés à l'Enfer et qui en sont les derniers des habitants. Les démons importants et les anciens esprits mauvais seraient beaucoup plus grands, plus méchants, plus puissants et infiniment plus hideux.

— Ces satanés trucs étaient déjà bien assez hideux comme ça ! assura Jack.

— Mais, à ce qu'il paraît, il y a des Anciens dont l'apparence physique est si répugnante qu'il suffit de les regarder pour mourir instantanément, dit Hampton sans interrompre ses allées et venues.

Jack avala une gorgée de cognac. Il en avait grand besoin.

— Bien plus, poursuivit Hampton, la petite taille de ces bêtes semblerait confirmer ma supposition que les Portes ne sont qu'entrouvertes. Les démons principaux et les esprits des ténèbres ne peuvent pas encore s'y glisser.

— Dieu merci !

— Oui, approuva Hampton. Merci à tous les bons esprits.

5

Penny et Davey dormaient toujours. Et Rebecca se sentait encore plus seule dans la nuit, sans leur compagnie.

Les essuie-glaces balayaient la neige sur le pare-brise.

Le vent soufflait avec une férocité telle qu'il faisait tanguer la voiture et Rebecca devait agripper le volant avec fermeté.

Soudain, un bruit sous la voiture. *Toc, toc.* Ça cognait contre le châssis : Rebecca sursauta mais les enfants ne se réveillèrent pas.

Et, de nouveau : *toc, toc.* Elle regarda dans le rétroviseur pour s'assurer qu'elle n'était pas passée sur quelque chose. Mais la lunette arrière était presque entièrement voilée de givre et les pneus faisaient jaillir tant de neige qu'il était impossible de distinguer quoi que ce fût.

Brusquement nerveuse, elle passa en revue le tableau de bord éclairé. Mais, apparemment, tout allait bien. L'huile, l'essence, l'alternateur, la batterie ; pas de signal lumineux, les aiguilles étaient stables. La voiture continuait à ronronner dans la tempête. Ce bruit déconcertant n'était donc pas dû à un ennui mécanique.

Elle doubla un pâté de maisons sans que le bruit se fût répété. Puis un autre. Elle se détendit un peu.

Ça va, ça va, se dit-elle. Pas idée d'être aussi nerveuse. Garde ton calme. C'est tout ce qu'on te demande. Il ne se passe rien et il ne va rien se passer. Je vais bien. Les enfants vont bien. La voiture va bien.

Toc, toc, toc.

6

Les lampes en verre soufflé luisaient doucement, la flamme des bougies vacillait et l'obscurité insolite de la nuit se pressait contre les fenêtres.

— Pourquoi ces bêtes ne m'ont-elles pas mordu ? Pourquoi la sorcellerie de Lavelle n'a-t-elle pas d'effet sur moi ?

— Il ne peut y avoir qu'une seule réponse, dit Hampton. Un *boko*, quelle que soit sa puissance, n'a pas le pouvoir de nuire à un juste. Les justes sont bien armés.

— Que voulez-vous dire ?

— Seulement ce que j'ai dit. Vous êtes un juste, un homme vertueux. Vous êtes un homme dont l'âme n'est souillée que par les péchés les plus véniels.

— Vous me faites marcher ou quoi ?

— Non. Grâce à la vie que vous menez, vous avez mérité d'être immunisé contre les sorts, les maléfices, les envoûtements des sorciers comme Lavelle. Il ne peut pas vous atteindre.

— C'est complètement ridicule, dit Jack, qui se sentait plutôt mal à l'aise dans la peau d'un juste.

— Sinon Lavelle vous aurait déjà assassiné.

— Je ne suis pas un ange.

— Je n'ai pas dit que vous étiez un ange. Pas un saint, non plus. Un juste, simplement. Ce n'est déjà pas si mal.

— C'est absurde. Je ne suis pas un juste ou...

— Si vous pensiez de vous-même que vous êtes un juste, ce serait un péché, un péché d'orgueil. La suffisance, la conviction inébranlable de votre supériorité morale, l'auto-satisfaction qui vous aveugleraient sur vos fautes, aucun de ces défauts ne peut se rapporter à vous.

— Vous commencez à me gêner, dit Jack.

— Vous voyez ? Vous ne pouvez même pas vous reprocher d'être trop orgueilleux.

Jack brandit son verre de cognac.

— Et ça ? Je bois.

— Vous buvez beaucoup ?

— Non. Mais je jure et je sacre. Et plus souvent qu'à mon tour. Je prononce en vain le nom du Seigneur.

— C'est un péché très véniel.

— Je ne vais pas à l'église.

— Ça n'a rien à voir avec la vertu. La seule chose qui compte vraiment, c'est la façon dont vous vous comportez envers votre prochain. Ecoutez, tenons-nous-en aux faits, pour être tout à fait sûr que c'est bien la raison pour laquelle Lavelle ne peut vous atteindre. Avez-vous déjà volé ?

— Non.

— Avez-vous déjà escroqué quelqu'un dans une transaction financière ?

— Je préserve toujours mes intérêts, je suis plutôt agressif là-dessus, mais je ne crois pas avoir jamais escroqué qui que ce soit.

— Dans votre métier, avez-vous accepté un pot-de-vin ?

— Non. On ne peut pas être un bon flic si on met le doigt là-dedans.

— Colportez-vous des ragots, des calomnies ?

— Non. Mais c'est du nanan, tout ça. (Il se renversa dans son fauteuil et planta son regard dans celui de Hampton.) Et que dites-vous du meurtre ? J'ai tué deux hommes. Je peux avoir tué deux hommes et être quand même un juste ? Je ne crois pas. Votre théorie en prend un coup, pas vrai ?

Pendant quelques instants, Hampton parut abasourdi. Puis il cligna des yeux.

— Oh ! Je vois. Vous voulez dire que vous avez tué en faisant votre devoir.

— Le devoir, c'est une piètre excuse. Un meurtre est un meurtre. Vrai ou pas ?

— De quels crimes ces hommes étaient-ils coupables ?

— Le premier était lui-même un assassin. Il avait cambriolé des magasins d'alcools en tuant l'employé à chaque fois. Le second était un violeur. Vingt-deux viols en six mois.

— Quand vous avez tué ces hommes, c'était nécessaire ? Vous auriez pu les arrêter sans vous servir de votre arme ?

— Dans les deux cas, ce sont eux qui ont tiré les premiers.

Hampton sourit et les traits durs de son visage buriné s'adoucirent.

— La légitime défense n'est pas un péché, lieutenant.

— Ah ouais ? Alors pourquoi me suis-je senti si sale après avoir appuyé sur la détente ? Les deux fois. Je me suis senti souillé. Malade. De temps en temps, je fais encore des cauchemars sur ces deux types, et les corps pulvérisés par les balles de mon propre revolver...

— Seul un juste, un homme très vertueux peut éprouver du remords d'avoir éliminé deux animaux vicieux comme les hommes que vous avez tués.

Jack secoua la tête. Il se tortilla dans son fauteuil, mal à l'aise devant cette nouvelle idée qu'il avait de lui-même.

— Je me suis toujours considéré comme un homme du commun. Ni pire ni meilleur que la plupart des gens. J'imagine que je suis tout à fait capable de succomber à une tentation, que je suis à peu près aussi corrompu que le voisin. Et malgré tout ce que vous avez dit, je me vois encore comme ça.

— Vous vous verrez toujours comme ça, dit Hampton. L'humilité, ça fait partie des qualités du juste. Mais, pour affronter Lavelle, vous n'avez pas à croire que vous êtes un juste, il suffit que vous en soyez un.

— La fornication, dit Jack en désespoir de cause. Ça, c'est un péché.

— La fornication n'est un péché que lorsque c'est une obsession, un adultère ou un viol. L'obsession est un péché parce qu'elle enfreint le précepte « la modération en toutes choses ». Vous êtes obsédé par le sexe ?

— J'aime beaucoup ça.

— Obsédé ?

— Non.

— L'adultère est un péché parce que c'est une violation de serment, une trahison, un sévice conscient, dit Hampton. Du vivant de votre femme, l'avez-vous jamais trompée ?

— Bien sûr que non. J'aimais Linda.

— Avant votre mariage ou après la mort de votre femme, avez-vous jamais couché avec une femme mariée ? Non ? Alors, vous n'êtes coupable d'aucune forme d'adultère et je sais que vous seriez incapable de commettre un viol.

— Je ne peux tout simplement pas me faire à ce truc de vertu, cette idée que je suis un élu ou un machin comme ça. Ça me donne la nausée. Ecoutez, je n'ai pas trompé Linda mais, quand nous étions mariés, j'ai regardé d'autres femmes qui me tournaient autour et j'ai fantasmé, je les ai désirées, même si je n'ai rien fait. Mes pensées étaient impures.

— Le péché ne réside pas dans la pensée mais dans l'acte.

— Je n'ai pas le caractère d'un saint, dit Jack sur un ton buté.

— Je vous l'ai déjà dit, pour trouver Lavelle et le neutraliser, vous n'avez pas besoin de croire, il vous suffit d'être.

7

Rebecca tendait l'oreille aux bruits de la voiture avec une épouvante grandissante. Maintenant, d'autres bruits se faisaient entendre sous le châssis, pas seulement les coups insolites mais des cliquetis, des sons fêlés, des grattements. Sourds. Mais inquiétants.

Elle retint sa respiration, s'attendant à tout moment à ce que le moteur rendît l'âme.

Les bruits cessèrent. Rien d'autre, pendant quelques centaines de mètres, que les gémissements et les sifflements du vent. Mais, cette fois, elle ne se détendit pas. Elle savait que quelque chose n'allait pas et elle était persuadée que ça allait recommencer de plus belle. En fait, le silence, l'attente étaient presque pires que les bruits eux-mêmes.

8

Toujours lié psychiquement aux créatures sanguinaires qu'il avait fait surgir de la fosse, Lavelle martelait le matelas de ses pieds et griffait dans le noir. Il ruisselait de sueur ; les draps étaient trempés mais il ne s'en rendait pas compte.

Le moment était presque venu. Ce n'était plus qu'une question de minutes. Une brève attente. Et puis le massacre.

9

Jack acheva son cognac, posa son verre sur la table.

— Il y a un hic dans votre explication, dit-il.

— Et lequel ? demanda Hampton.

— Si Lavelle ne peut pas me nuire parce que je suis un juste, pourquoi alors peut-il nuire à mes gosses ? Ils ne sont pas pervertis, bon Dieu ! Ce ne sont pas des petits monstres. Ils sont même tout ce qu'il y a de bien.

— Pour les esprits, les enfants ne sont pas des justes ; ils sont seulement innocents. On ne naît pas vertueux ; c'est un état de grâce qu'on acquiert après des années de vie vertueuse. On devient un juste en choisissant en toute conscience le bien ou le mal dans les multiples situations de notre vie quotidienne.

— Vous voulez dire que Dieu ou les bons esprits — si vous préférez — protègent le juste mais pas l'innocent ?

— Oui.

— Les enfants innocents sont à la merci de ce monstre de Lavelle et pas moi ? C'est révoltant, injuste, totalement injuste.

— Vous avez un sens trop aigu de la justice, à la fois réelle et imaginaire. C'est pour ça que vous êtes un juste.

Cette fois, c'était Jack qui avait besoin de remuer. Alors que Hampton se laissait tomber avec satisfaction dans son fauteuil, Jack bondit sur ses pieds nus et prit la relève de son hôte.

— Discuter avec vous, c'est sacrément frustrant !

— C'est mon domaine, pas le vôtre. Je suis un théologien, pas sanctionné par un diplôme universitaire mais pas un simple amateur non plus. Mes parents étaient catholiques romains. Quand je cherchais la foi, j'ai étudié toutes les religions, les principales et les obscures, avant d'être convaincu par la vérité et l'efficacité du vaudou. C'est la seule confession qui ait toujours assimilé les autres ; en fait, le vaudou absorbe et utilise des éléments de toutes les religions qu'il rencontre. C'est une synthèse des nombreuses doctrines qui s'opposent, du christianisme et du judaïsme au paganisme et au panthéisme. Je suis un homme de religion, lieutenant, aussi est-ce normal que je vous fasse perdre les pédales dans cette discussion.

— Mais, et Rebecca, ma collègue ? Elle a été mordue par une de ces bêtes ; elle n'est ni corrompue ni pervertie, grand Dieu !

— Il y a des degrés dans le bien, dans la pureté. On peut être bon et ne pas être vraiment juste pour autant, tout comme on peut être juste et ne pas être saint. Je n'ai vu miss Chandler qu'une fois, hier. Mais, d'après ce que j'ai constaté, elle garde une certaine distance vis-à-vis des gens, ce qui, dans une certaine mesure, l'éloigne de la vie.

— Elle a subi des traumatismes dans son enfance. Pendant longtemps, elle a craint d'aimer, elle a fui toute forme d'attachement profond.

— Là, vous voyez bien, dit Hampton. On ne peut pas mériter les faveurs des esprits *Rada*, être immunisé contre les puissances des ténèbres si on s'écarte de la vie, si on évite les situations exigeant un choix entre le bien et le mal, le vrai et le faux. Ce sont ces choix qui vous rendent capable d'atteindre à un état de grâce.

Jack se chauffait devant le poêle. Mais, tout à coup, les flammes du gaz lui rappelèrent les orbites vides des gobelins. Il se détourna.

— Supposons que je sois un juste... Comment cela pourrait-il m'aider à trouver Lavelle ?

— Nous devons réciter certaines prières, dit Hampton. Et vous devez vous soumettre à une cérémonie purificatoire. Quand vous aurez accompli cela, les esprits *Rada* vous guideront vers Lavelle.

Hampton se leva. Une vraie montagne, ce type !

— Ne soyez ni impatient ni téméraire. Il vaut mieux procéder avec prudence.

Jack songea à Rebecca et aux enfants dans la voiture qui roulait pour échapper aux gobelins.

— Qu'est-ce que ça change d'être prudent ou non ? Je veux dire, Lavelle ne peut rien contre moi.

— C'est vrai que les esprits vous protègent contre la sorcellerie, contre les puissances des ténèbres. Tout l'art de Lavelle ne lui est d'aucune utilité face à cela. Ce qui ne veut pas dire que vous êtes immunisé contre les dangers de ce monde. Si Lavelle est sur le point d'être arrêté pour meurtre, s'il risque d'être jugé, il peut toujours prendre une arme et vous descendre.

10

Rebecca roulait dans la Cinquième Avenue quand les coups et l'agitation sous le châssis recommencèrent de plus belle. Cette fois, les enfants se réveillèrent. Ce n'était pas seulement juste en dessous d'eux ; cela venait aussi de l'avant de la voiture, sous le capot.

Davey se redressa et Penny s'assit toute droite, en se frottant les yeux.

— Hé, qu'est-ce que c'est que ce bruit ? dit-elle.

— Je crois qu'on doit avoir un ennui mécanique, répondit Rebecca, bien que la voiture continuât de rouler.

— C'est les gobelins, dit Davey d'une voix tremblante de terreur et de désespoir.

— Ça ne peut pas être eux, dit Rebecca. On n'a pas arrêté de rouler depuis qu'on a quitté le garage. Ils n'ont pas pu pénétrer à l'intérieur de la voiture. Pas moyen.

— Alors, ils y étaient déjà, dans le garage, dit Penny.

— Non. Ils nous auraient attaqués avant.

— A moins, dit Penny, qu'ils aient eu peur de papa, peut-être.

— Peur qu'il les arrête, dit Davey.

— Comme il a arrêté celui qui a sauté sur toi, dit Penny à son frère, quand on est sortis de chez tante Faye.

— Ouais. Alors, peut-être qu'ils étaient accrochés sous la voiture et qu'ils ont attendu qu'on soit seuls.

— Attendu que papa ne soit plus là pour nous protéger.

Rebecca savait qu'ils avaient raison. Elle le savait mais ne voulait pas l'admettre.

Le vacarme sous le capot, les coups et l'agitation augmentaient d'intensité, devenaient presque frénétiques.

— Ils sont en train de tout arracher ! dit Penny.

— Ils vont arrêter la voiture ! dit Davey.

— Ils vont entrer, dit Penny. Et il n'y a pas moyen de les arrêter.

— Ça suffit ! dit Rebecca. Ils ne nous auront pas.

Sur le tableau de bord, un signal rouge s'alluma. HUILE. La voiture avait cessé d'être un refuge.

Maintenant, elle était un piège.

— Ils ne nous auront pas, je vous le jure, répéta Rebecca, autant pour s'en convaincre que pour rassurer les enfants.

Leurs chances de s'en sortir vivants paraissaient tout à coup aussi désespérantes que la nuit d'hiver, au-dehors.

Devant eux, à travers le rideau de neige, à quelques mètres, la cathédrale St. Patrick émergeait de la tourmente, comme un grand navire sur une mer noire et froide.

Rebecca se demanda si des démons vaudou oseraient pénétrer dans une église. Étaient-ils comme les vampires dans les romans et les films ? S'enfuyaient-ils en hurlant de terreur et de souffrance à un simple signe de croix ?

Une autre lampe témoin s'alluma. Le moteur chauffait.

Malgré les deux indicateurs au rouge sur le tableau de bord, elle écrasa la pédale de l'accélérateur et la voiture fit une embardée. Elle obliqua vers St. Patrick. Le moteur crachota.

La cathédrale leur offrait un petit espoir. Peut-être un faux espoir. Mais c'était le seul espoir qui leur restât.

11

La cérémonie purificatoire exigeait l'immersion totale dans l'eau préparée par le *hougan*.

Dans la salle de bains de Hampton, Jack se déshabilla. Il n'était pas le moins du monde surpris par sa foi toute neuve en ces bizarres pratiques vaudou. Il s'attendait à se sentir ridicule quand la cérémonie commencerait mais il n'éprouva rien de semblable : il *avait vu* ces créatures de l'Enfer.

La baignoire était étonnamment grande et profonde et occupait plus de la moitié de la pièce. Hampton lui expliqua qu'il l'avait fait installer exprès pour les bains rituels.

D'une voix étrangement essoufflée qui paraissait trop faible pour appartenir à un homme de cette taille, Hampton se mit à psalmodier des prières et des supplications en créole, tout en dessinant des *vévé* au fond de la baignoire à l'aide d'un morceau de savon vert. Puis il fit couler l'eau chaude. Il y versa toutes sortes d'ingrédients qu'il avait apportés de sa boutique : des pétales de roses séchés ; trois bouquets de persil ; sept feuilles de vigne ; une once d'orgeat (sorte de sirop composé d'amandes, de sucre et de fleurs d'oranger) ; des pétales d'orchidée en poudre ; sept gouttes de parfum ; sept pierres polies, de sept couleurs, chacune provenant du lit des différents fleuves d'Afrique ; trois pièces de monnaie ; sept onces d'eau de mer provenant des côtes d'Haïti ; une pincée de poudre à fusil ; une cuillerée de sel ; de l'essence de citron, etc.

Quand Hampton annonça que le bain était prêt, Jack entra dans l'eau agréablement parfumée, d'une chaleur à la limite du supportable. Mais il ne broncha pas. Enveloppé d'un nuage de vapeur, il s'assit, repoussa les pièces de monnaie et les pierres et s'immergea jusqu'à la tête.

Hampton continua quelques instants ses incantations.

— Plongez-vous complètement et comptez jusqu'à trente, dit-il.

Jack ferma les yeux, prit une profonde inspiration puis se laissa glisser entièrement. Il n'avait pas compté jusqu'à dix qu'il commença à sentir un étrange fourmillement le picoter des pieds à la tête. Il avait la sensation, plus forte de

seconde en seconde, que non seulement son corps... était...
nettoyé... mais aussi son esprit et son âme. Les mauvaises
pensées, la peur, l'angoisse, la colère, le désespoir — c'était
comme si une eau lustrale l'avait lavé de tout cela.

Il était prêt à affronter Lavelle.

12

Le moteur expira. Une congère surgit devant eux.
Rebecca écrasa la pédale du frein qui répondit à peine. Dans
un craquement sinistre, la voiture heurta la neige amonce-
lée. Le choc les secoua durement mais ils étaient indemnes.

Silence.

Ils se trouvaient face à l'entrée principale de St. Patrick.

— Il y a quelque chose à l'intérieur du siège, dit Davey.
Ça passe à travers !

— Quoi ? demanda Rebecca, en se retournant, ahurie.

Debout derrière Penny, assise sur le siège avant, il fixait
l'endroit où il se tenait quelques secondes auparavant.
Rebecca baissa les yeux et vit remuer les coussins. Elle
entendit aussi un grognement hargneux et étouffé.

Un des gobelins avait dû pénétrer dans le coffre. Il rongeait et griffait le siège, et creusait un tunnel à l'intérieur de
la voiture.

— Vite, dit Rebecca. Viens là avec nous, Davey. On va
sortir par la portière de Penny l'un après l'autre, très vite, et
puis tout droit dans l'église.

Davey laissa échapper des sons indistincts et désespérés
et escalada le siège avant. Au même moment, Rebecca sentait le plancher se gonfler sous ses pieds. Un deuxième
gobelin se frayait un passage par là. S'ils étaient seulement
deux, et occupés à creuser des trous dans la voiture, ils ne
s'apercevraient peut-être pas immédiatement que leurs
proies s'échappaient vers la cathédrale. C'était un mince
espoir mais un espoir quand même.

Au signal de Rebecca, Penny ouvrit la portière et
s'élança dans la tempête.

Le cœur battant à tout rompre, le souffle coupé par le
froid mordant, Penny glissa sur le trottoir enneigé, faillit

tomber, fit des moulinets avec ses bras et parvint à retrouver son équilibre. Elle s'attendait qu'un gobelin jaillît de dessous la voiture et se précipitât sur elle, elle croyait sentir ses dents traverser sa botte et se planter dans sa cheville. Les réverbères, voilés et assourdis par la tourmente, diffusaient une étrange clarté de cauchemar. L'ombre déformée de Penny la précédait tandis qu'elle escaladait la congère. Elle luttait de toutes ses forces, haletante, s'aidant des mains, des genoux et des pieds. Elle parvint enfin au sommet, sauta sur le trottoir et se dirigea vers la cathédrale sans jamais regarder en arrière, pas même une fois, craignant bien trop de s'apercevoir qu'elle était poursuivie (du moins l'imaginait-elle) par tous les monstres vus dans l'entrée de cet immeuble en pierre brune, tout à l'heure. Les marches de la cathédrale étaient ensevelies sous une épaisse couche de neige mais Penny s'agrippa à la rampe de cuivre, grimpa quatre à quatre en se demandant, tout à coup, si les portes n'étaient pas fermées à cette heure tardive. Une cathédrale, n'était-ce pas toujours ouvert ? Sinon, ils étaient morts. Parvenue devant le portail central, elle saisit la poignée, tira, pensa en un éclair que c'était fermé puis comprit que le portail était très lourd. Elle le tira à nouveau, des deux mains, l'ouvrit et le retint. Elle se retourna enfin.

Davey grimpait les marches ; son haleine jaillissait comme une vapeur givrée. Il paraissait si petit, si fragile. Mais il allait y arriver. Rebecca sauta à son tour de la congère, trébucha, tomba sur les genoux.

Derrière elle, deux gobelins avaient déjà atteint le sommet du monticule. Penny hurla.

— Ils arrivent ! Vite !

En tombant, Rebecca entendit le cri de Penny ; elle se releva immédiatement mais elle n'eut pas le temps de faire un pas qu'elle fut dépassée par les deux gobelins qui filaient, mon Dieu ! qui filaient comme le vent. Une chose-lézard et une chose-chat. Qui piaillaient. Ils ne l'attaquèrent pas, ils ne s'arrêtèrent même pas. Elle ne les intéressait absolument pas ; ils en voulaient aux gosses et seulement à eux.

Davey était sur le seuil de la cathédrale, maintenant, aux

côtés de Penny et tous deux appelaient Rebecca à grands cris.

Les gobelins atteignirent les marches, les grimpèrent en quelques fractions de seconde puis, brusquement, ralentirent l'allure, comme s'ils venaient seulement de s'apercevoir de la proximité d'un endroit sacré. Ils gravirent les derniers degrés avec une prudente lenteur, disparaissant à demi dans la neige.

Rebecca hurla à Penny :

— Rentrez dans l'église et ferme la porte !

Mais Penny hésitait, espérant encore que Rebecca allait doubler les gobelins et gagner la cathédrale-refuge (Dieu fasse qu'elle le soit vraiment !). Rebecca hurla à nouveau. Penny hésitait toujours. A présent, les gobelins gravissaient la dernière marche, à quelques mètres à peine de Penny et Davey... Rebecca hurlait comme une folle ; Penny, enfin, poussa Davey à l'intérieur et le suivit. Mais elle maintint un instant le portail entrouvert, scrutant l'obscurité. Les gobelins s'avançaient vers le portail, très lentement.

Peuvent-ils pénétrer dans une église si on leur ouvre la porte, se demanda Rebecca, tout comme, selon la légende, un vampire peut pénétrer dans une maison s'il y est invité ou si quelqu'un lui tient la porte ? C'était sûrement folie d'imaginer que des règles régissant des vampires mythiques s'appliquaient à ces démons vaudou, bien réels, eux. Paniquée, Rebecca cria encore et escalada en courant la moitié des marches ; et si le vent empêchait Penny de l'entendre ? Elle hurla de toutes ses forces :

— Ne t'occupe pas de moi ! Ferme la porte ! Ferme la porte !

Enfin, à contrecœur, Penny repoussa le portail au moment où les gobelins en atteignaient le seuil.

La chose-lézard se jeta contre la porte, rebondit et retomba sur ses pattes.

La chose-chat battit des ailes, furieusement.

Les deux créatures se mirent à labourer le portail de leurs griffes mais sans grande conviction, comme s'ils savaient la tâche au-dessus de leurs forces. Ouvrir le portail d'une cathédrale — s'introduire dans un lieu sacré — exigeait un pouvoir qu'ils ne possédaient pas.

Déçus, ils se retournèrent. Regardèrent Rebecca. Leurs yeux flamboyants semblaient briller plus intensément que tout à l'heure, chez les Jamison ou dans l'immeuble brun.

Elle redescendit une marche.

Les gobelins commencèrent à s'avancer dans sa direction.

Elle dévala toutes les marches et s'arrêta sur le trottoir.

La chose-lézard et la chose-chat ne la quittaient pas des yeux. Des rafales de vent, des bourrasques de neige balayaient la Cinquième Avenue et les flocons tombaient si serré qu'elle allait sûrement être ensevelie.

Les gobelins franchirent un degré.

Rebecca recula jusqu'à la congère.

Les gobelins descendirent une deuxième marche, puis une troisième.

CHAPITRE HUIT

1

Le bain purificatoire n'avait duré que deux minutes. Jack se sécha avec trois petites serviettes moelleuses, aux coins brodés de signes étranges; il n'avait jamais vu de tissu semblable.

Après s'être habillé, il suivit Carver Hampton dans le living et, selon l'injonction du *hougan,* se tint au centre de la pièce, en pleine lumière.

Hampton commença une longue mélopée; il tenait un *açon* au-dessus de la tête de Jack, qu'il déplaça lentement le long de son corps, devant et derrière. Hampton lui avait expliqué que l'*açon,* hochet fait d'une calebasse, était le symbole des fonctions du *hougan.*

Hampton secoua le hochet au-dessus de la tête de Jack puis devant son visage. Pendant près d'une minute, il agita l'*açon* au-dessus du cœur de Jack en psalmodiant dans une langue africaine, morte depuis longtemps. Puis il dessina des figures aériennes au-dessus des mains et des pieds.

Peu à peu, Jack commença à sentir des odeurs agréables. D'abord, il reconnut le parfum du citron. Puis des chrysanthèmes. Puis des fleurs de magnolia. Orange. Rose. Cannelle. Les parfums devenaient de plus en plus présents. Ils se fondaient en une merveilleuse harmonie. Fraise. Chocolat. Hampton n'avait pas fait brûler de bâtonnets d'encens; il n'avait pas non plus ouvert de flacons de parfum ou

d'essences. Les effluves arrivaient de nulle part. Noix.
Lilas.

La mélopée s'était tue et Hampton reposa l'*açon.*

— Ces odeurs fantastiques... d'où viennent-elles ?

— Elles correspondent à des apparitions, dit Hampton.
Jack battit des paupières, doutant d'avoir bien compris.

— Des apparitions ? Vous voulez dire... des *fantômes* ?

— Oui. Des esprits. De bons esprits.

— Mais je ne les ai pas vus.

— Et vous ne les verrez pas. Ils ne se matérialisent pas
visuellement. Ils se manifestent par des odeurs.

Menthe. Noix muscade.

— De bons esprits, répétait Hampton en souriant. La
pièce est remplie de bons esprits et c'est un signe encoura-
geant. Ce sont les messagers *Rada.* Leur présence signifie
que les dieux du bien soutiennent votre lutte contre Lavelle.

— Alors je vais trouver Lavelle ? demanda Jack. C'est ce
que ça veut dire ?... Que je vais gagner ? Tout est donc fixé
d'avance ?

— Non, non, dit Hampton. Pas du tout. Ça veut dire seulement que vous avez l'appui des esprits *Rada.* Mais
Lavelle a l'appui des esprits malins. Vous êtes tous deux les
instruments de forces qui vous dépassent. L'un de vous sera
le vainqueur ; ce n'est pas du tout fixé d'avance.

Aux coins de la pièce, les flammes des bougies diminuaient jusqu'à se réduire à de minuscules étincelles au
bout des mèches. Des ombres vivantes bondissaient et se
tordaient. Les fenêtres vibraient et le vent, dans un accès de
fureur, secoua la maison. Des livres tombèrent des étagères.

— Nous avons aussi des esprits mauvais, dit Hampton.

Aux agréables effluves qui baignaient la pièce vint se
superposer une autre odeur, qui assaillit les narines de Jack.
C'était la puanteur de la putréfaction, de la pourriture, de la
décomposition, de la mort.

2

Il restait aux gobelins seulement deux marches à franchir.
Ils étaient à environ quatre mètres de Rebecca. Elle se
retourna et fila comme une flèche.

Ils poussèrent un cri perçant, de colère ou de joie... ou ni l'un ni l'autre. Un cri glacé, étranger à ce monde.

Sans même jeter un coup d'œil par-dessus son épaule, elle savait qu'ils s'élançaient à sa poursuite.

Elle courut le long du trottoir, laissant la cathédrale sur sa droite, dans la direction du bloc d'immeubles, au coin. Mais c'était une ruse.

Après une dizaine de mètres, elle opéra un brusque demi-tour, vers la cathédrale, et grimpa les marches en se ruant dans la neige avec l'énergie du désespoir.

Les gobelins recommencèrent à piailler. Elle était à mi-chemin quand la chose-lézard l'attrapa à la jambe et lui planta ses griffes dans le mollet, à travers le jean. La douleur fut atroce. Elle poussa un hurlement, trébucha, tomba. Mais elle continua l'ascension en rampant, le lézard pendu à sa jambe.

La chose-chat bondit sur son dos. Tenta de la mordre à la gorge mais ne réussit qu'à déchirer le col et l'écharpe.

Elle était parvenue en haut des marches. En poussant de petits cris plaintifs, elle empoigna la chose-chat qui lui mordit la main. Elle la lança au loin. Le lézard était toujours sur sa jambe. Il lui planta ses crocs dans la cuisse. Puis dans la main quand elle l'attrapa à son tour. Et elle le projeta au bas des marches.

Le gobelin à forme de chat, aux yeux étincelants, revenait déjà à l'assaut, en poussant ses cris rauques, tous crocs et griffes dehors.

Mue par le désespoir, Rebecca s'agrippa à la rampe de cuivre et décocha un violent coup de pied au gobelin qu'elle envoya rouler dans la neige.

Le lézard se précipitait à nouveau sur elle.

C'était sans issue. Elle ne pourrait indéfiniment les tenir en respect. Elle était épuisée, étourdie, affaiblie par la douleur lancinante de ses blessures. Elle se détourna et, surmontant sa souffrance, se jeta sur le portail de la cathédrale.

La chose-lézard s'accrocha au bas de son manteau et grimpa avec l'intention évidente de l'atteindre au visage, cette fois.

Le gobelin à forme de chat était là à nouveau lui aussi, qui s'accrochait à son pied, progressait en se tortillant le long de sa jambe.

Elle colla son dos au portail. Elle était à bout de forces, à bout de souffle.

Les gobelins, si proches de la cathédrale, perdirent de leur acharnement comme tout à l'heure, avec Penny et Davey. Le lézard, suspendu par ses griffes sur le devant du manteau, lança vers le visage de Rebecca une main difforme. Mais, plus rapide que lui, elle eut le temps de rejeter la tête en arrière et la patte acérée l'atteignit sous le menton. Elle parvint à se délivrer du lézard sans se faire mordre et le lança le plus loin qu'elle put. Puis elle fit de même avec la chose-chat.

Elle ouvrit enfin la porte qu'elle repoussa immédiatement après s'être glissée à l'intérieur de la cathédrale St. Patrick.

Les gobelins, de l'autre côté, cognèrent contre le portail. Puis tout redevint silencieux.

Sauvée. C'était inouï : elle était sauvée.

Elle s'écarta de la porte, passa devant les fonts baptismaux en marbre et s'avança en boitant dans l'allée centrale de l'immense nef voûtée aux lourds piliers, entre d'innombrables rangées de bancs cirés. Les grands vitraux, voilés de ténèbres, s'illuminaient par endroits de bleu cobalt ou de carmin à la fugace clarté d'un réverbère, là-bas, dehors... Tout, ici, était grand, massif — l'orgue formidable dont les tuyaux de cuivre s'élançaient comme les flèches d'une petite cathédrale, la grande galerie au-dessus des vantaux du portail, les degrés de pierre menant à la haute chaire, coiffée d'un dais de cuivre —, tout contribuait à une impression de sécurité, de paix.

Penny et Davey étaient dans la nef, en train de parler avec animation à un jeune prêtre qui avait l'air tout déconcerté. Penny aperçut Rebecca, poussa un cri et se précipita vers elle en courant ; Davey, sur ses talons, pleurait de soulagement et de joie, suivi à son tour par le prêtre en soutane.

Ils étaient seuls, tous les quatre, sous l'immense voûte.

Et c'était bien ainsi. Ils n'avaient pas besoin d'une armée : la cathédrale était une forteresse inviolable. La cathédrale était sûre. Il fallait qu'elle fût sûre : elle était leur dernier refuge.

Dans la voiture garée en face de la boutique de Carver Hampton, Jack appuya sur l'accélérateur pour faire chauffer le moteur.

— Vous êtes certain de vouloir m'accompagner ? demanda-t-il à Hampton.

— C'est bien la dernière chose que j'aurais envie de faire, dit le grand gaillard. Je ne suis pas, comme vous, immunisé contre les pouvoirs de Lavelle. Je préférerais mille fois rester chez moi, avec toutes les lampes et les bougies allumées.

— Alors, restez. Je ne croirai pas que vous vous défilez. Je crois, au contraire, que vous avez fait tout ce que vous pouviez. Vous ne me devez plus rien.

— Je me le dois à moi. D'aller avec vous, de vous aider si je peux... Je me dois à moi-même de ne pas choisir à nouveau la mauvaise voie.

— Alors, d'accord. (Jack embraya mais garda le pied sur la pédale de frein.) Je ne suis pas sûr d'avoir bien compris comment je vais trouver Lavelle.

— Vous saurez simplement quel chemin vous devez prendre, dit Hampton. Grâce au bain et aux différents rituels que nous avons accomplis, vous allez être guidé par une puissance supérieure.

— Je suis seulement... sûr d'une chose : il n'y a rien qui me guide.

— Ça va venir, lieutenant. Mais, d'abord, on doit s'arrêter à une église pour remplir ces flacons. (Il leva deux petites fioles vides d'une contenance d'environ huit onces chacune.) D'eau bénite. Il y a une église, tout droit, à quelques centaines de mètres d'ici.

— Parfait, dit Jack. Encore une chose.

— Oui ?

— Vous voulez bien laisser tomber le « lieutenant » ? Je m'appelle Jack.

— Vous pouvez m'appeler Carver, si vous voulez.

— Je veux.

Ils se sourirent. Jack mit en marche les essuie-glaces et retira son pied de la pédale de frein.

Ils pénétrèrent ensemble dans l'église. Il faisait sombre à l'intérieur. Dans la nef déserte, quelques ampoules diffusaient une pâle lumière et trois ou quatre cierges tremblotaient sur un chandelier en fer, près de la table de communion. Une odeur d'encens et d'encaustique flottait dans l'air. Au-dessus de l'autel, un grand crucifix émergeait de l'ombre.

Carver fit une génuflexion et se signa. Bien qu'il ne fût pas pratiquant, Jack ressentit l'étrange et soudaine nécessité de suivre l'exemple du Noir. Il comprit alors qu'en tant que représentant des esprits *Rada* en cette nuit exceptionnelle, il avait le devoir d'honorer tous les dieux du bien et de la lumière, aussi bien le dieu juif de l'Ancien Testament et le Christ que Bouddha et Mahomet. Peut-être était-ce là le premier signe de ce « guidage » dont lui avait parlé Carver.

Le bénitier de marbre était presque vide.

— On ne pourra même pas en remplir un flacon, dit Jack.

— Je n'en suis pas aussi sûr que vous, dit Carver en dévissant le bouchon d'une des petites bouteilles. Essayez.

Jack racla le bénitier avec le flacon pour le remplir puis le plaça devant ses yeux. Et il constata, stupéfait, qu'il était plein. Il fut encore plus stupéfait de voir que le niveau de l'eau, dans le bénitier, n'avait pas baissé.

Il regarda son compagnon.

Carver souriait et lui fit un clin d'œil. Il revissa le bouchon et fourra la bouteille dans sa poche. Puis il ouvrit la seconde et la tendit à Jack.

Et Jack la remplit. Et l'eau, dans le bénitier, resta au même niveau.

4

Lavelle, debout à la fenêtre, regardait dehors, dans la tempête. Le contact psychique avec les petits assassins était rompu. S'il leur accordait un délai supplémentaire, le temps pour eux de rassembler leurs forces, ils pourraient encore tuer les enfants Dawson — et Lavelle regretterait d'avoir manqué ça. Mais le temps pressait.

Jack Dawson allait arriver et aucune sorcellerie, si puissante fût-elle, ne saurait l'arrêter.

Lavelle ne comprenait pas bien pourquoi les choses avaient mal tourné et si rapidement. Peut-être avait-il eu tort de s'en prendre aux enfants. Les esprits *Rada* déchaînaient toujours leur courroux contre un *boko* qui utilisait son pouvoir contre des enfants, et ils déployaient toutes les ressources de leur puissance pour le détruire. Si on s'engage dans cette voie, il vaut mieux s'armer d'une prudence extrême. Mais enfin, merde ! Il avait été prudent ! Il ne voyait pas quelle erreur il avait pu commettre. Il s'était bien préparé ; il s'était mis sous la protection des esprits malins.

Pourtant, Dawson était en chemin.

Lavelle se détourna. Il traversa la chambre obscure en direction de la table de toilette.

Il prit un automatique .32 dans le tiroir du haut.

Dawson allait venir. Parfait. Qu'il vienne.

5

Rebecca s'assit et retroussa son jean sur sa jambe blessée. Les plaies saignaient abondamment mais aucune artère ni veine principale n'avait été atteinte et, bien que les morsures fussent profondes, elles ne présentaient aucun caractère de gravité.

Le jeune prêtre, le père Walotsky, s'accroupit à côté de Rebecca, épouvanté par ses blessures.

— Comment est-ce arrivé ? Qu'est-ce qui vous a fait ça ?

— Les gobelins, dirent en chœur Penny et Davey, désespérant de lui faire comprendre quoi que ce fût.

Rebecca ôta ses gants. Sur sa main droite, apparaissait une morsure sanglante mais la chair n'avait pas été arrachée ; il y avait seulement quatre petits trous. Les gants, comme le jean, l'avaient protégée. Deux autres plaies à la main gauche saignaient et paraissaient plus profondes que les autres. Douloureuses mais pas mortelles.

— Et tout ce sang sur votre cou ? dit le père Walotsky.

— Oh, ce n'est rien ! dit-elle. Ça brûle mais ce n'est pas grave.

— Je crois que vous avez besoin de soins, dit-il. Venez.

Elle rabaissa son jean sur sa jambe blessée. Il l'aida à se relever.

— Je crois que ça pourra aller si je vous emmène au presbytère.

— Non, dit-elle.

— Ce n'est pas loin.

— On reste ici, dit-elle.

— Mais on dirait des morsures d'animal. Il faut faire attention. L'infection, la rage... Écoutez, le presbytère n'est pas loin. Et on n'a pas besoin de sortir pour y aller. Il y a un passage souterrain entre la cathédrale et...

— Non, dit Rebecca d'un ton sans réplique. On reste ici. Dans la cathédrale, on ne risque rien.

Elle fit signe à Davey et Penny d'approcher et ils s'empressèrent de se placer à côté d'elle. Le prêtre les dévisageait tour à tour. Son visage s'assombrit.

— De quoi avez-vous peur ?

— Les gosses ne vous ont pas raconté ? demanda Rebecca.

— Ils ont débité des histoires de gobelins, mais...

— Ce ne sont pas des histoires, dit Rebecca.

Elle hésita puis, aussi brièvement que possible, elle relata au prêtre l'affaire Lavelle, le massacre des Carramazza et les démons vaudou aux trousses des enfants de Jack Dawson. Quand elle eut achevé son récit, le prêtre évita son regard et resta silencieux. Il fixa le sol durant de longues secondes.

— Naturellement, vous ne me croyez pas.

Il leva les yeux et parut embarrassé.

— Je ne pense pas que vous mentiez... tout à fait. Je suis sûr que vous croyez à tout ce que vous m'avez raconté. Mais pour moi, le vaudou est une supercherie, un tas de superstitions primitives. Je suis prêtre de la sainte Église romaine et je crois en une Vérité unique, en Notre Sauveur...

— Vous croyez au paradis, n'est-ce pas ? Et à l'enfer ?

— Bien sûr. Ça fait partie de la foi catholique...

— Ces choses sortent tout droit de l'enfer, mon père. Si je ne vous avais pas dit que c'est un *sataniste* qui a évoqué ces démons, si je n'avais pas prononcé le mot « vaudou », peut-être alors ne m'auriez-vous pas crue davantage mais vous n'auriez pas écarté si vite mon explication puisque votre religion croit en Satan et dans les satanistes.

— Je pense que vous devriez...

Davey poussa un hurlement.

— Ils sont là ! dit Penny.

Rebecca se retourna. Son cœur s'arrêta de battre.

Sous une arcade, dans l'obscurité, flamboyaient des yeux blanc argent. Des yeux de feu. Innombrables.

6

Jack roulait dans les rues enneigées et, avant chaque croisement, il sentait, sans pouvoir s'expliquer comment, s'il devait tourner à droite ou à gauche ou bien continuer tout droit. A chaque fois, la certitude l'envahissait et il s'y abandonnait, il se laissait guider. C'était sûrement une manière d'agir peu orthodoxe pour un flic accoutumé à utiliser dans ses enquêtes des moyens moins exotiques. Ça lui donnait la chair de poule et il n'aimait pas ça. Mais il ne songeait guère à s'en plaindre car il voulait, désespérément, trouver Lavelle.

Trente-cinq minutes après avoir rempli les flacons d'eau bénite, Jack tourna à gauche dans une rue bordée de maisons de style néo-victorien. Il s'arrêta devant le numéro cinq. C'était une bâtisse de trois étages, une vraie pâtisserie qui avait bien besoin de réparations et d'un coup de peinture comme les maisons voisines, toutes dans un état de délabrement que la neige ni la nuit ne parvenaient à dissimuler.

Pas de lumière aux fenêtres. Tout était parfaitement noir.

— Nous y voilà, dit Jack à Carver.

Il coupa le moteur et éteignit les phares.

7

Quatre gobelins s'avancèrent en rampant dans l'allée centrale ; la lumière, quoique faible, révélait leurs silhouettes grotesques et répugnantes.

A la tête de la troupe, une créature à forme humaine, d'une trentaine de centimètres, à quatre yeux ardents. Sa tête, de la taille d'une pomme, était difforme, trouée d'une bouche hérissée de dents. La chose avait aussi quatre bras et portait, d'une main aux doigts pointus comme des clous, une sorte de lance. Elle brandit son arme au-dessus de sa tête en un geste de provocation, de défi.

Peut-être à cause de la lance, Rebecca fut tout à coup pénétrée de la certitude que cette bête à forme humaine avait été, autrefois, en des temps très anciens, un guerrier africain, fier et sanguinaire, damné pour ses crimes, dont l'âme était contrainte de subir le supplice humiliant d'habiter un corps petit et difforme.

Le gobelin à forme humaine, les trois créatures encore plus hideuses derrière lui et les autres bêtes qui grouillaient dans l'ombre se mirent à avancer lentement, comme si l'air même de ce lieu sacré leur était un fardeau écrasant qui rendait chaque pas pénible et douloureux. Pas de sifflements, ni de grognements, ni de cris rauques. Ils approchaient en silence, laborieusement, mais implacablement.

Derrière les gobelins, le portail semblait toujours fermé. Ils avaient pénétré dans la cathédrale par un autre chemin, par une bouche d'aération ou un tuyau béant, qui avait joué le rôle de la « porte ouverte » dont, comme les vampires, ils avaient sans doute besoin pour entrer là où le mal est indésirable.

Le père Walotsky, un moment hypnotisé par les gobelins, fût le premier à rompre le silence. Il fouilla dans la poche de sa soutane noire, en sortit un chapelet et se mit à prier.

Le diable à forme humaine et les trois choses qui le suivaient avançaient toujours le long de l'allée centrale ; d'autres monstres sortaient en rampant de l'obscurité tandis que des yeux s'allumaient là-bas, dans le noir. Ils se déplaçaient encore trop lentement pour être dangereux.

Mais combien de temps cela allait-il durer ? se demandait Rebecca. Peut-être allaient-ils peu à peu s'habituer à l'atmosphère de la cathédrale. Peut-être allaient-ils finir par s'enhardir. Alors...

Attirant les enfants à elle, Rebecca commença à reculer vers l'autel. Le père Walotsky leur emboîta le pas. Les grains du chapelet cliquetaient entre ses doigts.

Ils se frayèrent un chemin dans la neige jusqu'au perron. Jack tenait son revolver à la main.

— J'aimerais mieux que vous attendiez dans la voiture.

— Non.

— C'est l'affaire de la police.

— C'est plus que ça. Vous savez bien que c'est plus que ça.

Jack soupira et hocha la tête. Ils grimpèrent les marches.

Se munir d'un mandat d'arrêt, cogner à la porte en annonçant « Police ! » — tout cela paraissait incongru et dérisoire à Jack. Ridicule dans cette situation bizarre. Et, pourtant, il se sentait mal à l'aise, il éprouvait une sorte de réticence à entrer ainsi dans une maison privée.

Carver fit jouer la poignée plusieurs fois.

— Fermé, dit-il.

Jack voyait bien, lui aussi, que la porte était fermée mais quelque chose lui disait qu'il devait essayer quand même. La poignée céda doucement sous la pression de sa main et la porte s'entrouvrit.

— Fermé pour moi mais pas pour vous, dit Carver.

Ils franchirent le seuil et s'écartèrent de la ligne de mire. Jack étendit le bras, ouvrit la porte en grand. Puis, à quatre pattes, il passa devant l'entrée, son pistolet tendu devant lui. Il faisait particulièrement sombre dans la maison. L'obscurité jouait en faveur de Lavelle car les lieux lui étaient familiers, au contraire de Jack. Celui-ci tâtonna à la recherche d'un commutateur et finit par le trouver.

La lumière jaillit, révélant un vaste hall. A gauche montait un escalier de chêne à la rampe ouvragée. En face, au-delà de l'escalier, le hall se rétrécissait vers l'arrière de la maison. Sur la droite, à moins d'un mètre de Jack, une porte cintrée s'ouvrait sur d'épaisses ténèbres.

Jack s'avança avec précaution et appuya sur un commutateur. Un plafonnier s'éclaira — c'était la seule chose qu'il y eût dans la pièce. Ni meubles ni rideaux. Une pellicule de poussière grisâtre, quelques moutons dans les coins et quatre murs nus.

Carver rejoignit Jack et chuchota.

— Vous êtes sûr que c'est là ?

Jack allait répondre quand une balle siffla près de sa tête et, une fraction de seconde plus tard, deux détonations éclatèrent dans son dos. Il se jeta par terre et roula au milieu de la pièce vide, imité par Carver. Mais celui-ci avait été touché. Son visage était crispé de douleur. Il se tenait la cuisse gauche et, sur son pantalon, s'élargissait une tache de sang.

— Il est dans l'escalier, dit Carver d'une voix hachée. Je l'ai entrevu.

— Il devait être en haut.

— Oui.

Jack fila jusqu'au mur où s'ouvrait la porte cintrée et s'accroupit.

— Vous êtes sérieusement touché ?

— Assez, dit Carver. Mais il ne m'a pas tué. Ne vous occupez pas de moi. Il faut l'avoir.

Jack se pencha et fit feu en direction de l'escalier, sans regarder ni viser.

Lavelle était là. Au milieu de l'escalier, tapi derrière la rampe. La balle de Jack fit voler en éclats un morceau des balustres, à quelques centimètres de la tête du *boko*.

Lavelle répliqua. Jack plongea en arrière. La balle pulvérisa un peu de plâtre, à côté de la porte.

Un autre coup de feu.

Puis le silence.

Jack se pencha de nouveau et tira trois fois de suite mais Lavelle remontait déjà. Il fut bientôt hors de portée.

Jack rechargea son pistolet puis jeta un coup d'œil à Carver.

— Vous pouvez aller jusqu'à la voiture ?

— Non. Je ne peux pas marcher avec ma jambe. Mais ça ira. Allez-y et ne le loupez pas.

— On devrait appeler une ambulance.

— *Bousillez-le !*

Jack hocha la tête, franchit la porte et s'avança prudemment jusqu'au pied de l'escalier.

9

Penny, Davey, Rebecca et le père Walotsky battirent en retraite dans le chœur, derrière la balustrade. Puis ils grimpèrent sur l'autel et se placèrent juste sous le crucifix.

De l'autre côté de la balustrade, les gobelins s'immobilisèrent. Quelques-uns apparurent entre les piliers sculptés. D'autres avaient escaladé la table de communion et restaient perchés là, l'œil vorace, dardant une langue noire entre leurs dents aiguës. On en comptait une cinquantaine, peut-être davantage maintenant, et il en arrivait toujours le long de l'allée centrale.

— Ils v-vont pas monter ici, dis ? demanda Penny. Ils v-vont pas s'approcher du crucifix, dis ?

Rebecca serrait les enfants contre elle, très fort.

— Tu vois bien qu'ils se sont arrêtés, dit-elle. Ça va aller, maintenant. Ils ont peur de l'autel. Ils se sont arrêtés.

Mais pour combien de temps ?

10

Le dos collé au mur, Jack grimpa sans bruit les escaliers. Il tenait son revolver dans la main gauche, le bras tendu à l'extrême, pointé vers le sommet de l'escalier, prêt à presser sur la détente à l'instant où Lavelle apparaîtrait. Il atteignit le palier, continua à monter. C'est alors que Lavelle se pencha et ils firent feu en même temps. Lavelle deux fois, Jack une.

Lavelle avait tiré à l'aveuglette. Et il manqua sa cible.

Mais, de son côté, Jack avait visé le mur et Lavelle se trouvait directement dans sa ligne de mire. La balle pénétra dans le bras du *boko* à la seconde où il appuyait sur la détente. Il poussa un hurlement, lâcha le pistolet et chancela.

Jack monta quatre à quatre et parvint à l'étage au moment où Lavelle pénétrait dans une pièce et claquait la porte derrière lui.

En bas, Carver gisait sur le sol poussiéreux, les yeux fermés. Il s'affaiblissait de minute en minute. Il avait l'impression de flotter dans une piscine d'eau tiède, quelque part sous les tropiques. Il se rappelait avoir été touché, se rappelait être tombé ; il savait que le plancher était vraiment là, sous lui, mais il ne pouvait le sentir. Il comprenait qu'il per-

dait son sang. La blessure ne semblait pourtant pas si grave.
Mais si c'était plus sérieux qu'il ne le pensait? Ou bien
était-ce le choc qui provoquait ces impressions? Oui, ça
devait être ça, le choc, seulement le choc. Il n'avait pas
d'hémorragie après tout, il avait subi un choc, mais un choc,
ça tue, aussi; En tout cas, il flottait, sa douleur oubliée, il
dansait sur l'eau, se laissait aller à la dérive sur le plancher
dur qui n'était plus dur du tout, il dérivait au gré de quelque
courant lointain, sous les tropiques... jusqu'à ce que, tout à
coup, là-haut, retentissent une détonation et un cri perçant,
qui lui firent ouvrir les yeux. Il battit rapidement des paupières, loucha, et la pièce retrouva ses contours. Mais il
regretta aussitôt que sa vue fût si nette : il n'était plus seul.

Un des hôtes de l'Enfer était là, avec lui, et le fixait de
son regard rayonnant.

En haut, Jack essayait d'ouvrir la porte derrière laquelle
Lavelle avait disparu.

— Lavelle? cria-t-il.

Pas de réponse.

— Ouvre. Pas la peine de te cacher.

De la chambre lui parvint un bruit de verre brisé.

— Merde! dit Jack.

Il prit son élan et donna de grands coups de pied dans la
porte jusqu'à ce qu'enfin la serrure cédât.

Il alluma la lumière. Une chambre banale. Aucune trace
de Lavelle.

La fenêtre, sur le mur d'en face, était cassée. Les rideaux
se gonflaient sous la poussée du vent. Jack vérifia d'abord
que Lavelle n'était pas caché dans le placard. Puis, en
s'approchant de la fenêtre, il distingua des empreintes de
pas dans la neige qui recouvrait le toit du porche. Lavelle
avait sauté dans la cour. Jack se faufila sur le toit, en accrochant légèrement son manteau à un éclat de verre.

Dans la cathédrale, soixante-dix ou quatre-vingts gobelins surgis de l'ombre étaient alignés sur la table de communion et entre les piliers. D'autres se traînaient mollement
dans l'allée centrale.

Le père Walotsky, à genoux, priait mais sa prière ne semblait pas très efficace. En effet, des signes inquiétants commençaient à se manifester. Les gobelins étaient moins apathiques que tout à l'heure. Ils agitaient la queue. Balançaient leurs têtes de mutants d'avant en arrière. Dardaient leur langue.

Rebecca se demandait si leur nombre seul pourrait suffire à triompher de la puissance du bien qui régnait dans la cathédrale et qui les avait, jusque-là, protégés. Chaque nouvelle créature démoniaque qui pénétrait dans le lieu saint apportait sa propre charge d'énergie maligne. Et si la balance venait à pencher de l'autre côté...

Un gobelin se mit à siffler. Jusqu'à présent, ils étaient restés parfaitement silencieux. Mais l'un d'eux se mit à siffler puis un autre, et un autre encore et, en quelques secondes, ils sifflaient tous, furieusement.

Autre mauvais signe.

Carver Hampton.

Quand il aperçut l'entité démoniaque dans le hall, il sentit tout à coup le sol redevenir solide. Son cœur se mit à cogner et le monde réel émergea de l'hallucination tropicale. Mais le monde réel, cette fois, tenait du cauchemar.

La chose, dans le hall, fila vers la porte cintrée, en direction de la pièce vide.

Elle paraissait énorme à Carver, du point où il l'observait, au moins aussi grande que lui, mais c'était une illusion d'optique. Elle était déjà bien assez grosse. Oh, que oui ! La tête, de la taille d'un poing. Le corps, une fois et demie long comme le bras. Ça ressemblait à un ver, onduleux et segmenté. Les pattes de crabe faisaient toc-toc sur le parquet. Dans la tête difforme, on ne voyait qu'une horrible bouche-ventouse armée de dents et ces yeux hallucinants que Jack Dawson avait décrits, ces yeux de feu blanc argent.

En chantant une sorte de mélopée funèbre d'une voix ténue et aiguë, la chose-ver franchit la porte cintrée et fonça sur lui.

En sautant du toit, Lavelle glissa sur la neige et tomba sur son bras blessé. Il faillit s'évanouir sous la douleur.

Il ne parvenait pas à comprendre pourquoi tout avait si

mal tourné. Il était désorienté et furieux. Il se sentait nu, impuissant ; et c'était, pour lui, une sensation neuve et parfaitement désagréable.

Il rampa dans la neige jusqu'à ce qu'il trouvât la force de se relever. Il entendit alors Dawson qui l'appelait en criant depuis le toit du porche. Il ne s'arrêta pas : il n'allait pas se laisser prendre passivement, pas lui, Baba Lavelle, le grand *boko*. Il se hâta vers le hangar.

Au-delà de la fosse, parmi les esprits du mal, là était la source de sa puissance. Il exigerait de savoir pourquoi ils l'avaient trahi. Il exigerait leur aide.

Dawson tira un coup de feu, sans doute un avertissement.

Giflé par le vent, aveuglé par la neige, affaibli par le sang qui coulait à flots de son bras blessé, il atteignit le hangar en titubant, ouvrit la porte et poussa un cri de stupéfaction en constatant combien le trou s'était élargi. Il occupait tout l'espace, jusqu'aux murs, et la lumière n'était plus orangée mais d'un rouge sang si violent qu'elle lui fit mal aux yeux.

Maintenant, il comprenait pourquoi ses mauvais génies l'abandonnaient à la défaite. Ils l'avaient laissé les utiliser aussi longtemps qu'ils avaient eu besoin de lui. Il avait été pour eux le câble mettant le monde des vivants à portée de leurs griffes. Mais, désormais, ils avaient bien mieux qu'un câble : une porte, une *vraie* porte qu'il leur suffisait de franchir pour quitter le monde des ténèbres. Et cela, grâce à lui. Il n'avait fait que l'entrouvrir, persuadé qu'il pourrait les retenir mais, sans le savoir, il en avait perdu le contrôle et, à présent, ils se pressaient en foule derrière les Portes béantes. Les Anciens allaient venir. Ils étaient en chemin. Ils étaient presque là. Quand ils arriveraient, l'Enfer se transporterait sur la terre.

A ses pieds, les rebords du trou continuaient à s'effriter de plus en plus rapidement.

Lavelle fixait, horrifié, le rougeoiement intense dont le pouls de haine battait aux parois de la fosse. Tout au fond, il distingua une tache sombre. Qui ondulait. Enorme. Et qui montait vers lui.

Jack sauta du toit et atterrit dans la neige, sur ses pieds. Il se précipita sur les traces de Lavelle. Il l'aperçut qui ouvrait la porte du hangar. Et il s'arrêta en voyant la lumière surnaturelle d'un pourpre aveuglant.

C'était le trou, bien sûr, tel que Carver l'avait décrit. Mais il n'était sûrement pas aussi petit qu'il l'aurait dû et la lumière n'était ni douce ni orangée. Les pires craintes de Carver se confirmaient : les Portes de l'Enfer s'étaient ouvertes, toutes grandes.

Au moment où cette idée folle lui traversait l'esprit, la fosse s'élargit encore et engloutit les murs du hangar. Il n'y avait plus rien, à présent, qu'un trou dans le sol. Comme un gigantesque projecteur, les rayons rouges percèrent l'obscurité et le ciel battu par la tourmente.

Lavelle recula en chancelant, apparemment trop terrifié pour faire demi-tour et s'enfuir.

La terre se mit à trembler.

Un rugissement s'éleva du trou. Une voix qui ébranla la nuit.

L'air empestait le soufre. Quelque chose sortait des profondeurs, en rampant. Qui ressemblait vaguement à un tentacule, à une patte chitineuse d'insecte, aux articulations pointues et qui, pourtant, ondulait comme un serpent. La chose monta à plus de quatre mètres de hauteur. Tout au bout, de longs appendices-fouets se tortillaient autour d'une gueule béante, baveuse, sans dents mais assez large pour avaler un homme. Mais — pis encore — s'imposait une terrible évidence : ce n'était qu'une petite partie de l'énorme bête qui surgissait de l'Enfer. Comme un doigt par rapport au corps humain. Peut-être même était-ce la seule partie que l'entité sortie de l'imagination de Lovecraft avait pu faire passer par les Portes — ce doigt unique.

Le membre géant, tentaculaire, la patte d'insecte s'abaissa vers Lavelle. Les appendices-fouets cinglèrent le vide, l'attrapèrent, le soulevèrent du sol, au-dessus de la lumière sanglante. Il hurla, se débattit mais il était entraîné, inexorablement, vers cette bouche obscène, baveuse. Dans laquelle il disparut.

Dans la cathédrale, les derniers gobelins atteignaient la table de communion. Une centaine, au moins, fixaient Rebecca, Penny, Davey et le père Walotsky de leurs yeux ardents.

Leur sifflement s'était intensifié et se transformait, de temps à autre, en grognement.

Tout à coup, le démon à forme humaine, aux quatre yeux, aux quatre bras, bondit dans le chœur. Il hésita, recula, regarda de tous côtés ; il semblait se méfier. Puis il leva sa lance minuscule, l'agita en poussant un cri strident. Tous les gobelins se mirent à crier aussi.

Un autre téméraire sauta dans le chœur. Puis un troisième. Puis un quatrième.

Rebecca jetait de rapides coups d'œil vers la porte de la sacristie. Mais à quoi bon s'enfuir par là ? Les gobelins les suivraient.

La fin était venue.

La chose-ver atteignit Carver Hampton alors qu'il s'asseyait, le dos collé au mur. La bête répugnante se dressa sur ses pattes.

Carver plongea son regard dans les yeux de fournaise insondable et comprit qu'il était trop faible pour se protéger.

Alors, dehors, derrière la maison, un rugissement s'éleva ; un rugissement énorme, trépidant de vie.

La terre trembla, la maison oscilla et le ver-démon parut se désintéresser de Carver. Il se détourna et balança la tête de droite à gauche, au son d'une musique que Carver ne pouvait entendre.

Le cœur défaillant, il comprit ce qui charmait le ver : le chant rauque des âmes damnées vers une liberté si longtemps désirée, le hurlement de triomphe des Anciens, enfin délivrés.

La fin était venue.

Jack s'avança vers la fosse. Les rebords se dissolvaient, le trou s'élargissait de seconde en seconde.

Les flocons de neige, dans le rougeoiement de la fournaise, tourbillonnaient comme des braises ardentes. Mais des éclairs aveuglants de lumière blanche striaient le rouge, cette lumière argentée des yeux des gobelins : les Portes continuaient à s'ouvrir, irrémédiablement.

L'appendice monstrueux, tentacule, patte d'insecte, se

balança, menaçant, au-dessus de Jack mais celui-ci se savait intouchable. Pour le moment, du moins.

Tant que les Portes n'avaient pas fini de s'ouvrir. Pour le moment, les bienveillants esprits *Rada* avaient encore un certain pouvoir sur terre et ils le protégeaient.

Il sortit de sa poche le flacon d'eau bénite. Il dévissa le bouchon et lança le tout dans la fosse.

Une autre forme menaçante émergeait de l'abîme. Jack pouvait distinguer une vague et sombre présence au cœur de la lumière aveuglante, hurlante comme une meute de chiens.

Il avait accepté la réalité de la magie noire de Lavelle, de la magie blanche de Carver ; mais voici qu'il était prêt à aller plus loin : il savait, il comprenait avec plus de clarté que Lavelle et Hampton réunis. Il lui suffisait seulement de plonger son regard dans la fosse. L'Enfer n'était pas un endroit mythique, les démons et les esprits n'étaient rien moins que surnaturels. L'Enfer et, par conséquent, le Paradis étaient aussi réels que la terre. Ils occupaient simplement d'autres dimensions, ils se situaient sur d'autres plans d'existence physique. En temps normal, il était impossible à un être humain vivant de passer d'un plan à un autre. Mais la religion, science grossière et maladroite, avait théorisé sur les coïncidences fugaces de ces plans, et la magie n'était que l'application de cette théorie.

Après cela, il semblait aussi aisé de croire au vaudou ou au christianisme ou à n'importe quelle autre religion que de croire en l'existence de l'atome.

Il jeta dans la fosse l'eau bénite et son flacon.

Des vagues de gobelins déferlaient par-dessus la table de communion, jusque sur les marches de l'autel.

Les enfants hurlaient et le père Walotsky brandissait son chapelet à bout de bras, comme convaincu que cela le rendait invulnérable. Rebecca avait sorti son revolver et, tout en sachant qu'il ne lui serait d'aucune utilité, elle visa soigneusement les premières lignes...

A la même seconde, la centaine de gobelins se transforma en mottes de terre qui dégringolèrent, inoffensives, au pied des marches de l'autel.

La chose-ver balançait sa tête immonde au-dessus de Carver en sifflant. Puis, soudain, elle attaqua.

Il hurla. S'interrompit, hoqueta de surprise : ce n'était qu'une pluie de poussière qui s'abattait sur lui.

L'eau bénite disparut dans la fosse. Les cris de jubilation, les rugissements de haine, les hurlements de triomphe se turent brusquement, comme si on avait débranché une chaîne stéréo. Le silence ne dura qu'une seconde puis la nuit se remplit de cris de colère, de rage, de frustration, d'angoisse.

La terre trembla violemment.

Jack perdit l'équilibre, tomba mais en arrière, loin de la fosse. Les rebords se stabilisaient. Le trou avait cessé de s'élargir.

L'appendice gigantesque qui s'élevait au-dessus de lui comme une énorme queue de dragon ne le balaya pas, mais retomba mollement dans le trou tandis que sa bouche répugnante aspirait la nuit, sans fin.

Jack se releva. Son pardessus était saupoudré de neige.

La terre tremblait toujours. Il avait l'impression d'être sur un œuf dont quelque chose de monstrueux cherchait à briser la coquille. Des fissures se mirent à rayonner de la fosse, de dix, quinze, vingt centimètres de large et de trois mètres de long. Jack se trouva tout à coup sur un îlot instable, entre deux abîmes. La neige fondait, une étrange clarté montait des profondeurs et des vagues de chaleur sortaient en ondulant comme d'une porte de chaudière. En l'espace d'effroyables secondes, il crut que le monde entier allait être englouti. Mais bientôt, les fissures se refermèrent, se soudèrent comme si rien ne s'était passé. Dans le trou, la lumière commençait à pâlir, les bords se frangeaient d'orange. Les voix infernales diminuaient elles aussi.

Lentement, les Portes se refermaient.

Dans un transport de triomphe, Jack s'approcha à l'extrême limite, scruta l'abîme, essayant de distinguer les ombres monstrueuses et fantastiques qui se tordaient de rage, au-delà de l'éblouissante lumière.

Soudain, jaillirent des éclairs fulgurants qui le firent sursauter. Le hurlement, le mugissement augmenta.

Il recula.

La lumière pâlit encore, puis se raviva, pâlit, se raviva. Les entités, immortelles, au-delà des Portes, luttaient, poussaient.

Les bords recommencèrent à s'effriter, la terre à tomber. Puis, plus rien. Puis, à nouveau, le trou s'élargit.

Et si Carver Hampton s'était trompé ? Si l'eau bénite et les bonnes intentions d'un juste ne suffisaient pas à mettre fin à tout cela ? Peut-être était-il trop tard ? Peut-être rien ne pouvait-il plus empêcher Armageddon, maintenant.

Deux appendices d'un noir brillant, segmentés comme des fouets de deux centimètres de diamètre, bondirent de la fosse en cinglant l'air et ondulèrent autour de Jack. L'un s'enroula autour de sa cheville gauche, l'autre autour de sa poitrine, glissa le long de son bras, happa son poignet et ses doigts.

Il tomba, se débattit frénétiquement. En vain : il était impossible de se dégager, de se libérer de cette étreinte d'acier. La bête qui poussait ses tentacules hors de la fosse était cachée bien loin, tout au fond, et le tirait, à présent, l'entraînait vers le bord, comme un pêcheur démoniaque qui remonterait sa prise. Chaque tentacule était muni d'arêtes dentelées et pointues qui traversèrent les vêtements de Jack et entamèrent profondément sa chair.

Jamais il n'avait connu pareille souffrance.

Il pensa, soudain épouvanté, qu'il ne reverrait jamais Davey, Penny ni Rebecca.

Il commença à hurler.

Dans la cathédrale St. Patrick, Rebecca fit deux pas en direction des innocentes mottes de terre qui avaient été, quelques secondes auparavant, des êtres vivants, mais elle s'arrêta net : la poussière éparpillée se mit à trembler sous le frisson d'une vie impossible, opiniâtre. La matière n'était pas morte, malgré tout. Les grumeaux et les fragments de terre semblaient s'humidifier au contact de l'air et les parcelles de chaque motte commençaient à frémir et à s'assembler péniblement. Cette terre diabolique, ensorcelée tentait, à l'évidence, de retrouver sa forme primitive, luttait pour recréer les gobelins. Un petit tas, un peu à l'écart des autres, s'effila en une patte minuscule et méchamment griffue.

— Crève, merde ! dit Rebecca. Crève !

Rampant au bord de la fosse, désespéré, Jack hurlait... et, au même moment, les tentacules enroulés autour de son bras et de son torse se relâchèrent.

La lumière infernale diminua d'intensité.

La bête mugit de douleur. Ses tentacules cinglèrent le vide, follement.

A cet instant de crise et de chaos, Jack comprit, inspiré sans doute par les esprits *Rada,* que c'était son propre sang qui avait fait reculer le monstre. Dans la lutte contre le mal, le sang d'un juste possédait peut-être davantage de qualités magiques que l'eau bénite. Peut-être le sang de Jack avait-il accompli le miracle, là où l'eau bénite s'était révélée inefficace.

Les rebords s'effritaient de nouveau, le trou s'agrandit encore.

Les Portes se rouvraient.

La lumière vira de l'orange au pourpre, encore une fois.

Jack s'agenouilla. Il pouvait sentir la terre céder lentement sous ses genoux. De sa main écorchée, le sang coulait à flots le long de ses doigts. Il se pencha avec précaution au-dessus de la fosse, secoua le bras ; des gouttes vermeilles tombèrent au cœur de la lumière bouillonnante.

Des cris aigus, perçants, des râles d'agonie déchirèrent l'air, plus violents que lorsqu'il avait versé l'eau bénite. La fournaise infernale pâlit et clignota. Les rebords de la fosse se stabilisèrent.

Jack battit des paupières à la vue de l'insondable trou, agité de mystérieuses pulsations ; il se pencha encore davantage pour mieux voir...

Dans un jet fulgurant d'air brûlant, un énorme visage monta vers lui, émergea du rougeoiement, se gonfla. Une figure de la taille d'un camion remplissait la fosse. Le visage turpide du Mal.

Fait de vase, de terre, charogne en putréfaction, couvert de boue, ridé, crevassé, bosselé, vérolé, tacheté de marbrures sombres, criblé de pustules, grouillant de vers. Des narines déchiquetées et pourries, suintait une ignoble écume brunâtre. Dans les yeux noirs comme la nuit, se tortillaient des vers et, pourtant, ces yeux n'étaient pas aveugles : Jack pouvait sentir dans le regard le poids terrible de la haine. La bouche béait — déchiquetée, rongée, assez large pour avaler un homme — et laissait s'écouler un filet de bave verdâtre. La langue, longue et noire, se hérissait de piquants effilés comme des aiguilles qui déchiraient et transperçaient les lèvres.

Etourdi, désespéré, et défaillant à l'insupportable puanteur de mort qu'exhalait la gueule béante, Jack secoua sa main blessée au-dessus de l'apparition et une pluie de sang s'égoutta de sa plaie.

— Va-t'en ! suffoqua-t-il. Pars. Va-t'en ! Immédiatement !

La figure replongea dans la fournaise. Puis disparut au fond du trou.

Jack, surpris par de petits cris plaintifs et pathétiques, se rendit compte qu'ils s'échappaient de sa propre gorge.

Mais ce n'était pas encore la fin.

Les voix de la multitude s'élevèrent à nouveau, les pulsations lumineuses se remirent à battre, les rebords recommencèrent à se dissoudre.

Trempé de sueur, hoquetant, déployant tous ses efforts pour ne pas se vider sous l'effet de la terreur, Jack voulut s'enfuir. S'envoler dans la nuit, dans la tempête, dans la ville-refuge. Mais il le savait : il n'y avait aucune issue. S'il n'arrêtait pas cela maintenant, la fosse s'élargirait jusqu'à l'avaler, où qu'il se cachât.

De sa main droite, il pressa, laboura ses blessures pour faire couler son sang plus abondamment. La peur l'anesthésiait. Il ne souffrait plus. Comme un prêtre balance son encensoir ou agite son goupillon, Jack secouait sa main ensanglantée au-dessus de la gueule béante de l'Enfer.

Le pouls lumineux luttait pour continuer à battre. Jack priait pour qu'il s'affaiblît. Sinon, il ne resterait plus qu'une solution : il devrait se sacrifier, il devrait descendre dans la fosse. Et s'il fallait qu'il descende... il savait que le voyage serait sans retour.

Les derniers sursauts d'énergie maligne avaient cessé d'animer les mottes de terre, sur les marches de l'autel.

Inertes depuis une minute, peut-être davantage. Chaque seconde écoulée rendait plus impossible à croire que la vie eût jamais animé cette matière.

Enfin, le père Walotsky prit une poignée de terre et l'émietta entre ses doigts. Penny et Davey le regardaient, fascinés. Puis la fillette se tourna vers Rebecca.

— Que s'est-il passé ?

— Je n'en suis pas sûre, dit-elle. Mais je crois que ton père a réussi. Je crois que Lavelle est mort.

Son regard parcourut l'immense cathédrale, comme si Jack allait surgir du vestibule, et elle dit doucement :

— Je t'aime, Jack.

La lumière baissa, passa de l'orange au jaune puis au bleu. Jack observait, tendu à l'extrême, n'osant croire encore que c'était la fin, vraiment la fin.

Un grincement âpre, sous la terre comme si d'énormes portes aux gonds rouillés, se refermaient lentement. Les cris, les exclamations de rage, de haine et de triomphe s'étaient changés en gémissements pitoyables et désespérés.

En même temps mourut la lumière.

Le grincement âpre se tut.

La puanteur de soufre s'était dissipée.

Plus un bruit. Le passage s'était refermé. Ce n'était plus désormais qu'un trou dans le sol.

Le froid mordait toujours mais la tempête semblait s'apaiser.

Jack recouvrit sa main blessée d'un emplâtre de neige pour arrêter l'hémorragie. Il n'avait plus besoin de sang. Il ne ressentait toujours aucune douleur.

Stupéfait, il distingua une voix apportée par le vent. Reconnaissable entre toutes. La voix de Rebecca. Et les mots qu'il avait tant désiré entendre. « Je t'aime, Jack. »

Il se retourna, abasourdi. Rebecca demeurait invisible et, pourtant, sa voix paraissait résonner aux oreilles de Jack.

— Moi aussi, je t'aime, dit-il.

Où qu'elle se trouvât, il savait qu'elle l'entendrait aussi nettement qu'il l'avait entendue.

La neige tombait plus espacée, à gros flocons duveteux,

comme au début de la tempête. De gros flocons duveteux et paresseux qui s'enroulaient en larges spirales.

Jack se détourna de la fosse et regagna la maison. Il fallait appeler une ambulance pour Carver Hampton.

Opter pour l'amour, il en est encore temps.
Pourquoi dormir alors de haine rassasiés ?
L'Enfer, il faut le croire, nous l'avons inventé,
Qui avons attisé son cruel brasier.
Et dans ses flammes notre Espérance s'anéantit.
Le Paradis est notre création, aussi.
Pour assurer nous-mêmes notre propre salut,
Seule l'imagination, notre unique tribut.

Le livre des douleurs épelées.

Achevé d'imprimer en février 1998
sur les presses de l'Imprimerie Bussière
à Saint-Amand (Cher)

POCKET - 12, avenue d'Italie - 75627 Paris Cedex 13
Tél. : 01-44-16-05-00

— N° d'imp. 496. —
Dépôt légal : mars 1998.

Imprimé en France